기출로 때려잡는 문학 개념

기출 분석으로
출제 경향
완전 정리

2026학년도 수능 최신 기출 작품 수록
한 권으로 끝내는 완벽한 수능 대비 문학 개념서

개념 이해부터 문제 적용까지 한 권으로 완성

저자 소개

박주희 저자

서강대학교 국어국문학 심화, 심리학, 교육 문화학을 졸업하여 현재 국어 교사로 재직하고 있습니다. 교원대학교 문화콘텐츠교육학과 석사과정을 밟고 있으며, 학생들에 대한 관심과 애정으로 교직 생활을 이어오고 있습니다. 국어 교사로 재직하며 수능을 꾸준히 연구하고, 학생들의 눈높이에 맞게 수능 및 모의고사에 등장하는 핵심 개념들을 풀어 쉽게 설명하고 있습니다.

'감으로만' 접근하는 문학 공부는 한계가 있습니다. 문학 학습에는 체계적인 방향과 명확한 기준이 필요합니다.

이 책은 문학 개념과 주요 작품, 기출 분석을 균형 있게 포함하여 구성했습니다. 어떤 작품이 실제로 수능에 출제되는지, 문학 개념이 기출에서 어떠한 선지로 제시되는지, 영역별로 어떤 관점을 가지고 작품을 바라보아야 하는지를 모두 제시하고자 했습니다. 이를 통해 수험생 스스로 기준을 세우고 자신 있게 작품을 읽을 수 있도록 하는 것이 이 책의 목표입니다.

첫 번째 파트에는 수능 기출 작품들이 수록되어 있습니다. 이를 통해 최근 몇 년간 수능에 어떤 작품들이 실제로 출제되었는지 한눈에 살필 수 있습니다. 이를 분석하는 과정에서 평가원의 출제 경향을 파악하고, 학습의 우선순위를 정할 수 있을 것입니다.

문학의 핵심 개념들은 고전 운문, 고전 산문, 현대 운문, 현대 산문으로 영역을 구분하여 정리하였습니다. 영역별로 핵심 개념과 감상 포인트를 체계적으로 담고 있습니다. 개념의 이해는 꾸준한 반복이 중요하기에, 이 책을 여러 차례 반복하며 스스로의 문학 개념도를 완성하기를 권장합니다.

문학 개념을 다룰 때는 수능에서 해당 개념이 어떻게 선지로 변형되어 출제되는지를 함께 제시했습니다. 단순한 개념 설명에 그치지 않고, 기출 선지를 분석하는 과정을 통해 개념의 중요도와 활용 방향을 다룹니다. 이를 통해 '개념 이해→문제 적용'의 학습 흐름을 자연스럽게 경험할 수 있습니다.

고전 운문과 산문 영역에서는 갈래의 특징을 이해하는 것이 핵심이므로, 각 갈래를 구체적으로 설명하고 대표 작품을 원문과 함께 수록했습니다. 이를 통해 해당 갈래의 특징을 자연스럽게 익히고, 작품 분석의 기준을 마련할 수 있습니다. 반면 현대 운문과 현대 산문은 다양한 작품을 관통하는 개념의 이해가 더 중요합니다. 따라서 교과서에 등장하는 주요 작품들을 중심으로 핵심 개념을 함께 제시하였습니다.

산문의 경우 전체 줄거리를 함께 요약하여 제시하고 있습니다. 이를 통해 수험생들이 소설을 다 읽지 않고도 작품에 대한 배경지식을 충분히 쌓을 수 있도록 했습니다. 이를 바탕으로 수험생들이 공부한 부분과 다른 지문이 시험에 나오더라도 당황하지 않게 하기 위함입니다.

각 장의 마지막에는 '퀴즈로 점검하는 문학 개념'을 배치하여, 학습한 개념을 스스로 확인하고 보완할 수 있도록 했습니다. 이를 통해 배운 핵심 개념을 실제 문제 맥락에서 적용, 확장하도록 구성했습니다.

수능에서는 기본 개념 이해가 부족하면 해결하기 어려운 문제들이 빈번히 등장합니다. 그렇기에 이 책은 추상적일 수 있는 문학 개념을 구체적인 예시와 친절한 언어로 풀어 설명하여, 수험생들이 문학에 자신감을 가질 수 있도록 했습니다. 이 책이 학습의 부담을 덜어 주고, 보다 체계적이고 효율적인 공부에 도움이 되기를 진심으로 바랍니다.

여러분의 노력에 좋은 결실이 함께하기를 기원합니다.

이 책의 차례
Contents

Ⅰ. 수능 기출 작품 목록 — 8

Ⅱ. 고전 운문 필수 문학 개념
01 고전 운문 vs 현대 운문 특징 비교 — 12
02 고대 가요 — 공무도하가, 구지가, 황조가, 정읍사 — 13
03 향가 — 제망매가, 처용가 — 19
04 고려가요 — 청산별곡, 가시리, 서경별곡 — 22
05 악장 — 용비어천가 — 30
06 시조 — 주제에 따른 핵심 시조 — 33
07 가사 — 주제에 따른 핵심 가사 — 47

Ⅲ. 고전 산문 필수 문학 개념
01 고전 산문 vs 현대 산문 특징 비교 — 58
02 가정 소설 — 장화홍련전, 사씨남정기 — 60
03 영웅 소설 — 홍길동전 — 62
04 풍자 소설 — 이춘풍전 — 66
05 판소리계 소설 — 춘향전 — 70
06 전기 소설 — 만복사저포기 — 73
07 전쟁 소설, 역사 군담 소설 — 박씨전, 임장군전 — 76
08 몽유록계 소설, 몽자류 소설 — 구운몽, 원생몽유록 — 80
09 고전 산문 때려잡기 — 주요 모티프 / 인물들의 태도 / 주요 주제 의식 / 고전 수필 간단 정리 — 83

Ⅳ. 현대 운문 필수 문학 개념

01 문학을 바라보는 네 가지 관점   98
02 표면적 화자와 이면적 화자   100
03 운율의 개념과 종류   102
04 시상 전개 방식   105
05 화자의 어조   107
06 감각적 심상   109
07 객관적 상관물과 감정이입   112
08 역설과 반어   115
09 상징   118
10 음성상징어   121
11 상승 이미지와 하강 이미지   123
12 동적 이미지와 정적 이미지   125
13 비유법   직유법, 은유법, 의인법   127
14 강조법   과장법, 반복법, 열거법, 점층법, 대조법, 영탄법   129
15 변화법   대구법, 설의법, 인용법, 문답법, 도치법, 돈호법   134

Ⅴ. 현대 산문 필수 문학 개념

01 인물의 종류   144
02 외적 갈등과 내적 갈등   146
03 서술자의 시점   150
04 서술자, 인물, 독자 사이의 거리   154
05 의식의 흐름 기법   157
06 직접 제시와 간접 제시   158
07 소설의 배경   162
08 암시와 복선   168
09 소설의 구조   170
10 빈번한 장면의 전환, 병렬, 병치   173
11 희곡 간단 정리   174

기출로 때려잡는 문학 개념

수능 기출 작품 목록

I

기출	고전 운문	고전 산문	현대 운문	현대 산문
2026 수능	– 이시영, 「그리움」 – 고재종, 「감나무 그늘 아래」	– 작자 미상, 「수궁가」 – 이이, 「최립에게 주는 글」	– 구강, 「북새곡」 – 작자 미상, 「이 시름 저 시름~」	– 박태순, 「독가촌 풍경」
2025 수능	– 작자 미상, 「갑민가」 – 작자 미상, 「녹양방초 언덕에 소 먹이는 아희들아~」	– 작자 미상, 「정을선전」	– 장석남, 「배를 밀며」 – 허수경, 「혼자 가는 먼 집」	– 이광호, 「이젠 되도록 편지 안 드리겠습니다」 – 이청준, 「배꼽을 주제로 한 변주곡」
2024 수능	– 김인겸, 「일동장유가」 – 유박, 「화암구곡」	– 작자 미상, 「김원전」	– 김종길, 「문」 – 정끝별, 「가지가 담을 넘을 때」	– 유현준, 「잊음을 논함」 – 박태원, 「골목 안」
2023 수능	– 이황, 「도산십이곡」 – 김득연, 「지수정가」	– 조위한, 「최척전」	– 유치환, 「채전」 – 나희덕, 「음지의 꽃」	– 최명희, 「쓰러지는 빛」 – 김훈, 「겸재의 빛」
2022 수능	– 정훈, 「탄궁가」 – 위백규, 「농가」	– 이옥, 「담초」 – 작자 미상, 「박태보전」	– 이육사, 「초가」 – 김관식, 「거산호 2」	– 윤흥길, 「매우 잘생긴 우산 하나」
2021 수능	– 정철, 「사미인곡」 – 신흠, 「창 밧긔 워석버석~」	– 작자 미상, 「최고운전」 – 유본학, 「옛집 정승초당을 둘러보고 쓰다」	– 이용악, 「그리움」 – 이시영, 「마음의 고향 2-그 언덕」	– 서영은, 「사막을 건너는 법」
2020 수능	– 신계영, 「월선헌십육경가」	– 권근, 「어촌기」 – 작자 미상, 「유씨삼대록」	– 윤동주, 「바람이 불어」 – 김기택, 「새」	– 김소진, 「자전거 도둑」
2019 수능	– 김인겸, 「일동장유가」	– 작자 미상, 「임장군전」	– 유치환, 「출생기」 – 김춘수, 「샤갈의 마을에 내리는 눈」	– 박태원, 「천변풍경」 – 이범선 원작, 이종기 각색, 「오발탄」

기출	고전 운문	고전 산문	현대 운문	현대 산문
2018 수능	– 이정환, 「비가」	– 김만중, 「사씨남정기」	– 이육사, 「강 건너간 노래」 – 김광규, 「묘비명」	– 이문구, 「관촌수필」 – 이병기, 「풍란」
2017 수능	– 홍순학, 「연행가」	– 작자 미상, 「박씨전」	– 김수영, 「구름의 파수병」	– 박경리, 「시장과 전장」 – 이강백, 「느낌, 극락 같은」
2016 수능	– 정인지 외, 「용비어천가」 – 맹사성, 「강호사시가」 – 정철, 「어와 동량재를~」 – 이원익, 「고공답주인가」	– 작자 미상, 「토끼전」	– 박남수, 「아침 이미지1」 – 김기택, 「풀벌레들의 작은 귀를 생각함」	– 박완서, 「나목」 – 유치진, 「소」 – 윤흥길, 「아홉 켤레의 구두로 남은 사내」 – 채만식, 「제향날」
2015 수능	– 정철, 「관동별곡」 – 최익현, 「유한라산기」 – 박인로, 「상사곡」	– 작자 미상, 「숙향전」 – 작자 미상, 「소대성전」	– 오장환, 「고향 앞에서」 – 최두석, 「낡은 집」 – 정지용, 「조찬」	– 현진건, 「무영탑」 – 이태준, 「파초」
2014 수능	– 왕방연, 「천만리 머나먼 길에~」 – 임제, 「청초 우거진 골에~」 – 원천석, 「흥망이 유수하니~」	– 허균, 「홍길동전」 – 남영로, 「옥루몽」	– 이형기, 「낙화」 – 조지훈, 「파초우」 – 곽재구, 「사평역에서」	– 조세희, 「난장이가 쏘아 올린 작은 공」 – 이상, 「권태」 – 이청준, 「소문의 벽」
2013 수능	– 정철, 「성산별곡」 – 권섭, 「독자왕유희유오영」	– 작자 미상, 「금방울전」	– 김수영, 「폭포」 – 이시영, 「마음의 고향 6 - 초설」	– 박태원, 「천변 풍경」 – 이양하, 「신록 예찬」

기출로 때려잡는 문학 개념

고전 운문
필수
문학 개념

Ⅱ

01 고전 운문 vs 현대 운문 특징 비교

본격적으로 고전 운문과 현대 운문을 비교해 보기 전에, 한 가지 질문을 하겠습니다. '운문'이란 무엇일까요? '고전 운문', '현대 운문'이라고 하는데, 운문이란 어떤 글을 의미하는 것일까요?

운문이란, 운율, 즉 리듬감을 지니고 있어 낭송하기 쉬운 글들을 의미합니다. 소리의 반복이나 규칙이 있어 읽을 때 리듬감이 느껴지고, 적은 말로도 깊은 뜻이나 감정을 담아 함축적인 경우가 많죠. 시나 노래 가사가 대표적인 운문이라고 할 수 있습니다.

고전 운문은 고대부터 근대에 이르기까지 나타난 시가들을 의미합니다. 우리나라의 경우 '고대 가요, 고려가요, 향가, 시조, 가사' 등 다양한 하위 갈래가 있습니다. 현대 운문은 근대 이후에 나타난 시가들을 의미하며, 그 하위 갈래로는 '자유시', '산문시' 등이 있습니다.

고전 운문에서는 주로 자연 예찬이나 충·효·열과 같은 유교적 가치를 중요하게 다루었습니다. 그리고 공동체의 중요성, 신분제 사회 비판 등 당시 시대 현실이 반영된 주제가 많습니다. 반면 현대 운문은 훨씬 폭넓은 주제를 다룹니다. 개인의 세밀한 내면세계, 현대 사회의 다양한 문제들, 삶에 대한 실존적이고 철학적인 질문 등 훨씬 다양한 양상을 보이죠.

고전 운문은 일정한 운율과 정형성을 지닌 경우가 많습니다. 예를 들어, 시조는 3장 6구 45자의 형식이 딱 주어져 있었죠. 하지만 현대 운문은 형식의 제약이 없습니다. 줄 수나 행 길이, 운율 등이 아주 자유롭고 정서에 따라 그 구성이 달라집니다. 시어의 경우 고전 운문은 한자어나 옛말, 고어가 많아 해석이 어렵다는 특징이 있습니다. 반면 현대 시는 우리에게 친근한 일상적 표현, 구어적 표현이 많이 사용되는 편입니다.

고전 운문은 집단적이고 보편적인 정서를 강조했습니다. 개인보다는 가족, 나라, 공동체의 감정을 중요시했죠. 반면 현대 운문은 개인적이고 주관적인 정서가 중심이에요. 시인의 감정, 생각, 개인의 내면세계가 주로 표현됩니다. 다만 이것이 100%는 아니라는 점은 유의해야 해요. 전반적인 경향성이 이러하다는 것이지, 고전 운문에도 개인의 특이한 내면세계가 잘 나타날 수 있고, 현대 운문에도 집단적, 보편적 정서가 나타날 수 있습니다.

	고전 운문	현대 운문
주제	자연 예찬, 충·효·열(유교적 가치), 공동체, 신분제 비판	개인의 내면, 사회 비판, 실존적 질문 등 다양한 주제
형식	율격과 정형성 중시(외형률) (정형시가 많음)	자유로운 운율 주로 사용, 내재율, 정해진 형식 없음
시어	한자어, 옛말, 고어 사용	일상적, 구어적 표현
정서	집단적, 보편적 정서 강조	개인적, 주관적 정서 강조
하위 갈래	향가, 고려가요, 시조 등	자유시, 산문시 등

→ **전반적인 경향일 뿐 100%는 아님에 유의!**

Q 퀴즈로 점검하는 문학 개념

1. 고전 운문은 현대 운문에 비해 일정한 형식과 운율을 지닌 정형시가 많다.　　　　(O, X)
2. 고전 운문은 현대 운문에 비해 개인의 내밀한 정서보다는 공동체나 사회적 가치를 중시한다.　　　　(O, X)
3. 현대 운문은 고전 운문에 비해 자연 친화, 유교적 가치 등에 대해 다루는 경우가 많다.　　　　(O, X)
4. 김소월의 「진달래꽃」과 윤동주의 「서시」는 현대 운문에 속한다.　　　　(O, X)

정답과 해설: 1. O　2. O　3. X　4. O

1. 고전 운문은 시조, 가사와 같이 정해진 음수율과 형식을 갖춘 정형시가 발달해 운율이 비교적 뚜렷합니다.
2. 고전 운문은 개인의 감정보다 충, 효, 열과 같은 유교적 가치나 공동체 질서를 강조하는 경우가 많습니다.
3. 자연 친화, 유교적 가치는 고전 운문에서 더 흔한 주제이며 현대 운문은 개인의 내면, 현실 문제, 다양한 가치를 폭넓게 다룹니다.
4. 김소월의 「진달래꽃」과 윤동주의 「서시」는 모두 근대 이후에 창작된 시로, 현대 운문에 해당합니다.

02 고대 가요

　문학사에서 고대 가요란, 고대 부족 국가 시대에서 시작해 삼국시대 초기까지, 즉 향가 성립 이전까지 불린 고전 시가들을 일컫습니다. 한글이 없을 때 불리던 노래들로, 구전되다가 고려나 조선시대 때 한문으로 기록된 것이 특징입니다. 의식에서 춤과 함께 불린 경우가 많아 주술성 및 공동체성을 강하게 띠고 있기도 합니다.

　아직 고대 가요가 수능에 출제된 적은 없지만, EBS 교재들과 여러 교과서에서 고대 가요를 빼놓지 않고 포함하고 있다는 점에서 꼭 살펴봐야 할 문학 갈래 중 하나입니다.

　이 시간에는 고대 가요의 대표작으로 여겨지는 「공무도하가」, 「구지가」, 「황조가」, 「정읍사」를 간단히 살펴봅시다.

📍임이여 물을 건너지 마오, 공무도하가

원문	현대어 풀이
公無渡河(공무도하) 公竟渡河(공경도하) 墮河而死(타하이사) 當奈公何(당내공하) 　　　– 백수광부(白首狂夫)의 아내,「공무도하가」	임이여 물을 건너지 마오 임은 결국 물을 건너시네 물에 빠져 죽었으니 장차 임을 어이할꼬 　　　– 백수광부(白首狂夫)의 아내,「공무도하가」

「공무도하가」는 현재까지 전해지는 고대 가요 중 가장 오래된 노래로 추정되며, 정확한 창작 연대는 아직 미상입니다. 중국 후한의 『금조』에는 「공무도하가」와 그 배경 설화를 함께 기록하고 있습니다. 「공무도하가」는 꼭 배경 설화와 함께 이해해야 하는 고대 가요 중 하나입니다. 어떤 슬픈 사연이 있는지, 함께 살펴볼까요?

어느 날 곽리자고라는 사람이 새벽에 일어나 배를 저으며 가고 있었습니다. 그런데, 어디선가 나타난 백수광부(흰머리의 미친 사람)가 머리를 풀어 헤치고 물을 건너고 있는 것을 발견하죠. 물가에는 백수광부의 아내가 남편을 말리기 위해 '임이여 물을 건너지 마오'라며 애걸복걸하고 있습니다. 하지만 남편은 이를 듣지 않고 물에 빠져 죽고 맙니다. 이후 망연자실한 아내는 슬픔에 잠겨 물가에 앉아 공후라는 악기를 연주하며 「공무도하가」를 노래합니다. 노래를 다 부른 후 아내는 남편을 따라 물에 빠져 죽습니다. 곽리자고가 집으로 돌아와 이 이야기를 아내인 여옥에게 들려주었습니다. 그녀 역시 슬퍼하며 그 노래를 똑같이 연주하며 불렀고, 그 노래가 현재까지 전해진 것으로 여겨집니다.

이 작품에서 가장 중요한 것은 화자, 즉 백수광부 아내의 정서입니다. 1구에서는 '애원'하며 남편을 만류하고, 2구에서는 임이 결국 물을 건넌다며 '초조'해합니다. 3구에서 결국 임이 죽자, 아내는 '좌절'하고 4구에서는 탄식하며 '슬픔'과 '체념'의 정서가 집약적으로 드러납니다.

	내용	정서
1구	아내의 만류	간절함, 애원
2구	물을 건넌 남편	초조함
3구	남편의 죽음	좌절, 비애
4구	화자의 탄식	슬픔, 체념

세 번이나 등장하는 '물'의 상징적 의미에도 관심을 기울일 필요가 있습니다. 1구의 물은 '화자의 충만한 사랑'을 의미합니다. 물을 건너지 말라며 애원하는 화자의 모습에서 남편에 대한 사랑과 이별을 원하지 않는 마음이 드러나죠. 하지만 남편이 결국 물을 건너며 2구의 물은 곧 '이별'을 상징하게 됩니다. 그리고 3구에서는 이것이 '남편의 죽음'으로 이어집니다. 「공무도하가」는 물이라는 원형적 상징을 통해, 이별로 인한 슬픔과 한, 그리움이라는 우리 문학의 근원적 정서를 잘 드러내는 작품입니다.

도대체 '백수광부'는 누구이며, 왜 죽은 것일까요? 이에 대해서는 다양한 해석이 있습니다. 첫 번째 견해는 백수광부를 특정 집단을 대표하는 존재 혹은 비범한 존재가 아닌, 실제 존재했던 평범한 인물로 보는 견해입니다. 이는 백수광부와 그 아내의 이야기를 실제 있었던 하나의 비극적 체험으로 해석하는 견해입니다.

두 번째 견해는 백수광부가 나라의 '무당', 혹은 '제사장'이라는 해석입니다. 물을 건너는 것이 단순한 사고가 아니라 일종의 '제의'라는 것입니다. 그의 죽음이 '신화적 가치관'의 죽음을 의미한다는 해석 역시 있습니다. 무당과 신화적 가치관을 대표하는 백수광부는 이제는 자신들의 시대가 끝났음을 직감하고 스스로 물에 몸을 던져 죽음을 맞이합니다. '신화적 세계관'에서 '현실적 세계관'으로의 변화를 백수광부의 죽음을 통해 상징적으로 드러낸다는 것입니다.

세 번째 견해로는 백수광부는 '술의 신', 그 아내는 '음악의 신'이라는 견해입니다. 이 역시 무당과 마찬가지로 신화적 질서를 대표하는 존재들입니다.

거북아 머리를 내밀어라, 구지가

원문	현대어 풀이
龜何龜何(구하구하) 首其現也(수기현야) 若不現也(약불현야) 燔灼而喫也(번작이끽야) 　　　　　　－ 작자 미상, 「구지가」	거북아 거북아 머리를 내밀어라 만약 내밀지 않으면 구워서 먹으리라 　　　　　　－ 작자 미상, 「구지가」

두 번째로 살펴볼 고대 가요는 「구지가」입니다.

「구지가」는 『삼국유사』에 기록된 고대 가요로, 가락국을 건국한 김수로왕의 탄생 신화에 삽입되어 전해지는 시조입니다. 함께 전해지는 배경 설화를 살펴봅시다.

가야 땅에 왕이 없던 시절, 9명의 추장들, 즉 구간(九干)들이 백성들을 다스리고 있었습니다. 어느 날, 구지봉이라는 산봉우리에서 마치 사람들을 부르는 듯한 소리가 났고, 여러 사람들이 그곳으로 모여들었습니다. 모여든 사람들 위로 큰 소리가 들려 고개를 들어보니, 하늘이 자신에게 이곳에 내려와 나라를 세워 임금이 되라고 명했다는 이야기였습니다. 그리고 하늘의 목소리는 그곳에 모인 사람들에게 봉우리 꼭대기의 흙을 파내면서 '거북아 거북아/머리를 내밀어라/만약 내밀지 않으면/구워서 먹으리라'라는 노래를 부르며 춤을 추라고 명했죠. 이러한 하늘의 명령에 구간들은 그대로 행했고, 얼마 뒤 하늘에서 황금알이 든 상자가 내려왔습니다. 그리고 그 알에서 한 사내아이가 태어나니, 이 아이는 훗날 가락국의 시조 김수로왕이 됩니다. 참 신기하면서도 특이한 이야기죠?

이번에는 「구지가」의 구체적인 내용을 살펴볼까요? 「구지가」는 '호명-명령-가정-위협'의 구조로 이루어져 있습니다. 1구에는 신성한 존재로 여겨지는 '거북'을 애타게 부르고 있습니다. 학자들에 따르면 거북은 초월적 존재이기는 하지만 위협의 대상이 되고 있다는 점에서 '신' 자체는 아닙니다. 신과 인간을 매개하는 '중재자' 정도로 해석하는 것이 적절하다는 관점입니다. 2구의 '머리'는 '우두머리', 즉 '왕'을 상징합니다. 이 땅을 다스릴 왕을 달라고 요구하는 것이 바로 이 「구지가」의 핵심이죠. 3구에서는 거북이 왕을 주지 않은 경우를 가정하고, 4구에서는 '왕을 주지 않는다면 구워 먹겠다'라며 협박하기에 이릅니다.

이 노래는 신을 맞이하는 영신 제의이며, 그중에서 수백 명의 사람들이 함께 부른 '집단 무가'에 속합니다. 그렇기에 개인의 정서나 감정보다는 그 공동체의 소망과 관련되어 있습니다. 신적 존재인 거북을 위협할 정도로 고대인들에게는 '왕의 출현'이 절박했음을 드러내는 것이죠. 그리고 「구지가」는 사람들이 땅을 파면서 함께 노래했다는 점에서 '노동요'의 성격을 지니고 있기도 합니다.

당시의 정치적 상황과 연관 지어 「구지가」를 해석하는 견해도 존재합니다. 김수로가 세운 가락국이 자리를 잡은 이후, 그가 나라를 세운 것에 대한 정당성을 드러내기 위한 노래라는 해석입니다. 배경 설화와 노래 가사에 따르면, 「구지가」는 하늘이 그들에게 알려준 노래이고, '수로왕'은 하늘의 명령에 따라 이 땅에 강림한 존재이죠. 이를 통해 수로왕의 등장과 가락국 건국이 하늘의 뜻에 의한 것임을 강조해 그 권위를 세우고자 했을 것이라는 의견입니다.

꾀꼬리는 암수 서로 정답건만, 황조가

원문	현대어 풀이
翩翩黃鳥(편편황조) 雌雄相依(자웅상의) 念我之獨(염아지독) 誰其與歸(수기여귀) 　　　　　　　　　－ 유리왕, 「황조가」	오락가락 꾀꼬리는 암수 서로 정답건만 생각할사 이 외로움 뉘와 함께 돌아갈꼬 　　　　　　　　　－ 유리왕, 「황조가」

이번에는 집단적, 무술적 성격을 지닌 「구지가」와 달리, 개인의 서정을 드러낸 「황조가」를 함께 살펴봅시다.

「황조가」는 고구려의 2대 왕이었던 유리왕이 부른 노래로, 『삼국사기』에 기록되어 전해집니다. 역시 배경 설화와 함께 전해지는데, 이는 유리왕의 두 부인이었던 화희와 치희와 관련이 있습니다. 두 여인은 유리왕의 사랑을 독차지하기 위해 서로 다투는 일이 잦았다고 합니다. 하루는 유리왕이 사냥하러 궁을 떠났는데, 두 여인이 또다시 다투게 됩니다. 이때 화희가 중국 상인의 딸이었던 치희에게 그 신분을 들먹이며 모욕을 줍니다. 이에 화가 난 치희는 궁을 떠났습니다. 이 소식을 들은 유리왕이 그녀를 잡으러 따라갔으나 결국 치희는 돌아오지 않습니다. 이후 왕이 나무 밑에서 쉬다가 암수 정답게 날고 있는 꾀꼬리를 보고 자신의 처지를 한탄하는데, 이때 부른 노래가 바로 「황조가」입니다. 꾀꼬리는 암수 정답게 놀고 있는데, 자신은 혼자라는 사실이 너무나 외롭고 슬프다는 것이죠. 즉, 유리왕 개인의 정서가 잘 드러나는 시가입니다. 「구지가」와는 뚜렷하게 대비되는 지점입니다.

「황조가」에서 가장 중요한 시적 대상은 바로 '꾀꼬리'라고 할 수 있습니다. 다정한 꾀꼬리 한 쌍은 치희가 떠나 외로움을 느끼던 유리왕의 처지를 더욱 부각하죠. 뒤에서도 다룰 예정이지만, 이렇게 화자의 외로움의 정서를 부각하는 꾀꼬리는 '객관적 상관물'에 해당합니다. 객관적 상관물은 화자의 정서나 감정을 간접적으로 드러내는 매개체를 의미합니다. 사실 꾀꼬리는 그냥 날아가던 중이었을 것입니다. 둘이 사랑을 속삭이거나 연애하는 게 아니었을 수도 있죠. 암수가 아니었을 가능성도 있습니다. 하지만 유리왕의 당시 심정이 외로웠기 때문에 그 꾀꼬리가 정답게 연애하는 것처럼 보였던 것이죠. 즉, 꾀꼬리들은 화자의 외로움의 정서를 부각하는 매개체, 객관적 상관물이 됩니다.

고대 가요의 역사를 살펴보면, 집단적, 주술적 성격을 지녔던 집단 가요에서 개인의 감정과 정서를 다루는 개인적 서정시로의 변화가 이루어졌다는 학자들의 견해가 많습니다. 「구지가」는 집단 가요의 성격을, 「황조가」는 개인적 서정시의 성격을 가졌지요. 하지만 여기서 헷갈리지 않아야 할 것은, 고구려에 쓰인 「황조가」가 가락국의 건국 설화를 다룬 「구지가」보다 먼저 쓰였다는 점입니다. 전체적인 역사를 보면 집단 가요에서 개인적 서정시로 점차 변화한 것이 맞지만, 「황조가」와 「구지가」는 모두 그 과도기에 쓰였을 가능성이 큽니다. 그래서 어떤 작품은 집단적 성격을, 어떤 작품은 개인적 성격을 드러내는 것입니다.

한글로 기록된 가장 오래된 노래, 정읍사

마지막으로 살펴볼 시조는 「정읍사」입니다. EBS 교재들은 물론이고 수많은 교과서에 수록되었지만, 아직 수능에는 출제되지 않은 작품으로 중요도가 매우 높습니다. 고대 가요 중에는 수능 출제 가능성이 가장 높은 작품이기도 합니다.

앞에서 살펴본 고대 가요와 다른 점은 「정읍사」가 국문으로 기록되었다는 점입니다. 「정읍사」는 국문으로 기록된, 가장 오래된 노래이죠. 여기서 이상한 점이 하나 있는데, 혹시 눈치채셨나요? 맞습니다. 분명 백제시대는 한글이 창제되기 이전이죠. 한글은 조선시대에 세종대왕이 창제했으니까요. 그렇다면 「정읍사」는 어떻게 한글로 기록되었을까요?

「정읍사」는 백제시대에 지어져 그때부터 불러 온 것이 맞습니다. 하지만 너무 유행했던 탓일까요? 이 노래는 구전되어 고려시대, 조선시대까지 이어집니다. 그리고 고려시대 때부터, 궁중에도 편입되어 악무로 연주되게 됩니다. 여러 기녀들이 궁중에서 노래하고 춤을 출 때 「정읍사」를 불렀던 것이죠. 이러한 전통은 조선시대까지 이어졌고, 조선 성종 때 궁중의 노래들을 정리하는 과정에서 비로소 「정읍사」가 『악학궤범』에 국문으로 실리게 됩니다. 그래서 그런지, 현재 전해지는 「정읍사」의 내용을 보면 궁중 음악으로서의 특징이 드러나는 부분이 있답니다. 함께 살펴볼까요?

원문	현대어 풀이
돌하 노피곰 도두샤 어긔야 머리곰 비취오시라 어긔야 어강됴리 아으 다롱디리	달이시여 높이높이 돋으시어 어긔야 멀리멀리 비치게 하소서 어긔야 어강됴리 아으 다롱디리
져재 녀러신고요 어긔야 즌 디를 드디올셰라 어긔야 어강됴리	시장에 가 계신가요 어긔야 진 곳을 디딜까 봐 두렵습니다 어긔야 어강됴리
어느이다 노코시라 어긔야 내 가논 디 점그롤셰라 어긔야 어강됴리 아으 다롱디리	어느 곳에나 다 놓아 버리십시오 어긔야 내 임 가는 그 길(내 길) 저물까 두렵습니다 어긔야 어강됴리 아으 다롱디리
－작자 미상, 「정읍사」	－작자 미상, 「정읍사」

「정읍사」를 한번 쭉 읽어보셨나요? 어떤 표현이 가장 기억에 남고 인상적인가요? 아무래도 가장 눈에 들어오는 것은, 반복되는 '어긔야 어강됴리/아으 다롱디리'입니다. 그런데 이것은 대체 무슨 의미일까요? 우리말인 것 같으면서, 전혀 의미를 모르겠기도 하고, 이런 이상한 구절은 대체 왜 넣었나 싶습니다.

'어긔야 어강됴리/아으 다롱디리'는 노래의 '후렴구'로, 특별한 의미가 없습니다. 음악적 흐름을 부드럽게 하고 흥을 돋우며 리듬감을 주는 역할을 하지요. 이러한 후렴구가 반복되는 것은 민요보다는 정제된 궁중 악장에서 자주 나타나는 형식적 특징입니다. 백제 가요였던 「정읍사」는 구전되다가, 궁중 음악으로 편입되는 과정을 거칩니다. 이 과정에서 이러한 후렴구가 삽입된 것으로 추정됩니다. 수능에서는 이러한 배경에 대한 〈보기〉를 주고, 관련된 문제를 출제할 가능성이 있습니다. 혹은 비슷한 형식적 특징을 지닌 고려가요와 비교, 대조하는 문제가 출제될 수 있습니다. 이러한 문제를 맞닥뜨렸을 때, 배경지식이 있다면 한결 수월하겠죠?

이번에는 내용적 측면을 살펴봅시다. 「정읍사」는 시장에 물건을 팔러 나간 남편을 기다리는 아내의 노래로 해석됩니다. 1~4행은 '아내가 달에게 남편의 안전을 기원하는' 내용입니다. '달'은 천지신명으로 소원과 기원의 대상이지요. '달' 뒤에 붙어 있는 '하'는 높임의 대상 뒤에 붙이는 조사입니다. 그리고 '노피' 뒤에 있는 '곰'은 앞의 말을 반복해 강조하는 접미사입니다. 즉, '노피곰'은 '높이높이'를 의미합니다. 달이 아주 높이 떠서 남편이 오는 길을 밝게 비춰 주기를 바라는 소망이 간절히 드러납니다.

5~7행에는 남편에게 좋지 않은 일이 생길까 걱정, 염려하는 아내의 모습이 드러납니다. '져재 녀러신고요'에서 '져재'는 '저자에'라는 뜻으로, '시장'을 의미합니다. 여기서 남편이 물건을 파는 행상인임을 추정할 수 있습니다. '어긔야 즌 딘를 드디올셰라'라는 구절에서 '즌 딘'는 두 가지로 해석할 수 있습니다. 첫 번째는 '진 곳', 즉 어둡고 위험한 곳이라는 해석입니다. 이렇게 해석할 경우 남편이 위험한 곳에서 혹시 다치지는 않을까 걱정하는 것으로 볼 수 있습니다. 두 번째는 '즌 딘'를 '기방'이나 '기생들이 있는 곳'으로 해석하는 견해입니다. 이 경우는 남편이 다른 여인에게 빠지지 않을까 걱정하는 것이죠. 두 가지 해석 모두 남편이 자신에게 돌아오지 못할까 봐 걱정하는 것은 동일합니다. '~ㄹ셰라'는 고전 시가나 산문에서 자주 등장하는 종결어미로 '~까 봐 두렵다'라는 뜻을 가집니다.

마지막으로 8~11행은 '남편 돌아오는 길이 어둡거나 위험할까 봐 걱정하는 아내의 모습'이 드러납니다. '어느이다 노코시라'는 '어느 곳에나 짐을 내려놓으라'라는 뜻으로, 어디든 짐을 두고 이제는 돌아오라는 화자의 촉구입니다. 이어지는 '내 가논 딘 졈그룰셰라'는 두 가지로 해석할 수 있습니다. 첫 번째는 '임이 가는 곳', 즉 '임이 돌아오는 길'이 저물까 봐 두렵다는 것입니다. 임이 돌아오는 길에 어떤 위험이 닥치지는 않을까 두렵다는 의미로 해석할 수 있죠. 두 번째는 '내가 가는 길이 저물까 봐 두렵다는 것'입니다. 임이 없는 자신의 인생길은 어두울 것이 명백하므로, 임이 돌아오지 않아 자신의 인생길이 불행해질까 봐 걱정된다는 의미입니다.

이처럼 「정읍사」는 남편의 안전을 바라는 여인의 간절한 마음이 잘 드러나는 백제시대 노래입니다. 「정읍사」가 고려시대 때도, 조선시대 때도 널리 전해졌다고 하니, 이런 애절한 사랑 이야기는 어느 시대에나 인기인가 봅니다.

03 향가

 이번에 살펴볼 갈래는 향가입니다. 향가는 신라시대부터 고려 전기까지 창작된 노래로, '향찰'로 표기된 우리나라 고유의 시가들을 일컫습니다. 그렇다면 향찰은 무엇일까요? 향찰은 우리말을 표기하기 위해 한자의 음과 뜻을 빌려 쓴 표기법입니다. 세종대왕이 한글을 창제하기 전까지, 우리는 우리 고유의 문자가 없었습니다. 그렇기에 고위 관리 및 양반 남성들은 어려운 한자를 주로 사용했고, 일반 백성들과 여성들은 글을 모르는 까막눈인 경우가 많았습니다. 이러한 상황에서 우리말을 표기하기 위해 나온 하나의 방법이 바로 향찰입니다.

 향찰은 당시 승려 계층이 가장 능숙하게 사용했습니다. 향찰에는 두 가지 방법이 사용되었는데, 첫 번째는 '훈차(訓借)', 즉 우리말 단어의 '뜻'과 같은 한자를 빌리는 것이었습니다. 두 번째는 '음차(音借)'로 우리말 단어의 '소리'와 비슷한 한자를 빌리는 것이었습니다. 일반적으로 명사나 동사처럼 의미가 있는 요소는 '훈차'로, 조사/어미와 같은 문법 요소는 '음차'로 표기했습니다. 향찰은 우리말 어순과 문법이 살아 있다는 점에서 당시 우리말 어휘, 어순, 문법 등을 알 수 있는 귀중한 자료입니다.

 향가는 아직 최신 수능에 출제되지 않았습니다. 1997학년도에 「제망매가」가 출제된 것이 수능으로는 마지막입니다. 단, 많은 교과서와 EBS 교재에 수록되어 있고, 모의고사에는 꾸준히 출제되고 있을 정도로 우리 국어사에서 아주 중요한 갈래 중 하나입니다. 이 단원에서는 가장 출제 가능성이 높은 두 가지 작품을 살펴보겠습니다.

한 가지에 나고 가는 곳 모르온저, 제망매가

향찰 중 가장 중요한 작품은 단연 「제망매가」입니다. 누이의 죽음에 슬퍼하는 신라 승려 월명사의 마음이 잘 드러나는 시가이죠.

신라시대의 승려 월명사는 일찍 세상을 떠난 누이를 추모하며 10구체 향가인 「제망매가」를 짓습니다. 『삼국유사』에 따르면 월명사가 제를 올리며 이 노래를 부르자, 회오리바람이 일어 지전이 서쪽으로 날아갔다고 합니다. 이를 통해 월명사는 누이가 극락정토에 들어갔음을 믿게 되었다고 전해지죠. 이 작품은 누이의 죽음에 대해 슬퍼하는 것에 그치는 것이 아니라, 삶과 죽음에 대한 깊은 성찰, 슬픔의 종교적 승화 등 깊은 사유를 담고 있다는 점에서 뛰어난 작품으로 여겨집니다. 그러면 한 구절씩 상세히 살펴볼까요?

> 생사(生死) 길은
> 예 있으매 머뭇거리고,
> 나는 간다는 말도
> 못다 이르고 어찌 갑니까.
> 어느 가을 이른 바람에
> 이에 저에 떨어질 잎처럼,
> 한 가지에 나고
> 가는 곳 모르온저.
> 아아, 미타찰(彌陀刹)에서 만날 나
> 도(道) 닦아 기다리겠노라.
>
> – 월명사, 「제망매가」

1구의 '생사(生死) 길'은 '삶과 죽음의 갈림길'을 의미합니다. 누이의 죽음을 맞닥뜨리고 난 직후이니, 삶과 죽음의 갈림길이 가까이 있다고 인식하게 된 것이겠죠. 죽음이라는 것이 굉장히 갑자기 다가올 수도 있음을 깨달았을 것입니다. 그러다 보니 문득 두려워져 '머뭇거리게' 됩니다. 3구의 '나는 간다'는 누이의 말입니다. 이는 누이가 작별 인사도 제대로 하지 못하고 갑자기 세상을 떠나게 되었음을 나타냅니다.

5~8구의 '이른 바람'은 '누이를 죽음에 이르게 한 원인'을, '떨어질 잎'은 '죽은 누이'를 의미하는 비유적 표현입니다. '한 가지에 나고 가는 곳 모르온저'는 영탄적 표현으로, '한 가지', 즉 '같은 부모'에게서 태어났음에도 각자 가는 곳에 대해서는 전혀 알 수 없다는 화자의 탄식이 드러납니다. 언제 죽을지 모르는 인생에 대한 허무함, 무상이 잘 나타나지요. 즉, 누이의 죽음을 통해 인간의 삶은 유한하며, 우리는 언제라도 죽음을 맞닥뜨릴 수 있다는 통찰을 얻게 된 것입니다.

9~10구에서는 '아아'를 기점으로 시상이 전환되며, 슬프지만 누이를 '미타찰'에서 만날 것이고, 이를 위해 '도'를 닦겠다는 화자의 의지가 드러납니다. 1~8구까지는 누이를 잃은 슬픔, 인생에 대한 무상감 등이

주된 정서지만 9~10구에는 종교를 통해 그 슬픔을 극복하겠다는 마음이 나타난 것이죠. 상당히 의지적인 태도와 자세로 시상이 마무리됩니다.

한 가지 더 살펴볼 형식적 특징이 있습니다. 「제망매가」와 같은 10구체 향가는 4-4-2 구조를 띠고 있습니다. 마지막 2구는 '낙구'로 시상이 완결되는 부분을 의미합니다. 10구체 향가의 낙구는 첫머리에 '아아', '아으' 등 감탄사가 오는 것이 특징적인데, 이는 「제망매가」에도 동일하게 나타납니다. 10구체 향가의 이러한 특징은 4구체, 8구체 향가에는 따로 나타나지 않습니다. 낙구 첫머리에 감탄사가 오는 형식적 특징은 후대에 이어지는 고전 시가에 영향을 미치게 되는데, 시조의 종장 첫머리에 오는 감탄사가 바로 대표적인 예입니다.

⦿ 빼앗긴 것을 어찌하리오, 처용가

앞서 가장 대표적인 10구체 향가를 살펴봤으니, 이번에는 8구체 향가인 「처용가」를 함께 살펴봅시다.

「처용가」는 『삼국유사』에 수록되어 있으며, 현재 전해지는 신라 향가 중 마지막 작품에 속합니다. 앞서 살펴본 「구지가」와 같이 주술 시가에 속하기도 하죠.

「처용가」를 제대로 이해하기 위해서는 그 배경 설화를 함께 이해하는 것이 필요합니다. 처용은 동해 용왕의 일곱 번째 아들로, 왕에게 신세를 진 용왕의 명에 따라 서라벌 왕의 정치를 돕게 됩니다. 이에 왕은 미녀를 골라 처용의 아내로 삼도록 했고, 좋은 벼슬도 주었습니다. 그런데 어느 날, 처용이 외출을 하고 돌아와 보니 그 아내를 흠모하던 역신(疫神), 즉 역병을 부르는 귀신이 사람으로 변해 아내와 동침하고 있는 것을 발견합니다. 이를 발견한 처용은 「처용가」를 지어 불렀습니다. 역신도 자신을 용서한다는 내용에 감복하여 무릎을 꿇고 사죄합니다. 그리고 앞으로 처용의 얼굴이 그려진 그림만 보아도 그 집에는 들어가지 않겠다고 약속합니다. 이후로 사람들은 처용의 모습을 문에 그려 붙이게 되었고, 이를 통해 역병을 막고자 했다는 이야기입니다. 그러면 이제 향가의 내용을 한번 살펴볼까요?

> 서울 밝은 달에
> 밤늦게 노닐다가
> 들어와 자리를 보니
> 다리가 넷이어라
> 둘은 내 것이고
> 둘은 누구의 것인고
> 본디 내 것이지마는
> 빼앗긴 것을 어찌하리오
>
> — 처용, 「처용가」

1~4구를 먼저 살펴봅시다. 밤늦게 노닐던 처용이 집에 들어와 침대를 보니 다리가 넷임을 발견합니다. 이는 '역신의 침범'을 의미하지요. 5구의 '둘', 즉 '두 다리'는 '내 것'이라고 하는 것을 보아 '아내의 다리'를 의미하고, 6구의 '둘', 즉 '두 다리'는 '역신의 두 다리'임을 알 수 있죠. 「처용가」에서 가장 중요한 것은 7~8구에 드러나는 '처용의 태도'입니다. 화를 내고 당장 역신을 때려죽여도 시원찮을 판인데, 그러기는커녕 '본래 내 것이었지만 이미 빼앗긴 것을 어찌하겠냐'며 체념하는 태도를 보이죠. 그러고는 노래를 부르고

춤을 추며 물러납니다. 그럴 능력이 충분히 있었으나 역신에게 복수하지 않고, 관용적인 태도를 보인다는 점이 굉장히 특징적입니다. 이러한 모습에 역신도 감복하게 되지요.

배경 설화와 처용가의 내용을 살펴보면 짐작할 수 있듯 「처용가」는 주술적 특징을 지닌 '무가'입니다. 우리 조상들은 이 노래를 부르면 역신이 떠나갈 것이라는 믿음으로 「처용가」를 오랫동안 불러왔습니다. 향가 「처용가」는 이후 고려가요로 이어져 민간에서는 물론 왕실에서 주최하는 제사에서도 많이 불리게 됩니다. 처용 가면을 쓰고 벽사진경(辟邪進慶, 사악한 귀신을 쫓고 경사로운 일을 맞이함)을 노래하는 경우도 많았습니다. 뛰어난 의학 기술이 없었던 우리 조상들에게 역병은 너무나 무서운 존재였습니다. 그렇기에 「처용가」를 부르고 제사를 지내며 두려움을 물리쳤던 것입니다. 이처럼 우리 고전 시가에는 과거 조상들의 욕망과 소망이 잘 드러나 있습니다.

04 고려가요

이제 신라시대를 지나 고려시대로 가 봅시다. 고려가요란, 고려시대 민중 사이에서 널리 불린 노래로, 고려 속요라고도 불립니다. 일반적으로 고려시대에 불린 노래 중 '경기체가'를 제외한 민요들을 일컫습니다. 주로 평민들 사이에서 불렸기 때문에, 평민들의 삶과 가치관을 엿볼 수 있다는 것이 특징입니다. 그렇기에 남녀 간의 사랑, 이별의 정한 등 많은 이들에게 공감대를 얻을 수 있는 주제가 많습니다. 일부 고려가요는 지나치게 향락적이고 퇴폐적이라는 비판을 받기도 하죠.

많은 고려가요들이, 앞에서 살펴본 「정읍사」와 같이, 민간에서 구전되다가 궁중 음악에 편입되어 조선시대에 한글로 기록됩니다. 고려가요는 대체로 3음보의 율격을 지니고 있으며, 여러 개의 연으로 나뉜 분연체입니다. 그리고 궁중 음악으로 쓰인 만큼, 후렴구나 여음이 연마다 삽입되어 구조적 통일감과 운율을 형성한다는 점이 특징적입니다.

📍 청산에 살어리랏다, 청산별곡

이번 시간에는 가장 중요한 세 가지 작품을 살펴보겠습니다. 첫 번째는 고통스러운 현실 속에서 이상향을 노래하는 「청산별곡」입니다. 청산별곡은 2000학년도 수능에 출제된 적이 있습니다. 하지만 출제된 지 꽤 오랜 시간이 지났고, 문학사에서 굉장히 중요한 작품으로 꼽히기 때문에 언제든지 재출제될 가능성이 있습니다. 고어와 옛 문장 구조가 많고, 상징적 표현이 많아 의미 해석이 어렵다는 점에서 미리 공부를 통해 대비하지 않으면 시험문제로 만났을 때 굉장히 당황할 수 있는 작품 중 하나입니다.

원문	현대어 풀이
살어리 살어리랏다 청산(靑山)애 살어리랏다 멀위랑 다래랑 먹고 청산(靑山)애 살어리랏다 얄리얄리 얄라셩 얄라리 얄라	살겠노라 살겠노라 청산에 살겠노라 머루와 다래를 먹고 청산에 살겠노라 얄리얄리 얄라셩 얄라리 얄라
우러라 우러라 새여 자고 니러 우러라 새여 널라와 시름 한 나도 자고 니러 우니로라 얄리얄리 얄랴셩 얄라리 얄라	우는구나 우는구나 새여 자고 일어나 우는구나 새여 너보다 시름이 많은 나도 자고 일어나 울고 있노라 얄리얄리 얄라셩 얄라리 얄라
가던 새 가던 새 본다 믈 아래 가던 새 본다 잉 무든 장글란 가지고 믈 아래 가던 새 본다 얄리얄리 얄라셩 얄라리 얄라	가던 새 가던 새 보았느냐? 물 아래 날아가던 새 보았느냐? 이끼 묻은 쟁기를 가지고 물 아래 날아가던 새 보았느냐? 얄리얄리 얄라셩 얄라리 얄라
이링공 뎌링공 하야 나즈란 디내와손뎌 오리도 가리도 업슨 바므란 또 엇디 호리라 얄리얄리 얄라셩 얄라리 얄라	이럭저럭하여 낮은 지내왔지만 올 이도 갈 이도 없는 밤은 또 어찌하리오 얄리얄리 얄라셩 얄라리 얄라
어듸라 더디던 돌코 누리라 마치던 돌코 믜리도 괴리도 업시 마자셔 우니노라 얄리얄리 얄라셩 얄라리 얄라	어디다 던지던 돌인가? 누구를 맞히려던 돌인가? 미워할 이도 사랑할 이도 없이 맞아서 울고 있노라 얄리얄리 얄라셩 얄라리 얄라
살어리 살어리랏다 바라래 살어리랏다 나마자기 구조개랑 먹고 바라래 살어리랏다 얄리얄리 얄라셩 얄라리 얄라	살겠노라 살겠노라 바다에 살겠노라 나문재, 굴과 조개를 먹고 바다에 살겠노라 얄리얄리 얄라셩 얄라리 얄라
가다가 가다가 드로라 에졍지 가다가 드로라 사사미 짋대예 올아셔 해금을 혀거를 드로라 얄리얄리 얄라셩 얄라리 얄라	가다가 가다가 듣노라 외딴 부엌을 지나가다가 듣노라 사슴이 장대에 올라가서 해금을 켜는 것을 듣노라 얄리얄리 얄라셩 얄라리 얄라
가다니 배브른 도긔 설진 강수를 비조라 조롱곳 누로기 메와 잡사와니 내 엇디 하리잇고 얄리얄리 얄라셩 얄라리 얄라	가다 보니 배부른 독에 독한 술을 빚는구나 조롱박꽃 같은 누룩이 매워 나를 붙잡으니 내 어찌하리오 얄리얄리 얄라셩 얄라리 얄라
– 작자 미상, 「청산별곡」	– 작자 미상, 「청산별곡」

현대어 해설 없이 원문을 한번 살펴봅시다. 도통 무슨 소리를 하는 것인지 이해할 수가 없죠. 1연부터 차근차근 살펴볼까요?

1연을 보면, '청산'에 가서 살고자 하는 화자의 소망이 반복적으로 드러납니다. '청산'은 현실의 고통에서 벗어날 수 있는 이상적인 공간으로 여겨지죠. '머루'와 '다래'는 모두 산과 들에서 자라는 식물로, 화자는 청산에서 머루와 다래를 먹으며 소박하게 살고 싶어 하는 존재입니다.

2연에서 화자는 '새'를 발견합니다. 시름 많고 슬픔 많은 화자의 눈에는 지저귀며 지나가는 새가 마치 울고 있는 것처럼 느껴집니다. 실제로 새는 슬프지 않았을 것입니다. 그냥 지나가던 중이었겠죠. 슬펐던 것은 바로 화자 본인입니다. 즉, 새는 화자가 자신의 슬픔을 투영한 감정이입의 대상입니다. '너(새)보다 시름이 많은 나도 울고 있다'라고 이야기하는 것을 보면 화자가 우는 상태, 즉 슬픔에 잠겨 있음을 알 수 있습니다.

3연은 꽤 논란이 되는 부분 중 하나입니다. '가던 새'와 '잉 무든 장글란'에 대한 해석이 굉장히 다양하기 때문이죠. 사실 「청산별곡」의 화자가 누구인지에 대해서는 다양한 의견이 있습니다.

첫 번째는 삶의 터전을 잃고 떠도는 유랑민이라는 설입니다. 전란, 기근, 세금 등으로 삶의 기반을 잃고 떠돌던 이들이 고달픈 현실을 떠나 이상향인 청산으로 가기를 소망하는 노래라는 것입니다. 이 경우 '가던 새'는 '갈던 밭', '잉 무든 장글란'은 '이끼 묻은 쟁기'로 해석될 수 있습니다. 그렇다면 3연의 내용은 '이끼 묻은 쟁기'를 들고 자신이 '갈던 밭'을 돌아보는 것으로 해석됩니다. 이는 자신이 몸담고 살아가던 현실, 속세에 대한 미련이죠.

두 번째는 '실연한 여인'이라는 설입니다. 이는 화자를 사랑에 실패한 여인으로 보는 관점입니다. 이 경우 '가던 새'는 '떠난 임'을, '잉 무든 장글란'은 '이끼 묻은 은장도'를 의미합니다. '은장도'는 과거 여인들이 사랑하는 임에 대한 의리를 지키기 위해 지니고 있던 무기입니다. 하지만 사랑하는 임이 떠나갔으니, 은장도는 쓸모가 없어 이끼가 껴 있었겠죠. 화자는 계속해서 떠난 임을 돌아보며 미련과 슬픔에 잠겨 있습니다.

세 번째는 '좌절한 지식인'이라는 설입니다. 고려시대 불안정한 정치 상황 속에서 무력감을 느낀 지식인이 자연으로 물러나고자 한 심리를 드러내는 노래라는 것입니다. 여기서 '좌절한 지식인'들이란, 현실 정치에 참여하지 못하거나 자신의 이상이 받아들여지지 못한 이들을 의미합니다. 이 경우 '가던 새'는 자신과 뜻을 함께하던 '벗'들을, '잉 무든 장글란'은 '날이 무딘 병기'를 의미합니다. 이 병기는 과거 화자가 쓰던 무기이지만 이제는 필요 없어져 버린 것일 수도 있고, 날카롭던 무기에 이끼가 끼듯 자신의 힘과 명예도 빛을 잃었음을 나타내는 것일 수도 있습니다. 또는 화자가 무기를 많이 사용하던 문신 계층이었을 것이라는 해석 역시 있습니다.

세 가지 경우 모두 공통으로 지니는 특징은 바로 '현실'에서 '좌절'했다는 점입니다. 현실이 너무나 고달팠기에 이들은 고통과 시련 없는 이상향을 소망합니다.

	유랑민	실연한 여인	좌절한 지식인
가던 새	갈던 밭	떠난 임	벗
잉 무든 장글란	이끼 묻은 쟁기	이끼 묻은 은장도	날이 무딘 병기

4연에서는 화자의 '외로움'과 '고독'이 잘 드러납니다. 어찌저찌 낮은 보냈는데, 올 사람도 갈 사람도 없는 밤은 어떻게 견뎌 나갈지 걱정하는 화자의 한탄입니다. 5연에서는 화자의 '비통한 운명'이 드러나는데, '어디에다 던지던 돌이냐', '누구를 향해 던지던 돌이냐'라는 표현은 '돌'에 맞아서 울고 있는 자신의 처지를 더욱 부각합니다. 5연의 '돌'은 화자의 고달픈 운명을 의미합니다. 누군가가 자신에게 돌을 던지는 것처럼 자신의 운명이 고통스럽게 느껴진다는 것이죠.

6연에서는 새로운 이상향이 드러납니다. 바로 '바다'입니다. '바다'와 '청산'은 모두 현실에서 벗어날 수 있는 이상적 공간을 의미합니다. 그런데 이상합니다. 7연에 잘 해석되지 않는 것이 있습니다. 화자는 외딴 부엌에 가다가 이상한 소리를 듣게 됩니다. 바로 '사슴'이 '장대'에 올라가서 악기인 해금을 연주하는 소리였습니다. 너무나 뜬금없습니다. 사슴이 어떻게 장대에 올라간 것일까요? 해금은 또 어떻게 연주하고요? 이에 대해 학자들은 두 가지 견해를 내놓습니다.

첫 번째는 '기적이 일어나기를 바라는 화자의 소망'이 드러난 것이라는 견해입니다. 현실적으로 사슴이 장대에 올라가서 해금을 켜는 일은 있을 수 없죠. 그만큼 기적을 바랐다는 이야기입니다. 두 번째는 '사슴 탈'을 쓴 '광대'가 해금을 연주하는 것을 보았다는 견해입니다. 이 당시에는 길거리에서 광대가 여러 가지 재주를 부리곤 했으니, 아주 가능성 없는 이야기도 아닙니다.

이제 마지막 연을 살펴봅시다. 화자는 길을 가다 배부른 독에 독한 술을 빚고 있는 풍경을 발견합니다. 술의 누룩 냄새가 자신을 붙잡으니 이를 지나칠 수 없다고 이야기하죠. '너무 고통스러운 와중이었는데 술을 발견하다니, 지나칠 수 없다, 한잔해야지!'라고 외치는 화자의 목소리가 들리는 듯합니다. 자신의 고통스러운 현실을 '술'을 통해 잊어 보려는 시도입니다.

「청산별곡」은 고려가요의 형식적 특징들을 모두 지니고 있습니다. 먼저 분연체로, 여러 연이 독립적이면서도 유기적으로 이어집니다. 그리고 '얄리얄리 얄랑셩 얄라리 얄라'와 같은 의미 없는 후렴구가 계속해서 반복됩니다. 이를 통해 리듬감을 살리고, 형식적 통일감을 주고 있습니다. 당시 민중의 진솔한 정서를 솔직하게 담았다는 점 역시 고려가요의 주된 특징 중 하나입니다.

📍 버리고 가시렵니까, 가시리

다음에는 2001학년도 수능에 출제되었을 뿐 아니라 모의고사와 여러 교과서에서도 필수적으로 다루는 「가시리」를 살펴봅시다.

「가시리」는 떠난 임에 대한 그리움과 슬픔을 나타내는 노래입니다. 「가시리」에 나타난 고려 속요의 특징들을 한번 살펴볼까요? 먼저 「가시리」는 총 4연으로 이루어진 '분연체'입니다. 운율 역시 살펴볼 수 있는데 '가시리/가시리/잇고', '버리고/가시리/잇고'처럼 세 덩이로 나뉘어 글자 수가 3-3-2로 반복되는 3음보 형식임을 알 수 있습니다. 여기서 잠깐, 왜 '나는'은 빼고 세는 것일까요? 이는 '나는'이 특별한 의미 없이 리듬을 맞추기 위해 사용된 '여음'이기 때문입니다. '호우!', '예!' 같은 추임새 정도로 생각하면 되기 때문에 글자 수에 포함하지 않습니다.

이상한 것이 한 가지 더 있습니다. 각 연에 붙어 있는 후렴구 '위 증즐가 대평셩듸'인데요, 이는 각 단락의 끝에 반복적으로 사용된 후렴구로, '위'는 감탄사를, '증즐가'는 악기의 소리를 흉내 낸 의성어입니다. 뒤에 '대평셩듸'는 나라의 태평성대를 기원한다는 뜻이죠. 이별의 정한을 노래하고 있는데, 왜 갑자기 뜬금없이 '우리나라의 태평성대를 바랍니다'라는 후렴구가 붙은 것일까요? 이는 민간에서 향유되던 고려가요가 궁중 음악으로 편입되면서 삽입된 것으로 추정됩니다. 궁중에서 불렸기 때문에, 왕이 다스리는 이 나라의 태평성대를 기원하는 내용이 포함된 것이죠. 조금 뜬금없기는 하지만, 고려가요의 특징이 잘 드러나는 부분 중 하나입니다.

1연에서는 '나를 버리고 가시겠습니까'라는 화자의 애절한 목소리가 드러납니다. 임이 제발 떠나가지 않기를 바라는 간곡한 애원입니다. 2연에는 '나더러 어찌 살라고 버리고 가십니까'라며 떠나는 임에 대한 원망의 목소리가 나타납니다. 화자의 허탈함, 슬픔의 정서가 여실히 드러나는 부분이죠. 임 없이 자신은 살 수 없다는 사랑의 고백이기도 합니다. 3연에서는 '임을 잡아두고 싶어 하는 마음'과 '임이 기분이 상해 다시 오지 않을까 봐 두려워하는 마음'이 충돌합니다. 너무나 붙잡고 싶지만, 이로 인해 임의 마음이 서운해지면 안 올 것 같다는 이야기입니다. 4연에서는 결국 화자가 임을 붙잡지 못하고 보냈음이 드러납니다.

여기서 '셜온 님'이라는 표현에는 두 가지 해석이 가능합니다. 첫 번째는 서러워하는 주체가 '나', 즉 화자라는 해석입니다. 나 자신이 서러운 마음으로 임을 보내드린다는 것이죠. 두 번째는 서러워하는 주체가 '임'이라는 해석입니다. 이별을 서러워하는 임을 보내드린다는 뜻이죠. 뒤에 이어지는 '가시는 듯, 돌아오소서'라는 구절은 떠나더라도 바로 돌아오라는 화자의 마음입니다.

이처럼 이별의 정한을 노래하는 우리 고전 시가의 전통은 이후 황진이의 시조와 김소월의 「진달래꽃」으로 이어지게 됩니다.

📍 배 타들면 것고리이다, 서경별곡

[2019 고3 6모] 32, 34번 「서경별곡」 출제 – 시어의 의미, 당시 유행하던 구절 분석
[2009 고3 10모] 39~40번, 42번 「서경별곡」 출제 – 시적 화자의 태도, 표현 방법, 시어 및 시구 이해

이번에는 「서경별곡」을 한번 살펴봅시다. 서경별곡(西京別曲)의 '서경'은 구체적인 지명으로 지금의 평양을 의미합니다. '별(別)'은 '이별'할 때의 '별'로, '헤어짐'을 의미하는 한자이죠. 즉, 서경별곡은 '서경에서의 이별 노래'입니다.

앞서 살펴본 「가시리」의 화자와 「서경별곡」의 화자가 처한 상황은 거의 유사합니다. 사랑하는 임과 이별한 슬픈 상황이죠. 하지만 이별을 대하는 태도는 두 화자가 상당히 다름을 알 수 있습니다.

원문	현대어 풀이
셔경(西京)이 아즐가 셔경(西京)이 셔울히 마르는 위 두어렁셩 두어렁셩 다링디리	서경(西京)이 서경(西京)이 서울이지마는 위 두어렁셩 두어렁셩 다링디리
닷곤디 아즐가 닷곤디 쇼셩경 고외마른 위 두어렁셩 두어렁셩 다링디리	(삶의 터전을) 닦은 곳 닦은 곳인 작은 서울을 사랑합니다마는 위 두어렁셩 두어렁셩 다링디리
여히므론 아즐가 여히므논 질삼뵈 부리고 위 두어렁셩 두어렁셩 다링디리	이별하기보다는 이별하기보다는 길쌈하던 베를 버리고라도 위 두어렁셩 두어렁셩 다링디리
괴시란디 아즐가 괴시란디 우러곰 좃니노이다 위 두어렁셩 두어렁셩 다링디리	(임께서 나를) 사랑해 주신다면 사랑해 주신다면 울면서 따르겠습니다 위 두어렁셩 두어렁셩 다링디리
구스리 아즐가 구스리 바회예 디신돌 위 두어렁셩 두어렁셩 다링디리	구슬이 구슬이 바위에 떨어진들 위 두어렁셩 두어렁셩 다링디리
긴히똔 아즐가 긴히똔 그츠리잇가 나논 위 두어렁셩 두어렁셩 다링디리	끈이야 끈이야 끊어지겠습니까? 위 두어렁셩 두어렁셩 다링디리
즈믄히를 아즐가 즈믄히를 외오곰 녀신돌 위 두어렁셩 두어렁셩 다링디리	천 년을 천 년을 홀로 살아간들 위 두어렁셩 두어렁셩 다링디리
信잇돈 아즐가 信잇돈 그츠리잇가 나논 위 두어렁셩 두어렁셩 다링디리	믿음이야 믿음이야 끊어지겠습니까? 위 두어렁셩 두어렁셩 다링디리

대동강(大洞江) 아즐가
대동강(大洞江) 너븐디 몰라셔
위 두어렁셩 두어렁셩 다링디리

빈 내여 아즐가
빈 내여 노혼다 샤공아
위 두어렁셩 두어렁셩 다링디리

네 가시 아즐가
네 가시 럼난디 몰라셔
위 두어렁셩 두어렁셩 다링디리

녈 빈예 아즐가
녈 빈예 연즌다 샤공아
위 두어렁셩 두어렁셩 다링디리

대동강(大洞江) 아즐가
대동강(大洞江) 건넌편 고즐여
위 두어렁셩 두어렁셩 다링디리

빈 타들면 아즐가
빈 타들면 것고리이다 나는
위 두어렁셩 두어렁셩 다링디리

– 작자 미상, 「서경별곡」

대동강이
대동강이 넓은 줄을 몰라서
위 두어렁셩 두어렁셩 다링디리

배를 내어
배를 내어놓았느냐, 사공아
위 두어렁셩 두어렁셩 다링디리

네 각시가
네 각시가 바람난 줄을 몰라서
위 두어렁셩 두어렁셩 다링디리

떠나는 배에
떠나는 배에 (임을) 태웠느냐, 사공아
위 두어렁셩 두어렁셩 다링디리

대동강
대동강 건너편 꽃을
위 두어렁셩 두어렁셩 다링디리

(내 임이) 배를 타고 들어가면
배를 타고 들어가면 꺾을 것입니다
위 두어렁셩 두어렁셩 다링디리

– 작자 미상, 「서경별곡」

　「서경별곡」에서도 고려가요의 특징인 '여음'과 '후렴구'가 나타납니다. 연마다 반복되는 '아즐가'는 '여음'으로, 노랫가락을 맞추기 위한 의미 없는 소리입니다. 「서경별곡」에서는 '아즐가' 앞뒤로 같은 말을 반복함으로써 운율을 형성하지요. 반복되는 '위 두어렁셩 두어렁셩 다링디리'는 악기 소리를 흉내 낸 의성어입니다. 연마다 같은 구절이 반복됨으로써 운율이 형성됨은 물론이고, 형태적인 안정감을 줍니다.

　1~2연에서 화자는 자신이 그동안 삶의 터전을 닦아온 '소서경'에 대한 애착을 드러냅니다. 그만큼 애정이 있는 곳이지만, 3~4연을 보면 '임을 여의느니 울면서 따라가겠다'라는 강한 의지를 보이죠. 이때 화자는 '질삼뵈'를 버리고 따라가겠다고 표현하는데, 이를 통해 우리는 화자가 여성임을 알 수 있습니다. 화자는 베를 길쌈하면서 생계를 유지해 온 여성인 것입니다. 정리하자면, 화자는 임이 자신을 사랑해 주기만 한다면 생업과 삶의 터전을 모두 버리고 따르겠다는 적극적인 여성입니다.

　5~6연에서는 '자신의 변함없는 믿음'을 드러내기 위해 비유적 표현을 사용합니다. '구슬이 바위에 떨어져서 깨진다 한들, 그 속을 꿰고 있는 실은 끊어지지 않는다'라는 표현이죠. 여기서 '구슬'은 '화자의 사랑'을, '바위'는 '임과 나의 사랑을 방해하는 외부 장애물'을 의미합니다. 그리고 그 속의 '실'은 둘 사이의 깨지지 않는 '믿음', '신의'를 의미합니다. 아무리 외부 요인에 의해 자신의 사랑이 위협받아도 자신의 믿음은 깨지지 않는다는 의지적 표현인 것입니다.

　7~8연에는 그러한 다짐이 더욱 구체화됩니다. 임이 다시 돌아오지 않아 천 년을 외로이 살아간다고 해도 임을 향한 자신의 믿음은 끊어지지 않는다는 것입니다. 여기서 화자는 '그츠리잇가'와 같이 의문형 어미를 사용하고 있습니다. '믿음이 끊어지겠습니까?'라는 이 구절은 의문형이기는 하지만 진짜로 그 여부

가 궁금해서 묻는 것이 아닙니다. 믿음은 끊어지지 않는다는 것을 강조하기 위해 일부러 의문형으로 표현한 설의법에 해당하죠.

5~8연에 대해서 한 가지 짚고 넘어갈 점이 있습니다. 바로, 고려가요 「정석가」에 같은 구절이 삽입되어 있다는 것이죠. 「정석가」와 「서경별곡」에 나타난 구절을 이제현이 옮긴 한시와 비교하는 문제가 2018년도 고3 모의고사에 출제된 적이 있습니다.

<table>
<tr><td>

딩아 돌하 당금(當今)에 계샹이다.
딩아 돌하 당금(當今)에 계샹이다.
션왕셩ᄃᆡ예 노니ᄋᆞ와지이다.

(중략)

구스리 바회예 디신ᄃᆞᆯ
구스리 바회예 디신ᄃᆞᆯ
긴힛ᄃᆞᆫ 그츠리잇가.
즈믄 ᄒᆡ를 외오곰 녀신ᄃᆞᆯ
즈믄 ᄒᆡ를 외오곰 녀신ᄃᆞᆯ
신(信)잇ᄃᆞᆫ 그츠리잇가.

– 작자 미상, 「정석가」

</td><td>

34. 〈보기〉를 참고할 때, (가)의 [A]와 〈보기〉의 [B]를 비교하여 이해한 내용으로 적절하지 않은 것은? [3점]

보기

「서경별곡」의 제2연에서 여음구를 제외한 부분은 당시 유행하던 민요의 모티프를 수용한 것으로, 「정석가」에도 동일한 모티프가 나타난다. 고려 시대의 문인 이제현도 당시 유행하던 민요를 다음과 같이 한시로 옮긴 적이 있다.

비록 구슬이 바위에 떨어져도
끈은 진실로 끊어질 때 없으리.
낭군과 천 년을 이별한다고 해도
한 점 붉은 마음이야 어찌 바뀌리오?

縱然巖石落珠璣
縷縷固應無斷時　　[B]
與郞千載相離別
一點丹心何改移

① [A]와 [B]에서 '구슬'은 변할 수 있는 것을, '긴'이나 '끈'은 변하지 않는 것을 비유하는 소재로 활용하였군.
② [A]에서는 '신'을, [B]에서는 '붉은 마음'을 굳건한 '바위'로 형상화하였군.
③ [A]와 [B] 모두에서 변하지 않는 마음을 소중한 가치로 여기는 화자의 태도가 나타나는군.
④ [A]와 [B]를 보니 동일한 모티프가 서로 다른 형식의 작품으로 수용되었군.
⑤ [A]와 [B]를 보니 여음구의 사용 여부에 차이가 있군.

</td></tr>
</table>

그러면 왜 「정석가」와 「서경별곡」에 동일한 구절이 등장하는 것일까요? 이는 모의고사 〈보기〉에서 알 수 있듯 해당 구절이 당시 유행했던 민요의 구절이기 때문입니다. 고려가요는 조선시대에 글로 기록되기 전까지는 입에서 입으로 전해지던 구비 문학이었습니다. 사람들 사이에 노래가 전해지면서 당시 유행하던 부분이 추가되기도 하고, 특정 부분이 빠지기도 하는 식으로 변화의 과정을 거쳤던 것이죠. 이러한 과정에서 당시 사람들이 좋아하고 유행했던 부분이 「정석가」과 「서경별곡」에 모두 삽입된 것입니다.

다시 「서경별곡」의 내용으로 돌아가 봅시다. 9~14연에서 드러나는 화자의 태도는 아주 특징적입니다. 임을 배에 태운 사공에게 화풀이하기도 하고, 임이 변심할 것이라며 의심하기도 하지요. 사실 사공은 할 일을 한 것뿐입니다. 임에게 떠나라고 재촉하거나 꼬드긴 것은 아닙니다. 하지만 화자는 임이 떠난 것에 대한 원망과 분노를 사공에게 돌립니다. '대동강이 넓은지 몰라서 배를 내놓았느냐', '네 각시가 바람피우는 것도 모르고 내 임을 가는 배에 얹어 놓았느냐' 등의 막말을 퍼붓습니다. 사공 입장에서는 참 억울하고 화가 날 일입니다.

그렇다면 화자는 왜 이렇게까지 화가 난 것일까요? 13, 14연을 보면 그 심정을 조금이나마 유추해 볼 수 있습니다. 이는 바로 임이 대동강을 건너면, 건너편 꽃을 꺾을 것이라는 우려와 걱정 때문입니다. 여기서 꽃은 '다른 여인'을 의미합니다. 즉, 화자는 임이 떠나면 그가 다른 여인을 만날 것으로 생각하는 것입니다.

9~14연에서 잘 드러나듯 「서경별곡」의 화자는 임에 대한 질투, 원망 등 다양한 감정을 직설적으로 드러냅니다. 이는 「가시리」로 대표되는 전통적인 여성 화자와는 살짝 다릅니다. 「가시리」의 화자를 다시 한번 떠올려 봅시다. 임을 보내고 싶지는 않지만, 혹시나 임의 마음이 상해 다시 오지 않을까 봐 결국 잡지도 못합니다. 수동적인 여성 화자의 전형이라고 할 수 있죠. 하지만 자신의 감정을 적극적으로 표출하고, 죄 없는 사공에게까지 불만을 표하는 「서경별곡」의 화자는 적극적이고 직설적인 여성으로 드러납니다.

Q 퀴즈로 점검하는 문학 개념

1. 고려가요는 분연체 형식이며, 후렴구나 여음이 등장한다는 특징이 있다.　(O, ×)
2. 「청산별곡」의 '청산'과 '바다'는 화자가 살고 있는 부정적 현실을 의미한다.　(O, ×)
3. 「청산별곡」의 '새'는 화자의 슬픔을 투영한 ______의 대상이다.
4. 「가시리」의 화자는 임을 붙잡고 싶어 하지만 끝내 잡지 못하는 수동적인 여성이다.　(O, ×)
5. 「서경별곡」과 「정석가」에 동일한 구절이 등장하는 이유는 구전되는 과정에서 당시 유행한 민요가 삽입됐기 때문이다.　(O, ×)

정답과 해설: 1. ○ 2. × 3. 감정이입 4. ○ 5. ○

1. 고려가요는 여러 연이 나뉘는 분연체 형식이 많고, 노래의 흥과 운율을 살리기 위해 후렴구나 여음이 자주 사용됩니다.
2. 「청산별곡」의 '청산'과 '바다'는 화자가 벗어나고 싶어 하는 부정적 현실이 아니라 화자가 도달하고자 하는 이상향을 의미합니다.
3. 「청산별곡」의 '새'는 화자의 슬픔이 투영된 감정이입의 대상으로 기능합니다.
4. 「가시리」의 화자는 이별을 원하지 않지만, 임의 선택을 받아들이며 끝내 붙잡지 못하는 수동적 태도를 보입니다.
5. 「서경별곡」과 「정석가」의 동일한 구절은 구전 과정에서 당시 유행하던 민요적 요소가 삽입, 공유된 결과로 볼 수 있습니다.

05 악장

악장은 조선 전기 궁중의 의식 및 행사에서 사용되었던 노래를 의미합니다. 조선이 건국된 이후, 건국 세력은 궁중의 새로운 예법과 음악, 즉 예악(禮樂)을 정비합니다. 나라의 공식 행사에 쓰기 위해서 노래들을 정리한 것이죠.

악장의 경우 통일된 형식은 따로 존재하지 않아, 각 노래가 각기 다른 형식을 보입니다. 국가의 공식 행사에 주로 사용되었기 때문에, 왕실의 번영을 기원하고 임금의 덕을 찬양하는 송축(頌祝)가의 특징이 강합니다. 특히 건국 초기에 악장은 국가의 정통성과 이념을 공고히 하는 데 중요한 역할을 합니다. 하지만 시간이 지나 나라의 국가적 이념이 확립되고, 조선이 자리를 잡게 되면서 악장의 필요성은 점차 줄어들게 됩니다.

악장에는 한문 악장, 국문 악장이 있지만, 수능에서는 국문 악장이 훨씬 더 중요하게 다루어집니다.

2016학년도 수능에는 가장 대표적인 악장인 「용비어천가」가 출제되기도 했죠. 건국 이념의 정당성을 확립하고 새로운 나라의 시작을 알렸던 「용비어천가」를 함께 살펴봅시다.

📍 해동 육룡이 나르샤, 용비어천가

「용비어천가」는 조선 세종 때 편찬된 악장입니다. 세종대왕은 훈민정음을 창제하고 이것을 시험해 보기 위해 「용비어천가」를 펴냈습니다. 그러므로 「용비어천가」는 훈민정음으로 쓰인 가장 첫 번째 책이자 한글 반포 이전에 지어진 유일한 책이기도 합니다. 훈민정음을 시험해 보려는 목적 이외에 「용비어천가」를 지은 이유가 또 있습니다. 수능에 출제되었던 아래 〈보기〉를 함께 살펴볼까요?

> **보기**
>
> **「용비어천가」는 새 왕조에 대한 송축, 왕에 대한 권계 등 정치적 목적으로 왕명에 따라 신하들이 창작하여 궁중 의례에서 연행된 작품**이고, 「강호사시가」는 정계를 떠난 선비가 강호에서 누리는 개인적 삶을 표현한 작품이다. 두 작품 모두 사대부들에 의해 창작되었다. 사대부들은 수신(修身)을 임무로 하는 사(士)와 관직 수행을 임무로 하는 대부(大夫), 즉 선비와 신하라는 두 가지 정체성을 지니고 있었다. 이로 인해 사대부들이 향유한 시가는 정치적인 성격을 띠기도 한다.
>
> – 2016학년도 수능 42번

「용비어천가」는 목조에서 태종에 이르는 여섯 왕들의 행적을 노래한 서사시입니다. 그리고 왕들이 모두 중국의 제왕들처럼 하늘의 명을 받들었다는 점에서 그 권위의 정당성을 드러냅니다. 「용비어천가」는 10권으로 된 긴 악장가사로, 총 125장으로 이루어져 있습니다. 서사(1~2장)에는 조선 개국의 정당성을 강조하는 내용이, 본사(3~109장)에는 여섯 왕의 업적을 찬양하는 내용이, 결사(110~125장)에는 후대 왕에 대해 권계하는 내용이 주를 이룹니다. 즉, 「용비어천가」는 새 왕조에 대한 송축, 왕에 대한 권계 등 정치적 목적으로 쓰였음을 확인할 수 있습니다.

앞서 살펴보았듯, 「용비어천가」는 총 125장의 긴 서사시이기 때문에 가장 대표적인 1장, 2장, 125장만을 살펴보도록 합시다. 2016학년도 수능에도 2장과 125장이 출제되었습니다.

원문

〈제1장〉
해동(海東) 육룡(六龍)이 나르샤 일마다 천복(天福)이시니
고성(古聖)이 동부(同符)하시니

〈제2장〉
뿌리 깊은 나무는 바람에 아니 뮐새 꽃 좋고 열매 많나니
샘이 깊은 물은 가뭄에 아니 그칠새 내가 일어 바다에 가나니

〈제125장〉
천세(千世) 전에 미리 정하신 한강 북녘에 누인개국(累仁開國)하시어 복년(卜年)이 가없으시니

성신(聖神)이 이으셔도 경천근민(敬天勤民)하셔야 더욱 굳으시리이다
임금하 아소서 낙수(洛水)에 사냥 가 있어 조상만 믿겠습니까

– 정인지 외, 「용비어천가」

현대어 풀이

〈제1장〉
해동(우리나라)의 여섯 용이 날아, 그 하시는 일마다 모두 하늘이 내린 복이시니
옛 성인이 하신 일들과 부절을 합친 것처럼 꼭 맞으시니

〈제2장〉
뿌리가 깊은 나무는 바람에 움직이지 아니하므로, 꽃이 좋고 열매도 많으니
샘이 깊은 물은 가뭄에도 끊이지 않으므로 내가 되어서 바다에 이르니

〈제125장〉
천 년 전에 미리 정한 한강 북쪽 땅에 어진 덕을 쌓아 나라를 열어 복이 끝이 없으니
성스럽고 신령한 임금이 왕위를 이으셔도 하늘을 공경하고 부지런히 백성을 위해야 나라가 더욱 굳건해질 것입니다
임금이여 아소서 낙수에 사냥 가서 할아버지 공덕만을 믿으시겠습니까

– 정인지 외, 「용비어천가」

1장을 먼저 살펴봅시다. 해동(海東)은 발해의 동쪽에 있는 나라로, 과거 우리나라를 일컫던 표현입니다. 한마디로 우리나라에 여섯 용이 났다고 표현한 것인데, 이는 여섯 성군을 의미합니다. 1수에서 '고성(古聖)'은 중국 고대 성군들을 의미하며, 우리나라의 여섯 왕 역시 중국 고대 성군들처럼 하늘의 복을 받았다는 점에서 동일한 권위를 지님을 드러냅니다. 이를 통해 새 왕조와 조선 건국의 정당성을 부각하지요.

2장은 「용비어천가」에서 가장 유명한 구절입니다. 훈민정음 서문에서 세종이 직접 인용했고, 한자어 없이 순우리말로 이루어졌다는 특징이 있습니다. 탁월한 비유적 표현을 통해 뛰어난 문학성을 보이기도 합니다. 2장을 현대어로 풀이해 보면, '뿌리 깊은 나무는 바람에 흔들리지 않아 꽃이 좋고 열매가 많으니/ 샘이 깊은 물은 가뭄에도 그치지 않아 내가 되어 바다에 이르니'입니다. 나라에 관한 이야기를 하다가, 갑자기 나무와 물 이야기를 하니까 뜬금없이 느껴질 수도 있습니다. 하지만 이는 굳건한 나라에 대한 비유적 표현입니다. '뿌리 깊은 나무'는 '기초가 튼튼한 나라'를 의미하며, 이는 우리나라의 기초가 튼튼하다면 어떤 역경과 풍파에도 흔들리지 않을 것임을 드러냅니다. 그리고 '샘이 깊은 물'은 '유서 깊은 나라'를 의미하며, 이 물이 가뭄에도 그치지 않을 것이라는 표현은 '조선 왕조가 끊기지 않고 영원히 지속될 것'임을 강조하는 부분입니다.

마지막으로 가장 어렵게 느껴지는 125장을 함께 살펴봅시다. 이는 미래의 왕들에게 경계와 교훈을 주는 내용입니다. 후대를 향한 세종의 메시지이죠. 먼저 첫 행을 살펴보면, '천 년 전에 미리 정한 한강 북쪽 땅에 어진 덕을 쌓아 나라를 열어 복이 끝이 없으니'라는 표현으로 시작합니다. 이는 조선을 건국한 당시를 의미하며, 조선이라는 나라가 세워진 후 복이 끊임없었다는 것입니다. '성스럽고 신령한 임금이 왕위를 이으셔도 하늘을 공경하고 부지런히 백성을 위해야 나라가 더욱 굳건해질 것입니다'라는 구절은 후대 왕에 대한 권고입니다. 하늘을 공경하고 백성을 잘 다스려야 나라가 오래 지속될 것이라는 충고이죠.

마지막에 등장하는 '낙수에 사냥 가서 할아버지 공덕만을 믿으시겠습니까'라는 표현은 태강왕의 고사를 통해 후대 왕들이 끊임없이 노력을 기울여야 함을 강조하는 것입니다. 하나라 태강왕은 사냥에 푹 빠져 정치를 소홀히 하다가 멸망한 왕입니다. 그는 자신의 선대 왕들이 쌓은 공덕만을 믿고 오만방자하게 살다가 결국 멸망하게 됩니다. 세종은 후대 왕들에게 하나라 태강왕의 고사를 상기시키며, 늘 하늘을 공경하고 백성을 다스리는 데 힘쓸 것을 강조합니다.

Q 퀴즈로 점검하는 문학 개념

1. 악장은 조선 전기 궁중의 의식 및 행사에서 사용되었던 노래를 의미한다. (O, ×)
2. 「용비어천가」는 한자로 쓰인 가장 첫 번째 악장이다. (O, ×)
3. 「용비어천가」 1장의 '육룡'은 조선의 여섯 왕을 의미한다. (O, ×)
4. 「용비어천가」 2장에서는 비유적 표현을 통해 나라의 기초보다는 중국과의 연대가 중요함을 강조한다. (O, ×)
5. 「용비어천가」 125장에서는 중국 왕의 고사를 활용하여 후대 왕에게 '경천근민(敬天勤民)'할 것을 권고한다. (O, ×)

정답과 해설: 1. ○ 2. × 3. ○ 4. × 5. ○

1. 악장은 조선 전기 궁중의 의식 • 연회 • 제례 등에서 부르던 공식 노래를 가리키는 문학 갈래입니다.
2. 「용비어천가」는 훈민정음(한글)으로 창작된 최초의 악장이며, 한자로 쓰인 작품이 아닙니다.
3. 「용비어천가」 1장의 '육룡'은 조선을 건국한 태조를 포함한 여섯 왕(조선 왕조의 시조 계열)을 상징합니다.
4. 2장에서는 비유적 표현을 통해 나라의 근본과 건국의 정당성, 즉 조선 왕조의 뿌리와 자주성을 강조합니다.
5. 125장에서는 중국 왕의 고사를 들어, 후대 왕들에게 하늘을 공경하고 백성을 부지런히 돌보라는 '경천근민'의 정치 이념을 권고합니다.

06 시조

[2026 수능] 31~34번 작자 미상, 「이 시름 저 시름~」, 「강원도 설화지를 제 크기로~」 출제 – 표현상 특징, 시어 및 내용 이해
[2025 수능] 33~34번 사설시조 「녹양방초 언덕에~」 출제 – 시어의 의미, 시조 내용 이해
[2024 수능] 32, 34번 연시조 「화암구곡」 출제 – 표현상 특징, 시조 내용 이해
[2023 수능] 22~24번 연시조 「도산십이곡」 출제 – 표현상 특징, 시조 내용 이해
[2022 수능] 33~34번 연시조 「농가」 출제 – 시조 내용 이해, 시구의 의미

수능에서 가장 많이 출제되는 고전 시가의 갈래라고 한다면 시조와 가사를 꼽을 수 있습니다. 시조는 한국 고유의 정형시로, 조선시대에 이르러 완성된 대표적인 서정시이죠. 시조는 한글 창제 이전부터 구전되던 노래의 전통을 이어받아 점차 형성되었으며, 고려 후기부터 본격적으로 기록되어 전해집니다. 고려 후기 시조로는 고려 말 충신 정몽주가 고려에 대한 신의를 내비친 「단심가」, 정몽주를 회유해 함께 조선

을 건국하고자 했던 이방원의 「하여가」가 대표적입니다. 인간의 정서와 사상을 3장의 짧은 형식 속에 함축적으로 표현하는 시조는 우리 민족의 미의식과 언어 감각이 응축된 문학 형식이라고 할 수 있습니다.

시조는 초장, 중장, 종장의 세 부분으로 나뉩니다. 일반적으로 초장에서는 화제나 상황을 제시하고, 중장에서는 그것을 발전시키며, 종장에서는 감정의 절정이나 시적 상황의 결론을 나타냅니다. 종장은 대개 감정의 여운을 남기거나 주제를 압축적으로 표현해 내용을 마무리하죠.

시조의 각 장은 다시 2구로 나뉩니다. 그리고 한 장은 대체로 3·4조 혹은 4·4조의 율격으로 이루어져 운율이 형성됩니다. 쉽게 이야기하면 글자 수가 3-4-3-4, 혹은 4-4-4-4로 반복된다는 것입니다. 그렇기에 시조 하나의 글자 수는 일반적으로 45자 내외입니다. 글자 수에 엄격한 제한은 없었지만, 종장의 첫째 마디는 반드시 세 글자로, 종장의 둘째 마디는 다섯 글자가 넘도록 표현해야 했습니다.

정리하자면, 시조는 '3장 6구 45자 내외, 4음보'라는 정해진 형식이 있는 정형시입니다. 이러한 형식 덕분에 시조는 낭송하거나 노래로 불릴 때 더욱 그 운율미가 살아납니다.

가난하지만 자연을 즐기며 안빈낙도의 삶을 살았던 한호의 시조를 봅시다.

> 짚방석✓내지 마라✓낙엽엔들✓못 앉으랴 (초장)
> 솔불✓혀지 마라✓어제 진 달✓돋아온다 (중장)
> 아이야✓박주산채(薄酒山菜)일망정✓없다 말고✓내어라 (종장)
>
> — 한호

초장, 중장, 종장이 각각 몇 음보인가요? 각각 네 덩어리로 나뉘는 것을 보니 4음보임을 알 수 있습니다. 종장의 첫 단어는 '아이야'로 세 글자, 두 번째 단어는 '박주산채일망정'으로 7글자입니다. 위 시조는 '3장 6구 45자 내외, 4음보의 형식'을 잘 따르고 있다고 볼 수 있겠네요.

여기서 한 가지 의문이 들지 않나요? 왜 종장의 첫 단어는 세 글자, 두 번째 단어는 다섯 글자가 넘도록 형식이 정해져 있었을까요? 그것은 바로 종장을 낭송하는 과정에서 호흡이 느렸다가, 가빠졌다가, 다시 원래의 호흡으로 돌아오게 해 '긴장-이완'의 흐름을 느낄 수 있도록 한 우리 선조들의 지혜 때문입니다. 비슷한 길이의 단어를 균일한 박자로 낭송하다가, 갑자기 글자 수가 많아지면 그만큼 호흡이 빨라지겠죠? 이러한 형식적 장치를 통해 우리 선조들은 짧은 형식 안에서도 리듬감과 정서의 완급을 조절할 수 있었습니다. 계속해서 같은 호흡과 흐름으로 시를 이어가는 것보다, 중간에 변화를 주는 것이 말하는 이와 듣는 이에게 더욱 재미를 줄 수 있었겠지요.

시조는 일반적으로 평시조, 엇시조, 사설시조로 나뉩니다. 평시조는 기본적인 초장-중장-종장 구조를 갖춘, 가장 전형적인 형태입니다. 위에서 살펴본 한호의 시조가 바로 대표적인 평시조입니다. 엇시조는 평시조의 형식에서 종장의 첫 구절을 제외한 어느 한 구절이 평시조보다 길어지는 형태를 의미합니다. 마지막으로 사설시조는 평시조의 형식에서 두 구절 이상 길어지는 형태입니다. 사설시조의 경우 주로 평민 계층이 창작하여 일상적 소재를 자유롭게 다루고 풍자와 해학을 담아낸다는 특징이 있습니다. 연시조는 한 편의 시조를 여러 수로 엮어 하나의 작품을 이루는 형식의 시조를 의미합니다. 기본적으로 시조 한 수는 3장 6구로 구성되는데, 연시조는 이러한 시조가 두 수 이상 연이어져 하나의 주제나 정서를 통일적으로 표현합니다. 각각의 시조가 독립적인 완결성을 가지면서도 전체적으로는 하나의 흐름과 의미를 형성하는 것이 특징입니다.

	특징	대표작
평시조	시조의 기본형으로 3장 6구 45자 내외의 정형시. 정제되고 간결한 표현으로 자연, 충·효, 인생관 등의 주제를 담음.	– 황진이, 「청산리 벽계수야~」 – 정철, 「어와 동량재를~」
엇시조	평시조의 형식에서 종장의 첫 구절을 제외한 어느 한 구절이 평시조보다 길어지는 형태.	– 김인후, 「청산도 절로절로~」
사설시조	평시조의 형식에서 두 구절 이상 길어지는 형태. 풍자적, 해학적, 서민적 정서 표현이 많음.	– 작자 미상, 「녹양방초 언덕에~」 – 작자 미상, 「두터비 파리를 물고~」
연시조	두 수 이상 여러 수의 시조를 연이어 엮은 작품.	– 이황, 「도산십이곡」 – 맹사성, 「강호사시가」 – 위백규, 「농가」

시조는 내용상으로도 매우 다양한 주제를 담고 있습니다. 자연을 노래한 시조, 사랑과 이별의 정서를 표현한 시조, 속세를 떠나 은일(隱逸)의 삶을 그린 시조, 인생무상의 정서를 표현한 시조, 충효의 도리를 강조한 시조, 세태를 풍자하거나 비판한 시조까지 굉장히 다양합니다. 이처럼 다양한 주제를 다루지만, 그 중심에는 언제나 시조 특유의 고요한 정서가 흐릅니다. 화자는 자신의 감정을 마구잡이로 쏟아내지 않고, 절제된 언어 속에 깊은 뜻을 담습니다. 이것이 시조가 가진 가장 큰 매력입니다.

아직 시조들을 만나보지 못해 감이 안 잡힐 수도 있습니다. 그렇다면, 주제별로 나누어서 대표 작품들을 한번 살펴볼까요?

자연의 아름다움을 노래한 시조

보기

「도산십이곡」에서 강호는 자연의 이치와 인간이 지향하는 이치가 일치된 이상적 공간으로, 「지수정가」에서 강호는 자연에서 생활하면서 자연의 가치를 새롭게 발견할 수 있는 공간으로 나타난다. 「도산십이곡」에서는 조화로운 자연과 합일하는 화자가 등장하며, 「지수정가」에서는 자연의 구체적인 모습을 묘사하며 자연의 가치를 확인한 화자가 등장한다.

– 2023학년도 수능 24번

조선시대 사대부들에게 중요한 것은 '충·효·열'의 유교적 가치 외에, 자연 친화 사상도 있었습니다. 그들은 자연과 조화를 이루며 살아가는 삶을 중시했고, 안분지족(安分知足)의 태도를 지니고 있었습니다. 벼슬에서 물러난 후 산수(山水)를 즐기며 사는 삶을 이상적으로 여겼고 자신이 존재하는 아름다운 자연의 세계를 '무릉도원(武陵桃源)' 같다고 표현하기도 합니다. 그리고 사대부들은 자연을 벗 삼아 은거 생활을 하며 수양과 성찰을 함으로써 '도(道)', 즉 진리를 추구하고자 하는 경향이 있었습니다. 이러한 당시 지배 계층의 가치관은 문학 작품에 오롯이 남아 있습니다.

또 한 가지, 조선시대 사대부들에게 중요한 가치 중 하나는 '안분지족(安分知足)'하는 삶의 태도였습니다. 안분지족이란, 자신의 분수를 알고 욕심을 내지 않으며 살아가는 삶의 태도입니다. 한마디로 '겸손한 삶'을 의미하지요. 물질적 부나 출세를 지나치게 추구하기보다는 마음의 평안을 중시했으며, '청빈'과 '절제'의 삶을 미덕으로 여깁니다. 비슷한 의미를 가진 사자성어로 '안빈낙도(安貧樂道)'가 있습니다. '가난한 생활을 하면서도 편안한 마음으로 도를 즐겨 지킨다'라는 뜻으로, 벼슬과는 거리가 있는 삶을 살지만, 자연에서 도를 지켜 행하므로 만족하고 즐겁다는 뜻이지요.

 '자연 친화', '안빈낙도', '안분지족'을 주제로 하는 고전 시가는 상당히 많습니다. 대부분의 고전 시가는 이러한 주제를 가지고 있다고 해도 과언이 아닙니다. 이와 관련된 고사성어들을 몇 가지 살펴볼까요?

　　고사성어를 모르면 고전 시가는 해석하는 데 큰 어려움이 있을 수 있습니다. 대표적인 고사성어들은 꼭 외워두는 게 좋겠죠? 이번에는 '자연친화', '안빈낙도', '안분지족'을 주제로 하는 대표적인 연시조를 함께 살펴봅시다. 2023학년도 수능에 출제되었던 「도산십이곡」입니다.

원문
〈제1수〉 이런들 엇더ᄒ며 뎌런들 엇더ᄒ료 초야우생(草野遇生)이 이러타 엇더ᄒ료 ᄒ믈며 천석고황(泉石膏肓)을 고텨 므슴ᄒ료 〈제2수〉 연하(煙霞)로 집을 삼고 풍월(風月)로 벗을 사마 태평성대(太平聖代)에 병으로 늘거가되 이 듕에 바라는 일은 허므리나 업고쟈 〈제4수〉 유란(幽蘭)이 재곡(在谷)ᄒ니 자연이 듯디 됴해 백운(白雲)이 재산(在山)ᄒ니 자연이 보디 됴해 이 듕에 피미일인(彼美一人)을 더옥 닛디 몯ᄒ얘 〈제6수〉 춘풍에 화만산(花滿山)ᄒ고 추야에 월만대(月滿臺)라 사시가흥(四時佳興)이 사롬과 ᄒ 가지라 ᄒ믈며 어약연비 운영천광이야 어늬 그지 이슬고 　　　　　　　　　　　　　　　　　　　　　　　　　　　　－ 이황, 「도산십이곡」

〈제1수〉
이런들 어떠하며 저런들 어떠한가
시골에 파묻혀 사는 어리석은 사람이 이렇다고 어떠하겠는가
하물며 자연을 끔찍이도 사랑하는 이 병을 고쳐서 무엇하겠는가

〈제2수〉
안개와 노을을 집으로 삼고 풍월을 벗으로 삼아
태평성대에 병으로 늙어가고 있으니
이러한 가운데 바라는 일은 허물이나 없었으면

〈제4수〉
그윽한 향기의 난초가 골짜기에 피어 있으니 자연이 듣기 좋구나
흰 구름이 산봉우리에 걸려 있으니 자연이 보기가 좋구나
이러한 가운데에서 저 한 아름다운 분(임금)을 더욱 잊지 못하는구나

〈제6수〉
봄바람이 부니 산에 꽃이 만발하고, 가을밤 달빛이 누각에 가득하구나
사계절의 아름다운 흥취가 사람과 같은데
하물며 물고기가 뛰고 솔개가 날고 구름이 그림자를 드리우고 태양이 온 세상을 비추는 자연의 아름다움
이야 어찌 다함이 있겠는가

– 이황, 「도산십이곡」

「도산십이곡」은 12수의 연시조로, 앞의 6수는 자연에 대해 이야기한다고 해서 '언지(言志)'라고 하고, 다음 6수는 학문에 대해 이야기한다고 해서 '언학(言學)'이라고 합니다. 우리는 지금 사대부들의 자연 친화 사상에 대해 다루고 있으니, '언지(言志)'에 해당하는 부분을 살펴보도록 하겠습니다.

제1수를 보면 '시골에 묻혀 사는 어리석은 사람'을 뜻하는 '초야우생(草野愚生)'이 이렇게 살면 어떻겠으며, '자연을 사랑하고 즐기는 병', 즉 '천석고황(泉石膏盲)'을 고쳐서 무엇하냐고 묻습니다. 시골에 묻혀 살고, 자연을 사랑하고 즐기는 삶의 자세를 긍정하는 것입니다.

제2수를 보면 '안개와 노을'로 집을 삼고, '바람과 달'로 벗을 삼고 싶다고 합니다. 병으로 죽어가지만, 그럼에도 자연과 함께 사는 것을 기쁘게 생각하는 화자의 태도가 잘 드러납니다.

제4수에서는 은은한 난초와 산 위에 떠 있는 구름을 즐기고, 제6수에서는 봄바람에 피는 꽃과 달빛이 누대에 비치는 가을밤을 이야기하며 자연에 사는 즐거움을 노래하고 있습니다. 이처럼 당시 조선시대 사대부들은 자연을 사랑하고 자연과 함께하는 것을 긍정하는 자연 친화적인 태도를 보였습니다.

그런데 여기, '피미일인(彼美一人)', '태평성대(太平聖代)'라는 말이 있네요? 뭔가 자연 친화와는 어울리지 않는 듯합니다. '피미일인'은 '아름다운 사람'을 뜻하는 것이고, '태평성대'는 '어진 임금이 잘 다스려 평화롭고 번영하는 시대'를 의미합니다. '자연'을 이야기하다가 왜 뜬금없이 이런 이야기를 하는 것일까요? 이는 우리가 앞서 이야기한 유교적 가치와 맞닿아 있습니다. 임금에게 충성심을 다해야 한다는 '충(忠)' 사상이 깃들어 있는 것이죠. 지금은 자연에서 학문적 수양을 하고 있지만, 여전히 임금에 대한 충심을 가지고 있음을 강조하고 있는 것입니다.

　2016학년도 수능에 출제된 맹사성의 연시조 「강호사시가」도 함께 살펴봅시다. 이는 자연을 예찬하는 시가 흐름의 원류가 되는 작품임과 동시에, 「도산십이곡」과 같이 사대부 시조의 전형적인 특징을 보이는 작품입니다.

원문	현대어 풀이
〈제1수〉 강호(江湖)에 봄이 드니 미친 흥(興)이 절로 난다 탁료계변(濁醪溪邊)에 금린어(錦鱗魚)가 안주로다 이 몸이 한가(閒暇)하옴도 역군은(亦君恩)이샷다 〈제2수〉 강호에 여름이 드니 초당(草堂)에 일이 업다 유신(有信)한 강파(江波)는 보내나니 바람이로다 이 몸이 서늘하옴도 역군은이샷다 〈제3수〉 강호에 가을이 드니 고기마다 살쪄 있다 소정(小艇)에 그물 실어 흘리띄워 던져두고 이 몸이 소일(消日)하옴도 역군은이샷다 〈제4수〉 강호에 겨울이 드니 눈 깊이 한 자가 넘네 삿갓 빗기 쓰고 누역으로 옷을 삼아 이 몸이 춥지 아니하옴도 역군은이샷다 　　　　　　　　　　－ 맹사성, 「강호사시가」	〈제1수〉 강호에 봄이 찾아오니 깊은 흥이 절로 일어난다 막걸리를 마시며 노는 시냇가에 물고기가 안주로다 이 몸이 한가하게 노니는 것도 역시 임금님의 은혜로다 〈제2수〉 강호에 여름이 오니 초당에 있는 이 몸은 할 일이 없다 신의 있는 강 물결은 보내는 것이 시원한 바람이구나 이 몸이 시원한 것도 역시 임금님의 은혜로다 〈제3수〉 강호에 가을이 찾아오니 물고기마다 살이 올라 있다 작은 배에 그물을 싣고 물결 따라 흐르게 던져 놓고 이 몸이 소일하며 지내는 것도 임금님의 은혜로다 〈제4수〉 강호에 겨울이 찾아오니 쌓인 눈의 깊이가 한 자를 넘는다 삿갓을 비스듬히 쓰고 도롱이를 둘러 덧옷을 삼으니 이 몸이 춥지 않게 지내는 것도 역시 임금님의 은혜로다 　　　　　　　　　　－ 맹사성, 「강호사시가」

　맹사성의 강호사시가는 자연 속에서 사계절의 변화를 노래하며, 은거 생활의 평화로움과 임금에 대한 충성심을 함께 드러낸 시조입니다. '강호(江湖)'는 속세를 떠나 화자가 살고 있는 자연 속 은거지를 의미하며, 화자는 봄, 여름, 가을, 겨울의 자연을 순서대로 노래하면서도 매 수의 마지막에서 '이 몸이 ~옴도 역군은이샷다'를 반복해 임금의 은혜를 잊지 않는 충절을 노래합니다. 자연과 더불어 사는 삶의 여유, 임금에 대한 변하지 않는 충심 등이 잘 드러나는 사대부 시가의 대표작이라고 할 수 있습니다.

📍 인생무상의 정서를 나타낸 시조

　인생무상의 정서는 우리 고전 시가에서 은근히 자주 등장하는 주제 중 하나입니다. 길재의 「오백 년 도읍지를~」은 인생무상의 정서를 다룬 대표적인 시조이죠.

원문	현대어 풀이
오백 년 도읍지를 필마로 돌아드니 산천은 의구하되 인걸은 간 데 없다 어즈버 태평연월(太平煙月)이 꿈이런가 하노라 　　　　　　　　　　　　－ 길재	오백 년 도읍지를 한 필의 말로 돌아 들어가니 산과 시내(자연)는 옛날 그대로 변함이 없는데 당대 인재들은 간 데 없다 아아 태평했던 시절이 꿈이었던가 하노라. 　　　　　　　　　　　　－ 길재

작가 길재는 고려 말에서 조선 초에 활동한 성리학자이자 충신입니다. 그는 고려가 멸망하자 조선의 벼슬 제안을 거부하고 낙향하여 학문 연구와 후학 양성에 전념했습니다. 이러한 모습을 통해 그는 '절의(節義)의 상징'으로 평가받으며, 후대에도 많은 이들의 존경을 받습니다.

이 시조는 고려가 멸망한 뒤, 조선이 새로 건국된 상황에서 옛 고려의 도읍 개경을 홀로 돌아보며 느낀 회한과 무상감을 노래한 작품입니다. 화자는 옛 도읍을 찾아가지만, 과거의 영화로운 모습은 사라지고 오직 산과 시내만 남아 있는 것을 보고 허무함을 느끼죠. 결국 '태평연월이 다 꿈이었나 보다' 하고 읊조리며, 한 시대의 영광이 한순간에 사라져 버린 현실을 한탄합니다. '변하지 않는 자연'과 '사라져 버린 과거의 영화'는 대비되어 무상감을 극대화합니다. 그리고 화자는 통탄과 회한의 감정을 직접적으로 드러내지 않고, 간결한 언어로 깊은 슬픔을 표현해 고결하고 품위 있는 정조를 형성합니다. 간결한 언어 안에 깊은 정서, 이것이 바로 시조의 큰 매력이죠.

📍 임금에 대한 신의를 나타낸 시조

조선은 유교를 국가 이념으로 삼았기 때문에, 신하의 충성과 백성의 도리를 매우 중요시했습니다. 조선 초기 시조는 사대부들이 교양과 인격을 드러내는 데 주로 활용한 문학 갈래로, 임금에 대한 충성심, 절개와 같은 도덕적 주제를 주로 담고 있습니다.

원문	현대어 풀이
이 몸이 죽어 가서 무엇이 될꼬 하니 봉래산(蓬萊山) 제일봉에 낙락장송(落落長松) 되어 있어 백설이 만건곤(滿乾坤)할 제 독야청청(獨也靑靑)하리라 　　　　　　　　　　　　　　　　　　　　　　　- 성삼문	이 몸이 죽어서 무엇이 될고 하니 봉래산(蓬萊山) 제일봉에 키 큰 소나무가 되어서 흰 눈이 하늘과 땅에 가득할 때 홀로 푸르리라 　　　　　　　　　　　　　　　　　　　　　　　- 성삼문

충성심의 대표 주자인 성삼문의 시조를 먼저 함께 살펴봅시다. 성삼문은 수양대군에 의해 폐위된 단종의 복위를 도모하다 발각되어 죽임을 당한 조선 전기 사대부 중 하나입니다. 위 시조에서는 죽어서 푸른 소나무가 되겠다는 표현을 통해 변하지 않는 충절과 절개를 노래합니다. 사시사철 푸른 소나무는 변하지 않는다는 점에서 '충성심, 신의, 지조와 절개'를 상징하지요. 화자는 자신이 죽으면 '소나무'로 다시 태어나겠다는 표현을 통해, 시련을 의미하는 '백설' 속에서도 변하지 않고 늘 푸르겠다는 의지를 강조합니다. 이를 통해 단종을 향한 변함없는 충성심을 효과적으로 드러내죠. 비유와 상징을 통해 효과적이면서도 간결하게 주제를 드러낸 시조라고 할 수 있습니다.

임금을 향한 충성심을 나타낸 시조 중에는 중요한 것들이 너무나 많습니다. 그러니 한 가지만 더 살펴봅시다. 아래 시조를 지은 박팽년 역시, 단종의 복위를 도모하다 죽임을 당한 사육신 중 한 명입니다. 그리고 이 시조는 비유법, 상징법, 설의법, 영탄법 등 다양한 수사적 장치를 통해 주제 의식을 탁월하게 드러냈습니다.

원문	현대어 풀이
가마귀 눈비 마ᄌ 희논 듯 검노믜라 야광명월(夜光明月)이야 밤인들 어두우랴 임 향한 일편단심이야 고칠 줄이 이시랴 – 박팽년	까마귀가 눈비를 맞아 흰 듯 검구나 밤에 빛나는 밝은 달이 밤이라고 해서 어둡겠느냐 임 향한 일편단심이 변할 일이 있겠느냐 – 박팽년

먼저 초장을 살펴봅시다. 화자는 '까마귀가 눈과 비를 맞아 흰 듯 검다'라며 한탄하고 있습니다. '눈비'가 오는 상황은 수양대군의 왕위 찬탈, 즉 혼란스러운 정치 상황을 의미합니다. '까마귀'는 혼란스러운 정국 가운데 충신인 척하는 간신들을 의미하죠. 박팽년의 입장에서 본다면 수양대군의 왕위 찬탈에 동조한 이들이라고 할 수 있습니다. 하지만 까마귀가 아무리 눈을 맞고 비를 맞아 하얘진다고 한들 그 본질은 여전히 검고 어둡습니다.

그렇다면 이 시조에서 까마귀와 대조되는 시어는 무엇일까요? 바로 '야광명월(夜光明月)'입니다. 어두운 밤에도 밝게 빛나는 달이죠. '어두운 밤'은 초장의 '눈비'와 동일한 의미를 지닙니다. 즉, 수양대군의 왕위 찬탈이라는 부정적인 정치 현실입니다. 하지만 화자와 동일시되는 '야광명월(夜光明月)'은 어두운 밤에도 그 빛을 잃지 않고 더욱 밝게 빛납니다.

종장에 가면 시조의 주제가 명확히 드러납니다. '임', 즉 단종을 향한 '일편단심'은 변하지 않는다며 쐐기를 박아버립니다. 죽음을 불사하고 단종에 대한 충성심을 버리지 않은 박팽년의 마음이 절실히 느껴지지 않나요?

여기서 잠깐, 조선시대 사대부들의 이상향이라고도 할 수 있는 '군자(君子)'를 살펴봅시다. 군자란, '덕행이 높고 임금에 대한 충심이 깊으며 학문이 뛰어난 선비'를 의미해 당시 조선시대 선비들의 이상적인 인간상이었습니다. 이를 상징하는 네 가지 식물을 '사군자(四君子)'라고 하는데, 매화(梅), 난초(蘭), 국화(菊), 대나무(竹), 즉 매난국죽(梅蘭菊竹)이 바로 이에 해당합니다.

매화는 겨울 눈 속에서 가장 먼저 피는 꽃입니다. 이러한 매화의 모습에서 선비들은 역경에도 꺾이지 않는 선비의 기개를 발견합니다. 난초는 화려하지는 않지만, 그윽한 향기와 은은한 자태를 뽐내는 존재입니다. 잘 드러나지 않는 곳에서 향기를 풍기는 모습이 고상하면서도 정결한 선비의 인품과 닮았다고 보았죠. 국화는 다른 꽃들이 다 지는 늦가을, 초겨울까지 홀로 피어 있는 존재입니다. 세상과 일정한 거리를 두면서도 자신의 신념을 지키는 선비의 삶을 상징합니다. 대나무는 곧게 자라며 사시사철 푸른 존재입니다. 이는 변하지 않고 늘 곧은 절개를 지키는 선비들의 모습을 의미합니다.

사군자 중 하나인 매화를 예찬한 시조를 살펴봅시다.

원문
빙자옥질(氷姿玉質)이여 눈 속에 네로구나 가만히 향기 노아 황혼월(黃昏月)을 기약하니 아마도 아치고절(雅致高節)은 너뿐인가 하노라 – 안민영, 「영매가」

초장의 '빙자옥질(氷姿玉質)'이란 '얼음같이 맑고 깨끗한 살결과 구슬처럼 아름다운 모습'을 의미하며, 이는 눈 속에 피어 있는 매화의 아름다운 모습을 묘사한 표현입니다. 중장을 보면 매화가 '황혼월(黃昏月)', 즉 '저녁달'과 때를 맞추어 그윽한 향기를 풍기며 피어 있다고 묘사하고 있습니다. 종장의 '아치고절(雅致高節)'은 '우아한 풍치와 높은 절개'를 의미하는 것으로 매화의 풍치와 절개를 예찬하는 것입니다.

'매화', '난초', '국화', '대나무'는 당시 사대부들의 집단적 이상을 상징합니다. 그렇기에 문학뿐 아니라 당시 가구 문양, 도자기, 병풍, 문인화 등에도 굉장히 자주 등장했지요. 사군자와 같이 높은 기품과 절개를 가지고자 했던 당시 사대부들의 열정이 느껴지는 듯합니다.

📍 삼강오륜과 유교적 가치를 강조하는 시조

대부분의 시조들이 창작된 조선시대는 '유교 중심 사회'였습니다. 성리학, 즉 유교가 당시 지배 이념이었기 때문에 백성들에게도 그러한 인식이 큰 영향을 미쳤죠. 이러한 시대적 배경 속에서 문학은 백성들에게 도덕적 교훈을 주는 수단으로 사용되기도 했습니다. 그렇기에 당시 지배 계층에게 중요한 가치를 강조하는 방향으로 많은 문학 작품이 창작되었지요. 물론 조선 후기에는 폐쇄적인 유교적 지배 이념에 저항하는 작품들이 창작되기도 했지만, 여전히 대부분의 문학 작품에서는 '충신', '효자', '열녀' 등을 본받아야 할 이상적인 인간상으로 제시하고 있습니다.

유교적 가치	의미
충(忠)	임금이나 나라에 대한 충성. 자신의 이익보다 국가와 군주에 대한 의리를 중시함.
효(孝)	부모에 대한 효도, 부모를 섬기고 보살피며 가문의 명예를 지키는 것을 중시함. 부모에 대한 깊은 사랑과 희생을 통해 인간의 도리와 윤리를 보여줌.
열(烈)	절개 있는 삶을 의미하며, 주로 여성이 남편에 대한 의리와 정절을 지키는 모습으로 표현됨. 부부간 신의를 지키는 여인의 도리를 통해 유교적 윤리를 강화함.

이러한 유교적 가치가 명확히 드러나 있는 주세붕의 「오륜가」 일부를 한번 살펴봅시다.

〈제1수〉
사람 사람마다 이 말씀 들으시오
이 말씀 아니면 사람이면서도 사람이 아닌 것이
이 말씀 잊지 말고 배우고야 말 것입니다

제1수를 먼저 살펴봅시다. 제1수에서는 이 말씀을 듣지 않으면 '사람이면서도 사람이 아닌 것'이라고 강조합니다. 즉, '삼강오륜(三綱五倫)'의 가치를 알지 못한다면 '사람도 아니라는 것'이죠. 삼강오륜이란 유교의 기본이 되는 도덕 지침으로, 그중 '오륜(五倫)'은 '부자유친', '군신유의', '부부유별', '장유유서', '붕우유신'을 의미합니다.

부자유친 (父子有親)	어버이와 자식 사이에는 친함이 있어야 한다.
군신유의 (君臣有義)	임금과 신하 사이에는 의로움이 있어야 한다.
부부유별 (夫婦有別)	부부 사이에는 구별이 있어야 한다.
장유유서 (長幼有序)	어른과 아이 사이에는 차례와 질서가 있어야 한다.
붕우유신 (朋友有信)	벗 사이에는 믿음이 있어야 한다.

주세붕의 「오륜가」는 백성에게 삼강오륜을 알려 '교화'하기 위한 목적이 컸습니다. 제1수에서는 이러한 교훈을 전달하기 위해 굉장히 직설적으로 이야기합니다. '너 이것도 모르면 사람도 아니야!' 하고 말이죠.

제2수에서는 부모에 대한 자식의 도리를 강조합니다. '아버님이 나를 낳으시고, 어머님이 나를 기르셨으므로 부모의 은혜가 아니면 내 몸이 없을 것이다'라고 말하죠. 이 은혜를 갚고자 하나 그 은혜가 하늘같이 끝이 없다며 '효'의 가치를 전달합니다.

제3수에서는 윗사람(임금)에 대한 아랫사람(신하)의 도리를 이야기합니다. '종과 상전을 누가 구분했냐'라고 말하며 그 뜻을 '벌과 개미'가 먼저 안다고 강조하죠. 즉, 종과 상전의 구분을 알지 못하면 벌과 개미만도 못하다는 이야기입니다. 그리고 '한마음에 두 뜻 없이 속이지 말자'라고 하는 것은 임금, 즉 상전에 대한 일편단심의 마음을 버리지 말자고 강조하는 것입니다.

제4수에서는 '남편에 대한 아내의 도리'를 이야기합니다. 지아비가 밭 갈러 간 곳에 아내가 밥 광주리를 이고 가서, 반상을 눈썹까지 들어 바쳐야 한다는 것입니다. 남편에 대해 아내는 존경심을 나타내야 한다는 이야기지요. 그리고 '(남편은) 친하고도 고마운 분이시니 손님과 다를 바 없다'라며 남편에 대한 아내의 도리를 재차 강조합니다. 제4수에는 당시의 가부장적, 남성 중심 가치관이 반영된 것입니다.

당시 사대부들은 백성 교화에 목적을 두고 유교적 가치를 전하는 시조들을 많이 지어 전파했습니다. 이를 통해 우리는 조선시대 유교의 영향력이 그만큼 컸다는 것을 확인할 수 있지요.

📍 사랑과 이별의 정서를 나타낸 시조

사랑과 이별의 정서를 나타낸 시조라고 하면 가장 먼저 생각나는 대표 주자가 있습니다. 여러분도 한 번쯤 들어봤을 그 이름, 바로 황진이입니다. 황진이는 조선시대 기녀로서, 사대부 남성들이 주로 향유하던 시조 문학의 장르 안에서 여성적 감성과 개인적 내면을 섬세하게 드러냈습니다. 당시 시조는 사대부 계층이 도덕적 수양이나 자연 예찬, 충효의 윤리를 표현하는 경우가 많았습니다. 하지만 황진이는 그 틀을 넘어 개인의 사랑, 이별의 정한 등 인간적 감정을 시조를 통해 주체적으로 표현하였죠. 이러한 점에서 황진이는 시조 문학의 정서적 폭을 넓혔다고 할 수 있습니다.

원문	현대어 풀이

동지(冬至)ㅅ둘 기나긴 밤을 한 허리를 버혀 내어
춘풍(春風) 니불 아릭 서리서리 너헛다가
어론 님 오신 날 밤이여든 구뷔구뷔 펴리라
 	
                     – 황진이
	동짓달의 기나긴 밤 한가운데를 베어 내어
	따뜻한 이불 아래 서리서리 간직해 두었다가
	정든 임이 오시는 날 밤이면 굽이굽이 펴리라
	
	                     – 황진이

시조의 내용을 한번 구체적으로 살펴볼까요? 동짓달 밤은 1년 중 가장 긴 밤이라고 합니다. 화자는 '동짓달'과 '밤'이라는 시어를 통해 임이 부재하는 현재 상황이 매우 외롭고 길게 느껴짐을 표현합니다. 화자는 임이 없는 이 밤이 짧아지기를 바라는 마음으로 동짓달의 한 허리를 베어 버립니다. 그리고 서리서리 접어 이불 아래 넣어 간직하죠. 이는 임이 오지 않는 밤을 견디는 방법이자, 임이 없는 시간을 줄이고자 하는 적극적인 실천의 모습입니다. 종장에서 화자는 '정든 임이 오시는 밤'에 접어둔 그 밤을 굽이굽이 펴서 임과 함께 하는 그 사랑의 시간을 연장하고자 합니다.

즉, 이 시조의 화자는 임을 그리워하며 수동적으로 기다리는 존재가 아니라 이별의 시간을 스스로 조절하고 임과의 시간을 연장하려는 적극적인 인물로 그려지죠. 이 시조의 탁월한 점이 또 있습니다. 바로 추상적 개념인 '밤'을 허리를 베어낼 수 있는 구체적인 대상으로 형상화했다는 점입니다. 즉, '추상적 개념'을 '구체화'한 것이죠. 기나긴 밤을 둘로 나누어 간직한다는 발상은 사실 현실적으로는 불가능하지만, 시적 상상력을 통해 그리움의 시간을 눈에 보이는 것으로 만들어 냅니다. '서리서리', '구뷔구뷔'와 같은 음성상징어를 통해 대상을 생동감 있고 참신하게 표현한 것 역시 인상적입니다.

이번에는 다른 시조를 살펴봅시다. 황진이의 시조가 세련된 느낌이 났다면, 이번에는 임을 기다리는 절실한 마음이 재치 있게 나타난 시조입니다.

원문	현대어 풀이

개를 여나믄이나 기르되 요 개같이 얄미우랴
미운 님 오며는 꼬리를 홰홰 치며 치뛰락 나리 뛰락
반겨서 내닫고 고운 님 오며는 뒷발을 바등바등 무르락 나오락 캉캉 짓는 요 도리암캐
쉰 밥이 그릇그릇 날진들 너 먹일 줄이 있으랴
 	
                 – 작자 미상
	개를 열 마리 넘게 기르지만 이 개처럼 얄미운 놈이 있을까
	미운 임이 오면 꼬리를 홰홰 치면서 아래위로 뛰며 반기고, 사랑하는 임이 오면 뒷발을 버둥거리면서 물러났다 나아갔다 캉캉 짖어서 돌아가게 하는 이 암캐
	쉰밥이 그릇그릇 (아무리 많이) 남을지라도 너 먹일 것 같으냐
	
	                 – 작자 미상

화자는 개를 열 마리가 넘게 많이 기르고 있습니다. 하지만 '요 개', 바로 한 놈이 얄미운 짓을 한다고 탄식하고 있죠. 이 개는 무엇을 했길래 화자가 이렇게 얄미워할까요? 살펴보니 사정은 이렇습니다. 이 개가 화자가 싫어하는 사람이 오면 꼬리를 치며 반기고, 화자가 사랑하는 임이 오면 마구 짖어댔던 것입니다. 그러니 화자 입장에서는 이 개가 얄미울 수밖에 없습니다. 화자는 쉰밥이 아무리 많이 남아도 너는 안 주겠다며 성을 냅니다.

이 시조는 우리가 일상에서 흔히 볼 수 있는 소재를 활용하며, 대상에 대한 감정이 아주 솔직하면서도 재치 있게 드러난다는 특징이 있습니다. 그런데 이 시의 진짜 주제는 무엇일까요? 이 나쁜 개를 원망하고 혼내는 것이 핵심인 것일까요? 그렇지 않습니다.

화자는 오지 않는 '고운 님'을 기다리고 있습니다. 하지만 아무리 기다리고 기다려도 오지를 않으니, 그가 안 오는 이유를 생각해 낸 것이죠. '아, 이놈의 개가 매번 짖어서 안 오시는구나. 내가 싫어서 안 오는 게 아니라, 이 개 때문이구나.' 하고 말이죠. 어떻게 보면 자기합리화라고도 할 수 있습니다. 정리하자면, 개를 원망하는 그 마음속에는 임에 대한 깊은 애정과 그리움이 자리 잡고 있는 것입니다.

📍 부정한 현실을 비판, 풍자하는 시조

시조는 양반들만 향유한 것이 아닙니다. 조선 후기에 이르러 평민들도 시조 창작의 주체가 되었죠. 하고 싶은 말들이 많았던 것일까요? 이들은 정형화된 평시조의 틀에 갇히지 않고 중장과 종장을 늘려 자신들이 하고 싶은 이야기를 분량의 제한 없이 풀어냅니다.

조선 후기 평민들의 삶은 못된 관리들의 횡포로 매우 고달팠습니다. 특히 17세기 이후 조선은 임진왜란, 병자호란 등 전쟁을 겪으며 국가 재정이 크게 악화되었죠. 양반 계층은 여전히 특권을 누렸지만, 백성을 보호하기는커녕 세금을 거두고 뇌물을 요구하며 부당한 수탈을 일삼았습니다. 정해진 세금보다 훨씬 더 많은 양을 거두거나, 이를 거부하면 억울한 죄를 뒤집어씌워 벌을 주기도 했죠. 아래 시조에서는 그러한 못된 탐관오리들을 우스꽝스럽게 희화화하여 비판하고 있습니다. 한번 살펴볼까요?

원문	현대어 풀이
두터비 파리를 물고 두험 우희 치다라 안자 건넛 산 바라보니 백송골(白松鶻)이 떠 잇거늘 가슴이 금즉하여 풀떡 뛰여 내닷다가 두험 아래 잣바지거고 모쳐라 날낸 낼식만졍 에헐질 번하괘라 　　　　　　　　　　　　　　　－ 작자 미상	두꺼비 파리를 물고 두엄 위에 치달아 앉아 건넛산 바라보니 백송골이 떠 있거늘 가슴이 끔찍하여 펄쩍 뛰어내렸다가 거름 아래 자빠졌구나 마침 날쌘 나였으니 망정이지 피멍들 뻔하였구나 　　　　　　　　　　　　　　　－ 작자 미상

　초장에는 심술 맞아 보이는 두꺼비가 불쌍한 파리를 물고 거름 위에 앉아 있습니다. 두꺼비는 당시 백성들을 괴롭히고 수탈했던 지방 탐관오리, 파리는 수탈의 대상이었던 힘 없는 백성들을 의미합니다. 두꺼비가 파리를 물고 있는 모습은 당시 백성들을 괴롭히는 탐관오리의 모습을 비유적으로 드러낸 것입니다.

　중장에서 두꺼비는 우연히 건넛산을 바라보고, 이때 무서운 백송골을 발견합니다. 이에 화들짝 놀란 두꺼비는 피하려고 뛰어내렸다가 거름 아래로 자빠져 버리죠. 똥 아래에 자빠져 허우적대는 두꺼비의 모습은 우리의 웃음을 자아냅니다. 파리를 괴롭히던 두꺼비가 우스꽝스러운 모습을 보이니 뭔가 통쾌한 기분도 듭니다. 중장의 '백송골'은 '지방의 탐관오리'보다 더 강력한 존재, 즉 '중앙의 관리'라고 볼 수 있습니다. 이를 통해 당시 약자들은 괴롭히면서, 자신보다 강한 이들에게는 굽신거리는 탐관오리들의 모습을 재치 있게 표현한 것이죠. 종장을 보면 두꺼비는 똥 아래 넘어졌음에도 불구하고 '마침 날랜 나였으니 망정이지, 하마터면 멍들 뻔했다'라며 허세를 부립니다. 자기합리화하며 스스로를 칭찬하는 두꺼비의 모습이 참 우습게 느껴집니다.

　이처럼 위 시조는 두꺼비, 백송골, 파리 등을 소재로 당대 현실을 익살스럽게 풍자하고 있습니다. 동물들을 의인화하여 당시 부정적 세태를 압축적으로 드러내죠. 두꺼비를 우스꽝스럽게 표현하여 풍자하는 것이 재치 있고 인상적입니다.

📍 늙음을 한탄하는 시조

　시조 중에는 늙음을 한탄하는 시조 즉 '탄로가(嘆老歌)'에 속하는 것들이 있습니다. 나이 드는 것에 대한 속상한 마음을 다양한 표현 기법을 통해 재치 있게 풀어내는 것이 특징입니다.

원문	현대어 풀이
혼 손에 막디 잡고 또 혼 손에 가식 쥐고 늙눈 길 가싀로 막고 오눈 백발(白髮) 막디로 치려터니 백발(白髮)이 제 몬져 알고 즈럼길노 오더라 　　　　　　　　　　　　　　　－ 우탁	한 손에 막대기를 잡고 또 한 손에는 가시를 쥐고 늙는 길은 가시로 막고 오늘 백발은 막대기로 치려고 했더니 백발이 제가 먼저 알고 지름길로 오더라 　　　　　　　　　　　　　　　－ 우탁

　우탁의 시조는 그가 '늙음'을 어떻게 바라보는지 잘 드러냅니다.

화자는 한 손에는 막대를, 한 손에는 가시를 쥐고 있습니다. 이것의 용도는 무엇일까요? 바로 '늙어감'을 막기 위한 용도입니다. 중장을 보면 '늙는 길'은 '가시'로 막고, '백발'은 '막대'로 치려고 했다는 화자의 재치 있는 발상이 드러납니다. 이러한 화자의 계획은 성공했을까요? 아쉽지만 그렇지 않습니다. 이를 눈치챈 백발이 먼저 알고, 지름길로 와버렸기 때문이죠.

우리 인간이 어떤 수를 쓰더라도 빠르게 지나가는 세월은 막을 수가 없습니다. 화자는 세월을 막고 싶은 마음과 어쩔 수 없는 세월의 무정함을 의인법을 통해 참신하면서도 해학적으로 그려냅니다.

원문	현대어 풀이
춘산(春山)에 눈 녹인 바룸 건듯 불고 간 듸 업다 져근덧 비러다가 마리 우희 불니고져 귀 밋틴 히묵은 서리를 녹여 볼가 호노라 　　　　　　　　　　　　－ 우탁	봄 산에 쌓인 눈을 녹인 바람이 잠깐 불고 간 곳 없구나 잠시 빌려다가 머리 위에 불게 하고 싶구나 귀밑에 해묵은 서리를 녹여 볼까 하노라 　　　　　　　　　　　　－ 우탁

두 번째로 살펴볼 시조도 화자의 참신한 발상이 돋보입니다. 화자는 춘산(春山), 즉 봄 산에 눈이 있었는데 이를 바람이 와서 녹이고 간 것을 발견합니다. 이에 그는 이 바람을 빌려다가 머리 위에 불게 하고 싶다는 소망을 드러내지요. 왜 갑자기 봄바람을 자기 머리 위에 불게 하려는 것일까요? 그 이유는 종장에서 명확히 드러납니다.

이는 바로 '귀밑에 해묵은 서리를 녹이고자' 함이었습니다. 쉽게 말해, 귀밑에 여러 해 전부터 생긴 백발을 없애고 다시 젊어지고 싶다는 소망을 드러낸 것이죠. 자신의 흰머리를 '해묵은 서리'에 비유하고 이를 '봄바람'을 통해 녹이고 싶다는 표현은 늙음에 대한 탄식과 늙기 싫은 마음을 간결하면서도 신선하게 표현한 것이라고 할 수 있습니다.

ⓠ 퀴즈로 점검하는 문학 개념

1. 평시조는 일반적으로 3장 6구 45자의 형식을 가진다. （〇, ✕）
2. 시조는 양반들만 향유하던 문학 갈래이다. （〇, ✕）
3. 사설시조는 평시조의 형식에서 두 구절 이상 길어지는 형태로, 풍자적이고 해학적인 정서 표현이 주를 이룬다. （〇, ✕）
4. 황진이의 「동짓달 기나긴 밤을~」에는 추상적 개념인 '밤'을 구체화했다는 특징이 있다. （〇, ✕）
5. 길재의 「오백 년 도읍지를~」에는 ＿＿＿＿＿의 정서가 드러나 있다.
6. 이황의 「도산십이곡」에는 임금에 대한 충성심보다는 자연을 사랑하는 마음이 중요함을 드러내고 있다. （〇, ✕）
7. 우탁의 「탄로가」에는 '지나가는 세월을 막을 수 있다'라는 강한 의지와 인내의 자세가 드러난다. （〇, ✕）

정답과 해설: 1. 〇 **2.** ✕ **3.** 〇 **4.** 〇 **5.** 인생무상 **6.** ✕ **7.** ✕

1. 평시조는 3장 6구 구성을 기본으로 하며, 각 장이 15자 내외로 이루어져 약 45자 안팎의 정형성을 지닙니다.

07 가사

[2026 수능] 31~34번 「북새곡」 출제 – 표현상 특징, 시어 및 내용 이해
[2025 수능] 32~34번 「갑민가」 출제 – 표현상 특징, 시어의 의미, 가사 내용 이해
[2024 수능] 32~34번 사행가사 「일동장유가」 출제 – 표현상 특징, 가사 내용 이해
[2023 수능] 22~25번 「지수정가」 출제 – 표현상 특징, 가사 내용 이해, 시적 공간의 의미
[2022 수능] 32~34번 「탄궁가」 출제 – 표현상 특징, 가사 내용 이해, 시구의 의미

시조와 마찬가지로, 수능에 거의 매년 출제된다고 할 수 있는 갈래가 바로 '가사'입니다. 가사는 4음보 율격을 바탕으로 행에 제한을 두지 않는 연속체 율문 형식의 고전 시가입니다. 시가와 산문 문학의 중간 형태이며, 고려 말에 발생해 조선 초기 사대부 계층에 의해 확고한 문학 양식으로 자리 잡아 시조와 함께 조선시대에 널리 유행했습니다.

가사는 3 · 4조 혹은 4 · 4조의 음수율을 바탕으로 한 4음보가 기본 형식입니다. 글자 수가 3-4-3-4 혹은 4-4-4-4로 반복되고, 한 행이 네 부분으로 나뉜다는 것이죠. 한 행이 4음보 율격을 따르기 때문에 낭송하면 노래하듯 리듬이 살아납니다. 이처럼 가사는 시처럼 운율을 지니면서도 산문처럼 길게 내용을 풀어가는 문학 갈래입니다.

가사는 '서사(序詞)', '본사(本詞)', '결사(結詞)'의 3단 구성으로 이루어집니다. '서사'에서는 주로 작품을 쓰게 된 동기나 배경을 제시하고, '본사'에서는 구체적인 주제와 이야기를 전개해 나갑니다. '결사'에서는 교훈이나 주제를 다시 한번 요약, 강조하며 작품을 마무리합니다.

가사는 '정격가사'와 '변격가사'로 나눌 수 있습니다. '정격가사'란 마지막 행의 첫 음보가 시조의 종장처럼 3음절로 된 가사를 의미합니다. 반면 '변격가사'는 마지막 행의 첫 음보가 음수율의 제한을 받지 않는 가사입니다.

가사에는 매우 다양한 주제가 나타나는데, 조선 전기에는 '자연 예찬'이나 '임금에 대한 충절' 같은 전통적 · 유교적 주제가 중심이었고, 조선 후기로 갈수록 '여성의 삶', '농사와 계절', '사회 비판' 등 현실과 일상에 가까운 폭넓은 주제가 등장합니다. 문체 또한 전기에는 한자어나 격식 있는 문체가 많이 쓰였으나 후기로 가면서 표현이 더 평이하고 대중적으로 변하였습니다. 이는 사대부 계층이 주로 창작한 조선 전기 가사와 달리, 조선 후기 가사의 경우 중인, 부녀자, 평민 등 다양한 계층이 작품을 남겼기 때문입니다.

그렇다면, 주제별로 주요 가사들을 한번 살펴볼까요?

📍 자연을 예찬하고 즐기는 가사

　자연에서 한가로이 봄 경치를 즐기며 안빈낙도의 삶을 노래하는 대표적인 가사가 있습니다. 바로 정극인의 「상춘곡(賞春曲)」입니다. 이는 현실 정치에서 물러나 자연 속에 묻혀 사는 즐거움을 노래한 '은일(隱逸) 가사'의 효시라는 점에서 의의가 있는 작품입니다. 이러한 전통은 이후 송순의 「면앙정가」, 정철의 「성산별곡」으로 이어지게 됩니다.

　'상춘곡(賞春曲)'은 제목에서 알 수 있듯 '봄을 찬양하는 노래'입니다. 화자의 시선 이동에 따라 시상이 전개되며, 봄 경치를 감상하면서 느끼는 화자의 즐거움이 주된 주제이죠.

<table>
<tr><td align="center">원문</td></tr>
</table>

홍진(紅塵)에 뭇친 분네 이내 생애(生涯) 엇더호고
녯사룸 풍류(風流)를 미출가 못미출가
천지간(天地間) 남자 몸이 날만호 이 하건마는
산림(山林)에 뭇쳐 이셔 지락(至樂)을 모룰 것가
수간모옥(數間茅屋)을 벽계수(碧溪水) 앞픠 두고
송죽(松竹) 울울리(鬱鬱裏)예 풍월주인(風月主人) 되어셔라
엊그제 겨울 지나 새봄이 돌아오니.
도화행화(桃花杏花)는 석양리(夕陽裏)예 퓌여 잇고
녹양방초(綠楊芳草)는 세우(細雨) 중에 프르도다
칼로 몰아 낸가 붓으로 그려 낸가
조화신공(造化神功)이 물물(物物)마다 헌스롭다
수풀에 우는 새는 춘기(春氣)를 못내 계워
소리마다 교태(嬌態)로다
물아일체(物我一體)어니 흥(興)이이 다룰소냐

– 정극인, 「상춘곡」

<table>
<tr><td align="center">현대어 풀이</td></tr>
</table>

속세에 묻혀 사는 이들이 (자연에서 사는) 내 생애 어떠한가
옛사람의 운치 있는 생활을 내가 미치나 못 미치나
천지간 남자로 태어나 나와 같은 이 많겠지만
어찌 산림에 묻혀 사는 자연의 지극한 즐거움을 마다하겠는가
초가집을 푸른 시냇물 앞에 지어 두고
소나무와 대나무가 에워싼 곳에서 내가 바람과 달(자연)의 주인이 되었구나
엊그제 겨울 지나 봄이 돌아오니
복숭아꽃과 살구꽃이 석양 속에 피어 있고
푸른 버들과 풀은 가랑비 속에 부르도다
칼로 말아 냈나 붓으로 그려 냈나
조물주의 신비로운 능력이 사물마다 야단스럽다
숲속에 우는 새는 봄기운을 끝내 못 이겨 소리마다 교태로구나
자연과 내가 하나 되니 흥이야 다르겠는가

– 정극인, 「상춘곡」

화자는 1~4행에서 '속세에 묻혀 사는 이들'에게 말을 거는 방식으로 '자연에 묻혀 사는 자신의 삶이 어떤 것 같은지', '옛사람의 풍류에 미칠 것 같은지'를 묻고 있습니다. 이는 사실 진짜 궁금해서 물어보기보다는 풍류 생활에 대한 자부심을 의문 형식을 통해 강조한 것입니다. 그리고 '남자로 태어난 많은 이들이 어찌 산림에 묻혀 사는 즐거움을 모르는 것이냐'라며 답답한 마음을 드러내기도 하죠.

5~6행을 살펴보면 현재 화자가 어떤 생활을 하고 있는지 잘 알 수 있습니다. 화자는 작은 초가집을 맑은 물 앞에 지어 두고, 소나무와 대나무가 울창한 숲에서 살며 자연의 주인이 되었다고 이야기합니다. 이는 자연에서 생활하는 삶에 대한 만족감이 드러난 표현입니다.

7~13행은 자신이 누리고 있는 봄에 대한 예찬입니다. 아름다운 꽃들과 버드나무, 풀들은 마치 조물주가 칼로 재단하고 붓으로 그려낸 것처럼 아름답다고 묘사하지요. 봄의 풍경에 흠뻑 젖어 있는 와중에 새도 봄기운에 교태로운 소리를 냅니다. 이러한 모습에 화자는 '물아일체(物我一體)', 즉 '자연과 내가 하나 되는 것'을 느끼며 흥취에 빠져듭니다.

이처럼 「상춘곡」은 봄의 경치를 감상하며 느낀 즐거움을 다양한 표현 방법과 서정적인 시어로 형상화한 가사입니다. 이는 자연에 은거하며 사는 삶을 긍정했던 당시 사대부들의 삶이 잘 나타납니다.

자신의 억울함을 토로하는 유배 가사

조선시대에는 유배를 간 작가가 자신의 억울함을 호소하는 '유배 가사'가 등장합니다. '만 가지 분함이 담긴 노래'라는 뜻의 「만분가(嘆窮歌)」는 유배 가사의 효시로, 여성 화자를 설정해 자신의 비통한 마음과 임에 대한 그리움을 효과적으로 드러낸 가사입니다. 이러한 유배 가사의 전통은 후에 정철의 「사미인곡」, 「속미인곡」으로 이어지게 됩니다.

원문	현대어 풀이
천상(天上) 백옥경(白玉京) 십이루(十二樓) 어듸매오 오색운(五色雲) 깁픈 곳의 자청전(紫靑殿)이 가려시니 천문(天門) 구만리(九萬里)를 꿈이라도 갈동 말동 차라리 싀여지여 억만(億萬) 번 변화(變化)하여 남산(南山) 늦즌 봄의 두견(杜鵑)의 넉시 되어 이화(梨花) 가디 우희 밤낫즐 못 울거든 삼청동리(三淸洞裏)의 졈은 한널 구름 되어 바람의 흘리나라 자미궁(紫微宮)의 나라올라 옥황(玉皇) 향안전(香案前)의 지척(咫尺)의 나아 안자 흉중(胸中)의 싸힌 말삼 쓸커시 사로리라	천상 백옥경 열두 누각은 어디인가 오색구름 깊은 곳에 자청전이 가렸으니 구만리 먼 하늘을 꿈이라도 갈 듯 말 듯 하는구나 차라리 죽어서 억만 번 변화하여 남산의 늦은 봄날 두견새의 넋이 되어 이화 가지 위에 밤낮을 울지 못한다면 삼청동리(신선이 사는 고을)에 저문 하늘 구름 되어 바람에 흩날리며 날아 자미궁에 날아올라 옥황상제 앞에 놓인 상 앞에 가까이 나가 앉아 가슴에 쌓인 말씀 실컷 아뢰리라
– 조위, 「만분가」	– 조위, 「만분가」

조위는 조선 전기, 정치 싸움에 휘말려 억울하게 유배를 가게 됩니다. 「만분가」에는 그의 억울함과 원통함, 임금에 대한 변함없는 사랑이 잘 드러나 있습니다. 가사에 등장하는 '천상 백옥경 열두 누각', '자미궁'은 임금이 있는 '궁궐'을 의미합니다. 화자는 이곳에 너무나 가고 싶지만, '구만리'나 되는 먼 거리에 '구

름'이 가려져 있어 꿈에서조차 갈 수 없다며 탄식합니다. 이는 자신이 유배당한 상황이라 임금께 갈 수 없음을 비유적으로 표현한 것입니다. 여기서 구름은 임과 나 사이를 가로막는 '장애물'을 의미합니다.

현실에서는 임께 갈 수 없음을 깨달은 화자는 차라리 죽어 '두견새'가 되어 근처에 가거나, '구름'이 되어 다가가고 싶다고 이야기합니다. 여기서 '두견새'와 '구름'은 임에게 가고 싶은 화자의 굳은 의지가 드러나는 대상입니다. 어떻게든 임금께 가서 자신의 억울함을 호소하고 싶다는 것이지요.

이처럼 조선시대 유배 가사에는 여성 화자를 설정하여 자신의 억울함과 임에 대한 사랑을 강조하는 경우가 많았습니다. 굵직한 남성의 목소리보다는, 가냘픈 여인의 목소리가 임금의 마음을 움직이는 데 더 유리할 것으로 생각한 것이겠죠?

📍 가난함을 탄식하는 가사

조선 후기, 산업이 발달하고 계층 간 이동이 활발해지면서 기존의 양반 중심 신분제가 무너지기 시작합니다. 경제활동으로 부를 축적한 농민, 중인, 상민 계층은 돈을 주고 양반의 신분을 사기에 이르렀죠.

양반 계층 내에서도 문벌 가문은 여전히 특권을 누렸지만, 관직에 진출하지 못한 양반들은 점차 그 경제적 기반을 잃어가면서 가난에 시달리는 몰락 양반의 처지로 전락합니다. 전쟁으로 토지가 황폐해지고, 대지주에게 토지가 집중되면서 많은 양반들이 토지를 잃고 소작농으로 몰락한 것이지요. 생전 농사일이라고는 안 해본 양반들이, 급격히 들이닥친 생활고에 직접 농기구를 잡아야 하는 비참한 처지에 놓입니다. 조선 후기에는 이러한 몰락 양반의 가난한 처지가 잘 드러난 가사들이 등장하기 시작합니다.

그중 대표적인 작품인 정훈의 「탄궁가(嘆窮歌)」를 함께 살펴봅시다. 「탄궁가」에는 조선 후기 몰락 양반의 가난한 생활상과 안분지족의 자세가 잘 드러납니다.

원문
하늘이 만드시길 일정하게 고루 하련만 어찌 된 인생이 이토록 괴로운고 삼순구식(三旬九食)을 얻거나 못 얻거나 십 년 동안 한 갓을 쓰거나 못 쓰거나 안표(顏瓢)가 자주 빈들 나같이 비었으며 원헌(原憲)의 가난인들 나같이 심할까 (중략) 이 원수 이 가난 귀신을 어찌해야 여의겠나 술에 음식을 갖추어서 이름 불러 전송하여 좋은 날 좋은 때에 사방으로 가라 하니 시끄럽게 떠들며 화를 내며 하는 말이 어려서부터 지금까지 희로우락(喜怒憂樂)을 너와 함께하여 죽거나 살거나 헤어질 줄이 없었거늘 어디 가서 뉘 말 듣고 가라고 말하는가

우는 듯 꾸짖는 듯 온 가지로 꾸짖거늘
도리어 생각하니 네 말이 다 옳도다
무정한 세상은 다 나를 버리거늘
너 혼자 신의 있어 나를 아니 버리나니
일부러 피하여서 잔꾀로 여의겠나
하늘이 준 이내 가난 설마한들 어찌하리
빈천(貧賤)도 내 분수니 서러워하여 무엇하리

– 정훈, 「탄궁가」

위 서사에서는 화자의 가난한 삶에 대한 한탄이 잘 드러납니다. 삼십 일 동안 아홉 끼니를 먹는다는 '삼순구식(三旬九食)'이라는 표현과 '갓 하나도 제대로 마련하지 못하는 상황'을 드러내며 자신의 가난한 처지를 부각하죠. 안표(顔瓢)는 '안회의 표주박'을 의미하는데, '안회'는 공자의 제자로, 한 소쿠리 밥과 한 표주박의 물로 살았던 사람입니다. '원헌' 역시 공자의 제자로 가난하게 살았습니다. 화자는 가난의 대명사인 '안회', '원헌'과 자신을 비교하여 자신이 더 가난함을 강조한 것입니다.

중략 아래 이어지는 결사에서는 '가난에 대한 체념과 수용적 자세'가 드러납니다. 화자는 '가난'을 의인화한 '가난 귀신'과 대화하는 방식으로 시상을 전개해 나갑니다. 처음에 화자는 '가난 귀신'을 보내기 위해 여러 가지 수를 썼으나, 가난 귀신은 '우리가 어렸을 때부터 함께 했는데 어찌 가라 하느냐'며 화를 냅니다. 이는 실제 상황이 아닌, 가상의 상황을 설정하여 가난을 벗어나기 어려운 화자의 처지를 극적으로 드러낸 것입니다. 가난 귀신의 성화에 화자는 자신의 인식을 바꾸어, '빈천(貧賤, 가난하고 천함)도 내 분수인데 서러워해 무엇하겠냐'며 자신의 가난을 운명으로 받아들이고 수용하는 태도를 보입니다.

이러한 운명론적 태도, 자신의 분수에 만족하는 삶의 태도는 우리 고전 문학 전반에서 굉장히 자주 등장하는 태도 중 하나입니다.

📍 여행지에서의 체험, 감상을 드러내는 기행 가사

기행 가사란, '여행하며 보고 느낀 것을 노래한 가사'입니다. 기행 가사는 여행 경험을 토대로 그에 대한 정서적 반응을 섬세하게 드러내는 것이 특징입니다. 유람의 즐거움뿐 아니라 여행 중 마주한 인물, 문화, 풍속 등을 기록해 현실 세계를 생생하게 담아내지요. 그리고 여행을 통해 이루어지는 사색과 성찰을 통해 삶과 정치적·유학적 신념을 표현하기도 합니다.

기행 가사는 관람, 유람 중심의 '관유가사(觀遊歌辭)'와 외교 사명의 수행 과정을 담은 '사행가사(使行歌辭)'로 나뉩니다. '관유가사'는 자신이 감상하고 있는 명승지의 아름다움을 찬미하는 반면, '사행가사'는 긴 여정의 어려움, 외국 문화와 문물에 대한 생각 등을 폭넓게 다룹니다. 이처럼 기행 가사는 현실 체험을 바탕으로 자연미, 민족의식, 작가의 내면 등을 입체적으로 드러내는 시가 갈래입니다.

2019학년도 수능에 출제된 「일동장유가」를 함께 살펴봅시다.

원문

장풍(長風)에 돛을 달아 육선(六船)이 함께 떠나
삼현(三絃)과 군악 소리 산해(山海)를 진동하니
물속의 어룡(魚龍)들이 응당히 놀라도다
해구(海口)를 얼핏 나서 오륙도(五六島) 뒤 지우고
고국을 돌아보니 야색(夜色)이 창망(滄茫)하여
아무것도 아니 뵈고 연해변진(沿海邊津) 각 포(浦)에
불빛 두어 점이 구름 밖에 뵐 만하다
배 방에 누워 있어 내 신세를 생각하니
가뜩이나 심란한데 대풍이 일어나서
태산 같은 성난 물결 천지에 자욱하니
크나큰 만곡주(萬斛舟)가 나뭇잎 불리이듯
하늘에 올랐다가 지함(地陷)에 내려지니
열두 발 쌍돛대는 차아처럼 굽어 있고
쉰두 폭 초석 돛은 반달처럼 배불렀네

– 김인겸, 「일동장유가」

현대어 풀이

긴 바람에 돛을 달고 여섯 척의 배가 함께 떠나
악기 연주 소리가 바다와 산을 진동케 하니
물속의 물고기들이 놀랄 수밖에 없으리라
바다의 입구(부산항)를 떠나와 오륙도(항구와 가까운 섬들)를 뒤에 두고
고국(조선 땅)을 돌아보니, 밤기운이 가득하고 아득하여
아무것도 보이지 않고, 해변에 각각 진을 친 군대들의 진영이 있는 항구들에
불빛 두어 점만이 구름 밖에서 보일 만하다
배 안에 누워 나의 신세를 생각해 보니
가뜩이나 심란한데 바다 위에 큰바람이 일어
커다란 산처럼 거센 물결이 온 세상에 가득하니
만 석의 곡식을 실을 수 있을 만큼 큰 배가 나뭇잎 휘어지듯
하늘로 치솟아 올랐다가 땅으로 가라앉으니
열두 발 높이의 두 돛대는 나무의 가느다란 잔가지처럼 굽었고
쉰두 폭만큼이나 가로로 넓게 짚으로 엮은 돛은 반달 모양으로 배가 불렀네

– 김인겸, 「일동장유가」

「일동장유가」를 쓴 김인겸은 일본 통신사 일행의 기록을 담당하는 삼방서기로 동행하며, 일본으로 가는 여정과 풍경, 외국의 문물과 풍속 등을 상세하게 기록합니다.

　위 지문은 김인겸이 일행들과 함께 배를 타고 일본으로 가는 장면입니다. 돛을 달고 여섯 척의 배가 함께 출발하지요. 이를 배웅하는 악기 소리가 너무나 커 바다와 산을 진동케 하고 물속의 어룡들을 놀라게 할 정도입니다. 화자는 고국을 떠난다는 사실에 괜히 마음이 심란합니다. 그때, 바다에 큰바람이 일어 배가 출렁이기 시작합니다. 화자는 '거센 물결'을 '커다란 산'에 비유하고, '큰 배'가 마치 '나뭇잎'처럼 휘어진다고 표현해 급박한 위기 상황을 실감 나게 전달합니다.

이처럼 「일동장유가」는 작가가 여행을 떠나며 겪은 경험들과 그로부터 느낀 주관적 정서, 평가 등을 적절하게 섞어 전달하는 기행 문학의 특성이 잘 드러나고 있습니다.

◉ 여성들이 창작하고 전승한 규방가사

규방가사는 조선시대 여성들이 규방이라는 제한된 생활 공간 속에서 창작하고 전승한 가사 문학을 의미합니다. 조선시대 여성들은 사회적인 활동에 참여하기 어려웠기 때문에, 자신의 감정과 삶의 경험을 규방에서 문학을 통해 솔직하게 풀어냅니다. 작품 내용은 혼인과 시집살이의 고단함, 사랑과 이별의 정한, 자녀에 대한 애틋함, 일상생활 속 감정 등 여성의 현실적 경험이 중심이 되며, 한(恨)과 그리움, 애환을 섬세하게 드러내는 경우가 많습니다. 그리고 구어적이고 부드러운 표현을 사용하여 정감 어린 분위기를 형성하기도 하죠. 조선 후기 규방가사는 여성들끼리 노래하고 베껴 전하면서 자연스럽게 전승됩니다. 이처럼 규방가사는 여성의 내면과 일상을 담아내 한글 문학의 발전에도 중요한 역할을 한 문학 갈래입니다.

규방가사의 대표적인 작품으로, 허난설헌의 「규원가(閨怨歌)」가 있습니다. 이는 '규방에서 원망하는 노래'라는 뜻으로, 남편의 사랑을 받지 못하고 독수공방하는 여인의 심리를 솔직하게 드러낸 가사입니다. 대부분의 고전 작품에서 여성 화자는 임을 원망하기보다는 임과의 이별을 자신의 운명으로 여기며 수용하는 태도를 보이는데, 「규원가」의 화자는 적극적으로 원망의 정서를 드러낸다는 점에서 특징적입니다.

원문
엊그제 져멋더니 ㅎ마 어이 다 늙거니 소년행락(少年行樂) 생각하니 일러도 쇽졀업다 늙거야 셜운 말삼 하자니 목이 멘다 부생모육(父生母育) 신고(辛苦)하야 이내 몸 길러 낼 제 공후 배필(公侯配匹)은 못 바라도 군자호구(君子好逑) 원(願)하더니 삼생(三生)의 원업(怨業)이요 월하(月下)의 연분(緣分)으로 장안 유협(長安遊俠) 경박자를 꿈같이 만나 있어 당시의 용심(勇心)하기 살어름 디듸는 듯 삼오 이팔(三五二八) 겨오 지나 천연 여질(天然麗質) 절로 이니 이 얼굴 이 태도(態度)로 백년 기약(百年期約) 하얏더니 연광(年光)이 훌훌하고, 조물(造物)이 다시(多猜)하야 봄바람 가을 믈이 뵈오리 북 지나듯 설빈화안(雪鬢花顔) 어디 두고 면목가증(面目可憎) 되거고나 – 허난설헌, 「규원가」
현대어 풀이
엊그제 젊었는데, 벌서 어찌 다 늙었는가 어린 시절 생각하니 말해도 부질없다 늙어서 서러운 말을 하자니 목이 멘다. 부모님께서 고생하셔서 내 몸을 길러낼 때 공후(높은 벼슬)의 아내는 바라지 않아도 군자의 좋은 배필 원하였다 전생의 업보요, 월하(인연을 이어주는 신)의 인연으로

장안의 경박한 사람을 꿈처럼 만나서
당시에 마음 쓰기가 살얼음 딛는 듯
15, 16세 겨우 지나 나의 아름다움이 절로 일었었다
이 얼굴 이 태도(아름다운 얼굴과 태도)로 백 년 기약하였는데
세월이 훌훌 지나고 조물주가 시기하여
봄바람 가을 물(세월)이 베올 사이 북 지나듯
아름다운 얼굴 어디 두고 못생긴 얼굴이 되었구나

– 허난설헌, 「규원가」

「규원가」의 초반부에서는 젊은 날의 아름다운 모습과 남편과의 만남에 관해 이야기합니다. 자신의 어린 날을 회상하며, 부모님이 자신을 기를 때, 좋은 남편과의 결혼을 원하였는데 결국 '장안의 경박한 사람', 즉 날라리 같은 지금의 남편을 만나게 되었다고 한탄하죠. 이러한 구절에는 남편에 대한 부정적 인식과 원망의 정서가 잘 드러납니다. 뒤에는 '빠르게 지나간 세월에 대한 한탄'이 이어집니다. 15, 16세 정말 아름답던 시기에 남편과 인연을 맺었는데 시간이 빠르게 지나 못생긴 얼굴이 되어버렸다고 탄식합니다.

위 지문에서는 다루지 않지만, 「규원가」에서는 남편 없이 독수공방하는 가운데 자연물과 사물에 감정을 투영하여 자신을 위로하기도 하고, 돌아오지 않는 남편에 대한 절망과 체념의 정서를 드러내기도 합니다. 남편을 기다리며 늙어가는 자신의 처지를 불쌍히 여겨 그를 원망하면서도, 한편으로는 남편을 그리워하는 이중적인 정서가 돋보이는 가사입니다.

Q 퀴즈로 점검하는 문학 개념

1. 가사는 일반적으로 3음보의 율격을 지니며, 서사, 본사, 결사로 구성된다. (O, ×)

2. 정극인의 「상춘곡(賞春曲)」은 풍류 생활에 대한 자부심을 드러내는 가사이다. (O, ×)

3. 조선 후기에는 몰락 양반들이 많아져 이들이 자신의 가난한 삶에 대해 노래하는 가사가 등장했다. (O, ×)

4. 기행 가사는 그 내용에 따라 ________와/과 ________로/으로 나뉜다.

5. 허난설헌의 「규원가(閨怨歌)」에는 남편 없이 독수공방하는 아내의 서러운 처지가 드러난다. (O, ×)

정답과 해설: 1. × 2. ○ 3. ○ 4. 관유가사, 사행가사 5. ○

1. 가사는 일반적으로 4음보의 율격을 지니며, 내용 전개에 따라 서사, 본사, 결사로 구성됩니다.
2. 정극인의 「상춘곡」은 자연 속에서의 생활과 그에 대한 자부심을 노래한 가사 작품입니다.
3. 조선 후기 몰락한 양반 계층이 늘어나면서, 정훈의 「탄궁가」와 같이 자신의 가난과 현실적 고통을 솔직하게 드러내는 가사가 등장했습니다.
4. 기행 가사는 유람과 감상을 중심으로 한 관유가사와 외교·사행의 여정을 다룬 사행가사로 나뉩니다.
5. 허난설헌의 「규원가」에는 남편과 떨어져 지내는 아내의 독수공방하는 처지와 그로 인한 원망과 슬픔이 잘 드러나 있습니다.

기출로 때려잡는 문학 개념

고전 산문 필수 문학 개념

III

01 │ 고전 산문 vs 현대 산문 특징 비교

　산문이란 '율격 등 외형적 규범에 얽매이지 않고 자유로운 문장으로 쓴 글'로, 소설, 수필 등이 포함됩니다. 고전 산문은 근대에 이르기까지 나타난 소설, 수필 등을 의미하고, 현대 산문은 근대 이후에 나타난 소설, 수필 등을 의미하죠. 본격적으로 고전 산문의 주요 개념들을 살펴보기 전에, 고전 산문과 현대 산문의 차이점을 살펴볼까요? 산문에는 소설, 수필 등의 하위 갈래가 있지만 여기서는 수능에 주로 출제되는 '소설'에 한정 지어 살펴보겠습니다.

　먼저 주제의 측면에서 살펴봅시다. 고전 소설은 유교의 이념에 따라, '충(忠)', '효(孝)', '열(烈)'과 같은 도덕적 가치를 강조하는 이야기가 많습니다. 「심청전」에서는 '효(孝)'의 가치가, 「춘향전」에서는 '열(烈)'의 가치가 중심이 되죠. 그리고 '권선징악', 즉 '착한 사람은 상을 받고 악한 사람은 벌을 받는 구조'가 흔하며, 이상사회를 추구하거나 신분 상승 욕구가 드러난 소설들이 주를 이룹니다. 반면 현대 소설은 개인의 삶, 내면세계, 현실 사회의 문제 등 훨씬 다양하고 폭넓은 주제를 다룹니다. 예를 들어, 어떤 소설은 자신의 분열하는 내면을 세세히 그리기도 하고, 또 다른 소설은 학교 폭력이나 세대 갈등을 다루기도 합니다. 현대 소설의 주제들은 범주화할 수 없을 정도로 다양하므로, 각 소설의 인물과 갈등 등을 면밀히 분석해 주제를 파악하는 것이 중요합니다.

　고전 소설 속 인물들은 대체로 평면적입니다. 착한 사람은 '착한 사람의 전형'으로 여겨져 끝까지 착하게 행동하고, 악한 사람은 '악한 사람의 전형'으로 끝까지 악한 모습을 유지합니다. 「흥부전」의 흥부는 착하고 성실한 인물의 전형이며, 놀부는 탐욕스럽고 이기적인 전형적 악인의 모습이죠. 반면 현대 소설 속 인물들은 입체적이고 개성적입니다. 현대 소설의 인물들은 어떨 때는 양심에 따라 행동하지만, 어떨 때는 자신의 이익만 추구하며 이기적인 모습을 보입니다. 선한 인물이 갑자기 악한 행동을 하기도 하고, 악한 인물이 반성하고 선한 인물로 변모하기도 합니다. 인간은 하나로 딱 고정된 존재가 아닙니다. 현대 소설에서는 이러한 인간 존재에 대한 탐구와 사유가 고전 소설에 비해 더욱 깊고 풍부합니다.

　서술 방식을 비교해 보자면, 고전 소설은 대부분 전지적 작가 시점을 사용합니다. 전지전능한 서술자가 소설에서 일어나는 모든 일들과 인물들의 속마음까지 모두 알고 서술하죠. 그리고 서술자가 이야기 곳곳에서 자신의 의견을 덧붙이는 '편집자적 논평'이 종종 나타납니다. 하지만 현대 소설은 '전지적 작가 시점' 뿐만 아니라 '1인칭 주인공 시점', '1인칭 관찰자 시점', '3인칭 작가 시점' 등 다양한 시점을 사용합니다. 이를 통해 다양한 갈등과 이야기들을 다채롭게 풀어내고 주제와 분위기를 효과적으로 전달하지요.

고전 소설은 사건 중심으로 서사가 빠르게 전개된다는 특징이 있습니다. 인물의 심리보다는 일이 어떻게 진행되고 해결되는지를 풀어내는 것이 핵심입니다. 하지만 현대 소설은 사건 그 자체보다, 사건으로 인한 인물의 심리적, 내적 갈등에 더욱 주목합니다. 겉으로는 큰 사건이 없더라도, 인물 내면의 변화와 생각의 움직임이 이야기의 핵심이 되기도 합니다.

마지막으로 문체를 살펴보면, 고전 소설에는 문어체와 한자어가 많이 사용되어 학생들에게 어렵게 느껴질 수 있습니다. 반면 현대 소설은 구어체, 즉 말하는 것과 같은 자연스러운 문장을 사용하고, 일상에서 쓰는 표현이 많아 읽기 쉽다는 특징이 있습니다.

지금까지 고전 소설과 현대 소설의 특징을 비교해 보았지만, 주의할 점이 한 가지 있습니다. 운문과 마찬가지로, 앞서 살펴본 특징들은 모두 전반적인 경향에 대한 설명일 뿐, 100%는 아님을 유의해야 한다는 것입니다. 이러한 특징들은 배경지식으로 알아두고, 수능이나 내신 등 시험에 임할 때는 각 지문에 나타난 증거들을 근거로 문제를 풀어야 합니다.

	고전 운문	현대 운문
주제	• 유교의 이념에 따른 교훈(충, 효, 열) • 권선징악, 이상사회 추구, 신분 상승 욕구	• 개인의 삶, 내면세계, 현실의 문제 등 굉장히 다양
인물의 성격	• 평면적(착한 사람은 끝까지 착한 사람으로 그려짐)	• 입체적, 개성적(복잡한 내면의 갈등을 표현)
서술 방식	• 전지적 작가 시점, 서술자의 개입 많음(편집자적 논평) • 사건 중심	• 1인칭/3인칭 등 시점이 다양 • 인물 심리 묘사 중시
전개 구조	• 사건 중심, 운명적, 전기적 사건 전개	• 현실적, 심리적 갈등 중심의 전개
언어 표현	• 문어체, 한자어 많음	• 구어체, 일상적이고 현실적인 언어 주로 사용

Q 퀴즈로 점검하는 문학 개념

1. 고전 소설은 현대 소설에 비해 주제가 다양하지 않은 편이다. (O, ✕)
2. 고전 소설의 인물들은 입체적이고 개성적인 데 반해, 현대 소설의 인물들은 평면적이다. (O, ✕)
3. 고전 소설에는 편집자적 논평이 종종 드러난다. (O, ✕)
4. 현대 소설에는 고전 소설에 비해 문어체와 한자어가 많이 사용된다. (O, ✕)

정답과 해설: 1. ○ 2. ✕ 3. ○ 4. ✕

1. 고전 소설은 주로 권선징악, 충·효·열 같은 도덕적 가치를 중심으로 전개되어, 현대 소설에 비해 주제의 폭이 비교적 제한적입니다.
2. 고전 소설의 인물은 선악이 분명한 전형적, 평면적 인물이 많은 반면, 현대 소설은 복합적인 심리와 개성을 지닌 입체적 인물이 주로 등장합니다.
3. 고전 소설에는 서술자가 이야기에 개입하여 사건이나 인물에 대한 평가, 교훈을 직접 제시하는 편집자적 논평이 자주 나타납니다.
4. 현대 소설은 고전 소설에 비해 구어체 표현과 일상어 사용이 많습니다. 문어체와 한자어 사용 비중은 고전 소설이 더 높습니다.

[2025 수능] 18~21번 「정을선전」 출제 – 내용 이해, 인물 간 소통 양상 이해, 영웅 소설과 가정 소설의 특징 이해
[2018 수능] 23~26번 「사씨남정기」 출제 – 내용 이해, '꿈'의 서사적 기능 이해

보기

「정을선전」은 영웅소설과 가정소설의 상투적인 면모가 혼재되어 나타난다. 이를테면, 가정 안팎의 서사는 남주인공을 매개로 연결되고, 사건이 선악 구도로 전개되며, 인물의 고난과 감정은 극대화된다. 이 과정에서 일부다처제에서 비롯되는 가정 내 갈등이 개인의 인성 문제로 축소된다. 그러면서도 상전의 수족에 불과한 하층의 시비가 능동적인 행위자로 등장하거나, 가정과 사회에서 상층인 인물이 희화화된다.

– 2025학년도 수능 21번

가정 소설은 「사씨남정기」, 「장화홍련전」처럼 가정을 중심으로 벌어지는 사건과 갈등을 주요 소재로 하는 고전 소설입니다. 인물의 활약과 성장을 다루는 영웅 소설과 달리, 가정 소설은 가족 내부의 갈등과 일상적 문제, 특히 여성의 삶과 고난에 초점을 맞춘다는 특징이 있습니다. 따라서 이야기의 중심에 서는 인물이 여성인 경우가 많으며, 그들의 억울함, 인내, 정절 등이 서사의 중요한 요소로 작용합니다.

가정 소설의 가장 두드러진 특징은 '가정 내 갈등'입니다. 부부 간 갈등, 본처와 첩의 대립, 자매와 계모의 갈등, 가족 구성원 간의 질투와 모함 등 매우 다양한 갈등 양상이 등장합니다. 특히 악한 인물(계모나 첩, 간사한 하인 등)이 음모를 꾸미고 선한 인물(본처, 자식, 며느리 등)이 그로 인해 고통받는 구조가 많습니다. 이러한 구조는 악인이 벌을 받고 선한 인물이 보상받는, 권선징악의 결말로 이어지는 것이 일반적입니다. 이는 당시 사회가 중시하던 도덕적 가치관을 문학 속에서 재현한 것이죠.

대표적인 예가 바로 「장화홍련전」입니다. 이 작품에서 장화와 홍련 자매는 계모의 모함으로 억울하게 죽임을 당하지만, 죽은 뒤에도 한을 풀지 못해 혼령으로 관아에 나타나 억울함을 호소합니다. 이때 담대하면서도 공정한 철산 부사 정동우가 사건의 진상을 밝힙니다. 그렇게 자매의 누명은 벗겨지고 악행을 저지른 계모는 처벌받게 되지요. 「장화홍련전」은 '악한 인물의 탐욕과 질투→선한 인물의 희생→공정한 인물의 등장→진실 규명→가정의 질서 회복'이라는 가정 소설의 전형적인 흐름이 잘 드러난 작품입니다.

「사씨남정기」 역시 가정 소설을 대표하는 작품이라고 할 수 있습니다. 사 씨는 첩 교 씨의 모함으로 집에서 쫓겨나 큰 고통을 당하지만, 끝까지 정절과 인내를 잃지 않고 덕을 지키는 모습으로 그려집니다. 이후 남편 윤지경이 교 씨의 악행을 깨닫고 사 씨를 다시 정실부인으로 맞아들이면서 가정의 평화가 회복됩니다. 이러한 서사는 여성의 정절, 효성, 인내와 같은 유교적 덕목을 이상적 가치로 제시하며, 그 덕목을 지키는 여성이 최종적으로 보상받는 형식으로 결말을 맺습니다.

가정 소설에는 당시의 유교적 질서와 전통적 가치관이 강하게 반영되어 있습니다. 남존여비 사상, 가부장적 구조, 여성의 지위 제한 등이 서사 곳곳에서 드러나지요. 여성들은 본처, 첩, 계모, 며느리라는 가정 내 역할에 삶이 제한되고, 사회 문제보다 가정 내부의 문제 해결에 집중할 수밖에 없었습니다. 가정 소설

속 인물들이 겪는 갈등과 고난은 당시 여성들이 실제로 겪었던 억압적인 현실을 반영합니다. 이러한 점 때문에 수능에서는 가정 소설을 비판적으로 분석하는 문제도 출제될 수 있습니다.

　가정 소설의 결말에서 무엇보다 중요한 것은 '개인의 복수'가 아니라 '가정 질서의 회복'입니다. 「사씨남정기」에서 쫓겨났던 사 씨가 다시 집으로 돌아와 정실부인의 자리를 되찾는 순간, 작품은 비로소 안정을 되찾으며 마무리됩니다. 즉, 가정 소설의 핵심은 '가정의 파괴와 재건'이라는 구조에 있습니다.

　이처럼 가정 소설은 단순한 가족 이야기를 넘어서, 당시 사람들의 생활상과 사회 구조, 가치관을 이해할 수 있는 중요한 문학적 자료입니다. 가정 소설을 통해 우리는 과거 조상들이 어떤 가족 문화를 가지고 있었는지, 그 속에서 여성들이 어떤 삶을 살아갔는지를 엿볼 수 있죠.

「장화홍련전」 줄거리

1) 평안도 철산에서 좌수 벼슬을 지내던 배무룡은 부인 장 씨와 두 딸 장화, 홍련을 낳는다.

2) 하지만 얼마 지나지 않아 장 씨가 병으로 죽고, 배좌수는 후사를 생각해 허 씨라는 여인을 아내로 맞아들인다.

3) 허 씨는 아들들을 낳았지만, 전처소생의 두 딸에게 갖은 학대를 했다. 이에 배좌수가 허 씨를 꾸짖자 뉘우치기는커녕 자매를 죽일 궁리만을 한다.

4) 장화는 허 씨와 그녀의 아들에 의해 누명을 쓰고 연못에 몸을 던져 자결한다.

5) 동생 홍련 역시 언니를 그리워하다가 같은 연못에 빠져 죽게 된다.

6) 원한을 풀지 못한 두 혼령은 관아에 찾아가 억울함을 호소하지만, 두 자매의 혼령을 본 부사들은 모두 놀라 죽고 만다.

7) 그러던 중 대담한 성격의 정동우라는 부사가 부임한다. 자매에게 그동안의 사연을 들은 그는 사건을 재조사해 허 씨 모자를 엄벌로 다스린다.

「사씨남정기」 줄거리

1) 중국 명나라 시기 유현의 아들 유연수(유 한림)는 15세에 장원 급제하여 한림학사가 된다.

2) 유 한림은 덕성과 지성을 갖춘 사정옥(사 씨)과 혼인했으나, 9년이 지나도록 자식이 없어 아내 사 씨의 권유로 천성이 간악한 후처 교채란(교 씨)을 맞이해 아들을 얻는다.

3) 하지만 뒤늦게 사 씨가 아들을 낳게 되자 교 씨는 사 씨를 모함하여 내쫓고, 남몰래 만나던 동청과 유 한림을 모함하여 유배를 보낸다.

4) 교 씨는 지방 관원이 된 동청을 따라가고, 동청은 온갖 만행을 저지르다가 그 죄가 모두 드러나 처형당한다.

5) 유배 생활에서 풀려난 유 한림은 자신의 죄를 뉘우치고 사 씨를 다시 찾아 재회한다.

6) 유 한림은 교 씨의 모든 죄를 밝혀, 교 씨 역시 처형당하게 된다.

03 영웅 소설

[2025 수능] 18~21번 「정을선전」 출제 – 내용 이해, 인물 간 소통 양상 이해, 영웅 소설과 가정 소설의 특징 이해

[2015 수능] 34~36번 「소대성전」 출제 – 서술상 특징, 인물의 특징, 공간의 의미, 내용 이해

[2014 수능] 41~43번 「홍길동전」 출제 – 내용 이해, 소설의 서사구조 및 주제 의식

[2013 수능] 13~16번 「금방울전」 출제 – 내용 및 서술상 특징 이해, 서사 구조, 사자성어

영웅 소설은 말 그대로 특별한 능력과 사명을 가진 영웅이 역경을 극복하고 성장해 나가며, 이상(가문의 영광, 사회 구제, 정의 실현)을 달성해 나가는 내용을 담은 소설입니다. 대표적인 영웅 소설로는 「홍길동전」, 「임경업전」, 「전우치전」 등이 있습니다. 영웅 소설은 「홍길동전」, 「전우치전」처럼 가상의 인물을 설정하는 경우가 있고, 「임경업전」처럼 실제 인물의 삶을 바탕으로 하는 경우도 있지요.

영웅 소설은 그 서사가 건국 신화, 영웅 신화에서부터 내려온 '영웅의 일대기 구조'를 따르는 경우가 많습니다. 이러한 구조를 통해 주인공이 특별한 능력과 사명을 지닌 존재로 성장하여 어려움을 극복해 나가는 과정을 그리죠. 이러한 구조는 여러 개의 단계로 나뉘는데, 각각의 단계는 영웅이 어떻게 탄생하고, 어떤 시련을 겪으며 이를 어떻게 극복해 나가는지를 보여줍니다.

첫 번째 단계는 '고귀한 혈통 혹은 비정상적 출생'입니다. 영웅들은 남다른 혈통을 가지고 태어나거나 특별한 탄생 배경을 지닌 경우가 많습니다. 양반 가문의 아들이라든지, 신령한 존재의 도움으로 태어난다든지, 알에서 태어난다든지 하는 경우가 이에 해당합니다. 이러한 출생은 영웅이 앞으로 펼쳐나갈 비범한 삶의 근거로 제시되며, 독자로 하여금 영웅의 강렬한 존재감을 느끼게 합니다.

두 번째 단계는 '탁월한 능력의 발현'입니다. 영웅은 일반인보다 월등히 뛰어난 지혜나 무예, 체력, 도술과 같은 능력을 갖추고 있습니다. 이러한 능력은 영웅이 사회적 문제나 악을 해결하는 과정에서 큰 역할

을 하며, 그가 평범한 인물이 아니라 '영웅'임을 강조하는 요소가 됩니다.

세 번째 단계는 '시련의 도래'입니다. 영웅은 항상 순탄한 길을 걷는 것이 아니라, 악인에게 모함당하거나 예상치 못한 사건에 휘말리는 등 다양한 위기 상황을 맞이합니다. 이러한 시련은 영웅의 능력을 시험하고, 앞으로 성장할 발판을 제공하는 중요한 서사 장치입니다. 독자는 이러한 과정을 통해 영웅의 내면적 성숙과 진정한 용기를 확인할 수 있습니다.

네 번째 단계는 '조력자의 도움'입니다. 영웅의 여정에는 언제나 그를 도와주는 동료나 스승, 혹은 신비한 존재가 함께합니다. 조력자는 영웅이 어려움을 극복하도록 도와주는 역할을 하며, 때로는 영웅 스스로 깨닫기 어려운 진리를 일깨워 주기도 합니다. 영웅을 도와주는 조력자는 동물, 물건, 도술을 가진 노인 등 다양한 형태로 나타납니다.

그다음 단계는 '위기의 극복'입니다. 영웅은 조력자의 도움과 자신의 탁월한 능력을 바탕으로 위기를 헤쳐 나갑니다. 이 과정은 이야기의 긴장감이 최고조에 이르는 부분으로, 영웅의 용기와 지혜가 빛을 발하는 순간입니다. 독자는 영웅의 행동을 통해 '정의는 반드시 승리한다'라는 메시지를 경험하게 됩니다.

마지막 단계는 '위대한 업적의 성취'입니다. 영웅은 악인을 물리치거나 부조리를 바로잡는 등 중요한 업적을 이루며 이야기를 마무리합니다. 이를 통해 영웅은 개인적 성장을 넘어 사회 전체에 긍정적 영향을 미치는 존재로 거듭나죠. 이 단계에서는 정의, 충절, 공동체의 안녕 등 영웅 소설이 추구하는 이상적 가치를 상징적으로 드러냅니다.

이처럼 영웅 소설의 구조는 영웅의 탄생에서부터 시련, 극복, 업적에 이르기까지 일련의 성장 과정을 보여주는 '발전적 서사 구조'를 이루고 있습니다. 이를 통해 독자들은 영웅의 활약을 즐기는 동시에, 그 속에 담긴 도덕적 가치와 사회적 이상을 자연스럽게 습득하게 됩니다.

영웅 소설의 구조	의미
고귀한 혈통/ 비정상적 출생	고귀한 혈통을 가지고 있거나 특이한 탄생 배경을 가지고 태어남. 예 지체 높은 양반가의 아들 　꿈, 예언, 신비한 징조 등으로 태어나거나 알로 태어나는 등
탁월한 능력	남들보다 월등하게 뛰어난 지혜, 무예, 도술 능력 등을 가짐.
시련	악인에게 모함당하거나 주변 상황의 변화로 역경과 위기를 겪음.
조력자의 도움	영웅의 여정에 함께하거나 돕는 조력자가 등장함. 예 동료, 스승, 신령한 존재 등
위기 극복	조력자의 도움과 자신의 탁월한 능력을 활용해 닥친 위기를 극복함.
위대한 업적	악인 혹은 부정적인 상황을 물리치고 사회의 부조리를 바로 잡거나 정의를 실현.

이번에는 '영웅의 일대기 구조'를 우리가 잘 알고 있는 「홍길동전」에 적용해서 한번 이해해 볼까요? 「홍길동전」은 한국 고전 소설 가운데 대표적인 영웅 소설로, 주인공 홍길동이 비범한 능력과 정의감을 바탕으로 사회의 모순을 해결해 나가는 과정을 그립니다. 「홍길동전」과 그 서사 구조는 2014학년도 수능에도 출제된 바 있습니다.

　서자 홍길동의 인생은 신분의 한계를 극복하는 과정이다. 이 과정에서 당대 사회가 안고 있는 문제뿐만 아니라 개인의 이기적 욕망에서 비롯되는 문제도 드러난다. 즉 신분의 한계를 극복하는 과정에서 길동은 부당한 사회와 충돌하기도 하고, 개인적 욕망 성취를 위해 사회 부조리와 타협하거나 명분과 괴리되는 행위를 하여 스스로 모순에 빠지기도 하는 것이다.

– 2014학년도 수능

　홍길동은 높은 관직을 지닌 양반의 아들로, 고귀한 혈통을 지니고 태어난 인물입니다. 그러나 서자로 태어났다는 신분적 한계 때문에 정식 자식으로 인정받지 못하는 비정상적 출생의 요소 또한 동시에 가지고 있습니다. 이러한 설정은 홍길동이 내면에 깊은 갈등을 품게 되는 원인이 되며, 이후 사회적 차별을 극복하려는 동기의 기반이 됩니다.

　홍길동은 탁월한 능력을 지닌 존재로 묘사됩니다. 그는 어릴 때부터 비범한 지혜를 갖추었으며, 무예와 도술에도 능해 일반인과는 차원이 다른 재능을 보여주죠. 이러한 능력은 영웅이 갖추어야 할 자질을 의미하며, 불의를 바로잡는 과정에서 중요한 역할을 합니다. 특히 그의 도술 능력은 홍길동의 영웅적 성격을 강화하는 장치로 활용됩니다.

　그러나 비범한 능력이 있음에도 불구하고, 홍길동은 시련을 겪게 됩니다. 서자라는 신분 때문에 정식 가족으로 인정받지 못하고, 사회 제도 안에서 억울한 차별을 경험하죠. 자신이 진정으로 능력을 펼칠 수 없는 불합리한 상황은 홍길동의 분노와 고민을 키우며, 결국 새로운 삶을 모색하도록 이끕니다. 이러한 시련의 과정은 영웅이 왜 모험의 길로 나서야 하는지를 설득력 있게 보여주는 중요한 요소입니다.

　그는 활빈당 동료들과 함께하며, 사회의 부조리를 바로잡기 위한 활동을 펼칩니다. 활빈당은 홍길동이 혼자 해결하기 어려운 일들을 함께 수행하는 조력자들로, 영웅이 사회적 목적을 이루는 데 필수적인 공동체적 힘을 상징합니다. 이들은 도적이 아니라 약자를 돕고 부정을 바로잡는 의적 집단으로 묘사되며, 홍길동의 가치관과 행동을 강화합니다.

　홍길동은 다양한 어려움을 맞닥뜨리지만, 위기의 극복을 통해 진정한 영웅으로 성장합니다. 도술로 자신을 죽이려는 자객을 물리치고, 부패한 관리들의 횡포를 단호히 처벌하며 능력을 올바른 방향으로 사용합니다. 이러한 위기 극복 과정은 그의 지혜와 용기가 최대한 발휘되는 부분으로, 독자에게 통쾌함과 긴장감을 줍니다.

　마지막으로 그는 위대한 업적을 이루며 이야기를 마무리합니다. 홍길동은 새로운 나라 '율도국'을 세워 그곳의 왕이 되고, 누구도 신분으로 차별받지 않는 이상적인 사회를 이루어 냅니다. 이는 작가가 꿈꿨던 사회적 이상을 상징적으로 드러내는 결말입니다.

영웅 소설의 구조	홍길동전
고귀한 혈통	아버지가 고위 관직자(판서)
탁월한 능력	무예와 도술, 지혜에 능함
시련	서자 신분으로 인한 차별, 불이익

조력자의 도움	활빈당 동료들
위기 극복	도술로 자신을 죽이려는 자객 물리침, 의적이 되어 불의에 대항해 활약
위대한 업적	율도국을 세우고 왕이 됨

지금까지 「홍길동전」의 줄거리와 영웅 서사 구조를 간략히 살펴보았습니다. 그러면 이제 한 가지만 깊이 생각해 봅시다. 「홍길동전」에 드러난 당대 민중의 소망은 무엇일까요?

먼저 홍길동의 처지를 봅시다. 홍길동은 서자, 즉 첩의 아들로 과거를 볼 수 없었을 뿐 아니라 형을 형이라고 부르지 못하는 등의 차별을 당합니다. 이러한 홍길동의 모습에는 '신분제로 인한 차별'을 철폐하고 싶었던 당대 민중들의 소망이 녹아 있습니다.

그리고 홍길동은 의적이 되어 백성들을 수탈했던 탐관오리들의 재물을 빼앗아 불쌍한 백성들에게 나누어줍니다. 이러한 모습에서는 당시 관리들의 수탈로 힘들었던 백성들의 삶을 엿볼 수 있습니다.

이처럼 「홍길동전」은 영웅의 출생에서부터 시련, 조력, 위기 극복, 성취에 이르기까지 영웅 서사의 전형적인 흐름을 충실히 따르며, 인물의 삶을 통해 사회의 모순을 비판하고, 메시지를 전달하는 작품이라고 할 수 있습니다.

요즘에는 '여성 영웅 소설'도 주목받고 있습니다. 병자호란 때 우리나라를 침략한 용골대, 용울대 형제를 멋지게 물리치는 박씨 부인의 이야기를 담은 「박씨전」이 대표적이죠. 「박씨전」은 이후에 이어지는 '전쟁 소설'에서 다시 한번 살펴보겠습니다.

「홍길동전」 줄거리

1) 홍길동은 세종 시절 홍 판서의 시비(하녀) 춘섬이 낳은 서자이다.
2) 길동은 어려서부터 도술을 익히고 다양한 면에서 뛰어난 능력을 보였지만, 첩의 자식(서자)이었기 때문에 차별을 받으며 지낸다.
3) 길동을 못마땅해했던 정실부인은 자객을 시켜 길동을 없애려 한다.
4) 도술을 부려 자객을 물리친 길동은 집을 나서 도적들의 두목이 되고, '활빈당'이라는 조직을 결성한다.
5) 활빈당은 의적단을 자처하며 도술로 탐관오리들이 부당하게 탈취한 재물을 빼앗아 백성들에게 돌려준다.
6) 국왕은 길동을 잡기 위해 노력하지만 길동의 도술을 당해내지 못한다. 이에 포기한 조정은 길동을 회유해 병조판서를 지내게 한다.
7) 이후 길동은 율도국에 가서 자신만의 이상 국가를 건설한다.

04 풍자 소설

[2026 수능] 34번 〈보기〉 – (가)는 장면 속에서 묘사된 행위를 통해 정서나 의미를 드러내기도 하고, 화자를 대상화하며 해학의 대상으로 삼기도 한다.

[2025 수능] 21번 「정을선전」 출제 – 희화화의 개념

[2024 고3 6모] 27번 – 서술자가 풍자적 어조를 활용하여 중심인물에 대한 비판적 입장을 드러낸다.

[2021 수능] 31번 – 인물의 희화화를 통해 사건의 반전 효과를 나타내고 있다.

[2019 수능] 21번 – 인물 간의 대화를 통해 특정 인물의 생각과 행동을 희화화하고 있다.

[2018 수능] 20번 – 청자를 명시적으로 설정하여 풍자적으로 비판하고 있다.

[2015A 수능] 43번 – 풍자의 기법으로, 떠나간 임에 대한 서운함을 나타내고 있다.

[2015B 수능] 38번 – 인물들 간의 대화를 통해 특정 인물의 생각과 행동을 희화화하고 있다.

풍자 소설이란 사회나 인간의 모순, 부조리를 비판하기 위해 '웃음'을 이용하는 소설을 말합니다. 단순히 재미를 주는 것이 목적이 아니라, 웃음이라는 우회적인 방식을 통해 사회적 잘못이나 인간의 어리석음을 드러내고 고발하는 소설이죠. 풍자는 대상을 노골적으로 공격하기보다는, 대상의 허점, 위선, 악행을 익살스럽게 비틀어 독자의 깨달음을 이끌어낸다는 특징이 있습니다.

풍자 소설에서는 대상을 우스꽝스럽게 '희화화'하는 표현 기법이 주로 사용되는데, 이런 표현들은 모두 직접 말하기 어려운 불만이나 비판을 '웃음' 속에 숨겨 전달하기 위한 전략입니다. 예를 들어, 높은 지위의 사람을 과하게 허둥대거나 비합리적인 행동을 하는 모습으로 묘사하기도 하고, 부정적 인물의 얼굴을 과하게 못생긴 것처럼 묘사하기도 하죠. 이렇게 대상을 희화화하여 그의 부정적 면모를 '풍자'하는 것은 고전 소설에서 굉장히 자주 등장하는 기법 중 하나입니다.

2025학년도 수능에도 출제된 「정을선전」 지문 속 내용은 희화화를 통한 풍자의 대표적인 사례입니다.

승상의 경고에 겁을 먹은 정렬부인이 그 자리에서 똥을 한 무더기 싸고 넘어지는 장면은 그녀를 우스꽝스럽게 묘사해 조롱하는 장면입니다. 사대부 가문의 여성이라는 신분적 위엄은 완전히 추락해 버리고, 그 자리에는 웃음만이 남습니다. 이러한 장면은 분명 당시 권력층에게 핍박받아 왔던 독자들에게 통쾌함을 주었을 것입니다.

'풍자' 말고도 '웃음' 하면 떠오르는 문학 개념이 있습니다. 바로 '해학'입니다. 비슷해 보이는 이 두 가지 문학 개념은 어떤 차이가 있을까요? 쉽게 이야기하자면, 해학은 '부드럽고 따뜻한 웃음', 풍자는 '비판적 의미가 담긴 냉소에 가까운 웃음'이라는 차이가 있습니다. 예를 들어, 「흥부전」의 흥부가 보이는 어리숙함에 대한 웃음은 '해학'에 가깝습니다. 서술자는 이러한 흥부의 모습을 애정 어린 시선으로 바라봅니다. 하지만 「춘향전」의 변학도가 암행어사 출두에 놀라 도망가는 모습을 희화화한 것은 '풍자'에 가깝습니다. 서술자는 못된 지배 계층의 모습을 우스꽝스럽게 묘사해 그 권위를 떨어뜨리고 비판하죠.

해학	풍자
대상이나 사건을 익살스럽고 유쾌하게 표현해 웃음을 주는 표현 기법	대상의 결점이나 모순, 부정적인 면모를 우스꽝스럽게 비꼬아 비판하는 표현 방식
대중에게 웃음을 주어 즐거움을 주거나 대상의 인간미를 드러냄	사회를 비판하고 대상에 대한 조롱을 통해 문제의식을 전달함
따뜻하고, 포용적인 웃음	날카롭고 비판적인 웃음(조롱, 냉소)
예 「흥부전」 흥부의 어리숙함에서 나오는 유쾌함	예 「춘향전」에서 암행어사 출두에 놀라 도망치는 사또의 모습을 우스꽝스럽게 표현한 것

그렇다면 왜 대상을 비판할 때 굳이 웃기게 표현한 것일까요? 웃음은 긍정적 정서인데, 비판이 필요하다면 날카롭게 하면 되지 않았을까요? 그 이유에는 우리 선조들의 지혜가 녹아 있습니다.

첫째, 당시에는 권력자를 직접 비판하는 것이 매우 위험했습니다. 조선시대 신분제 사회에서 하층민이 양반이나 관리의 잘못을 지적하는 것은 거의 불가능했죠. 종이 주인을 향해 '주인님이 틀렸습니다'라고 말

한다면 곤장을 맞거나 심하면 죽임을 당할 수도 있었습니다. 그래서 직접적인 비판 대신 '웃음으로 빗대어' 비판하는 간접적 방식을 선택한 것입니다.

둘째, 웃음을 통해 거부감 없이 메시지를 전달하기 위함입니다. 날카로운 비판은 종종 반감을 사지만, 웃음이 섞여 있으면 비판이 훨씬 부드럽게 전달됩니다. 예를 들어, 양반들의 허세를 직접 비판하면 반발이 있었겠지만, 양반을 은근슬쩍 웃음거리로 만들면 독자들은 거부감 없이 이야기를 수용했을 것입니다.

셋째, 웃음을 통해 부정적 현실을 극복, 승화하고자 했기 때문입니다. 여러분, 너무 힘들거나 슬플 때 미소를 지으면 기분이 어떤가요? 그래도 조금 나아지는 것 같죠? 이게 바로 우리 선조들의 지혜입니다. 탐관오리의 수탈이나 전쟁, 기근 등으로 힘들 때 유머와 웃음으로 이를 이겨내려고 했던 것이죠. 즉, 희화화는 부정적인 현실을 견디고 극복하기 위한 심리적 장치이기도 했던 것입니다.

대표적인 풍자 소설을 한 가지만 더 살펴보겠습니다. 능력 있는 여성 인물을 통해 당시 남성 중심 사회의 허위성을 효과적으로 비판하는 「이춘풍전」입니다. 춘풍의 아내는 재산을 전부 들고 나간 남편이 기생의 모략에 빠져 망하고, 그 집에 사환으로 있다는 소식을 듣고 평양으로 떠납니다. 여성의 모습으로는 남편을 구할 수 없다는 생각에 그녀는 남성 관리인 '비장' 차림을 하고 평양에 다다르죠. 그녀는 자신을 몰라보는 남편을 기생의 손에서 구출하고, 잃어버린 돈을 돌려주는 데 성공합니다. 그리고 다시 집으로 돌아와 비장 차림을 벗어던지고 아내의 모습으로 남편을 맞이합니다. 아래 지문은 집에 돌아온 남편이 계속해서 자신에게 허세를 부리자, 다시 '비장' 차림을 하고 남편을 골탕 먹이는 장면입니다.

<blockquote>
"평양에서 떠날 적에 너더러 이르기를, 돈을 싣고 서울로 올라오거든 댁에 문안하라 하였더니, 풍문에 소식 들리기를 매일 기다리다가 아까 마침 남산 밑에 박 승지 댁에 가 술을 먹고 대취하여 종일 놀다가 홀연히 네가 왔단 말을 듣고 네 집에 돌아왔으니 흰죽이나 쑤어 달라."

한대, 춘풍이 제 지어미를 아무리 찾은들 있을쏜가. **제가 손수 죽을 쑤려 하고 죽 쌀을 내어 들고 부엌으로 나가거늘**, 비장이 호령하되,

"네 지어미는 어디 가고, 나에게 내외를 하느냐?"

춘풍이 묵묵부답하고 혼잣말로 심중에 헤아리되, '그립던 차에 가솔을 만났으니 우리 둘이 잠이나 잘자 볼까' 하였더니 아내는 간데없고, 비장은 이처럼 호령하니 진실로 민망하나 무가내라.

회계 비장이 내다보니, **춘풍의 죽 쑤는 모양이 우습고도 볼 만하다.** 그제야 죽상을 들이거늘, 비장이 먹기 싫은 죽을 조금 먹는 체하다가 춘풍에게 상째로 주며 하는 말이,

"네가 평양 감영 추월의 집에 사환으로 있을 때에 다 깨진 헌 사발에 누룽지에 국을 부어서 숟가락 없이 뜰아래 서서 되는대로 먹던 일을 생각하여 다 먹으라."

(중략)

이런 거동 저런 거동 다 본 연후에, 회계 비장 의복 벗어 놓고 여자 의복 다시 입고 웃으면서,

"이 멍청이야!"

춘풍의 등을 밀치면서 하는 말이,

"안목이 그다지 무도한가?"

춘풍이 어이없어 하는 말이,

"이왕에 자넨 줄 알았으나 의사(意思)를 보자 하고 그리하였노라."

– 작자 미상, 「이춘풍전」
</blockquote>

위 지문에서 춘풍의 처는 '비장'으로 변신해 남편에게 호통을 칩니다. '당장 죽을 쑤어 오라'며 말이죠.

두려워한 이춘풍은 쩔쩔매며 손수 죽을 쑵니다. 당시 가부장적 사회에서 남성이 부엌에서 죽을 쑨다는 것은 말도 안 되는 일이었습니다. 이렇게 이춘풍이 아내를 알아보지 못하고 두려워하며 죽을 쑤는 우스꽝스러운 모습은 독자의 웃음을 자아냅니다. 아내가 '이 멍청이야!' 하면서 자신의 정체를 밝히자 '이왕에 자넨 줄 알았다'라며 허세를 부리는 모습 역시 우습게 느껴지죠.

이는 무능하고 허세에 가득 찬 남편 이춘풍을 유능한 아내가 골탕 먹이는 모습을 통해 우스꽝스럽게 묘사함으로써 허위적인 남성 중심 사회를 풍자하고 있는 것입니다. '웃음'과 '희화화'를 통해 당시 지배 계층인 '남성'의 권위를 추락시켜 버린 것이죠. 이를 통해 「이춘풍전」은 여성의 능력이 결코 남성보다 못하지 않으며, 오히려 남성을 능가할 수 있음을 강조하고 있습니다. 하지만 여전히 한계는 존재합니다. 여성이 '남장'을 통해서만 문제를 해결할 수 있었기 때문에, 여전히 여성의 사회적 역할에는 제한이 있었음을 확인할 수 있습니다.

「이춘풍전」 줄거리

1) 서울 다락골에 사는 이춘풍은 밤낮으로 놀러 다니며 가산을 탕진한다.
2) 아내가 품팔이해 돈을 모아 가세가 풍족해지자, 춘풍은 집안 재물을 다 챙기고 빚내어 평양으로 장사를 떠난다.
3) 평양에 간 춘풍은 기생 추월에게 빠져 돈을 전부 빼앗기고 그 집에서 사환 노릇을 하게 된다.
4) 이 소식을 들은 춘풍의 아내는 '비장' 차림으로 남장을 한 채 평양에 도착한다.
5) 비장이 된 춘풍의 아내는 추월을 징벌하고 돈을 되찾아 춘풍에게 돌려준다.
6) 돈을 받은 춘풍은 서울 집에 와서 아내에게 돈을 벌었다고 허세를 부린다.
7) 이때 다시 아내가 비장 차림을 하고 춘풍에게 나타나 음식을 내오라고 하며 호통을 친다.
8) 아내는 자신이 바로 그 비장이었음을 밝히고, 이후 춘풍은 그동안의 생활을 청산하고 집안을 다스리는 데 힘쓴다.

Q 퀴즈로 점검하는 문학 개념

1. 풍자는 해학과 달리 웃음을 통해 대상을 비판하는 표현 기법이다. (O, ✕)

2. 문학에서 풍자적 기법이 많이 사용된 이유는 당시 지배 계층에 대한 직접적 비판이 허용되었기 때문이다. (O, ✕)

3. 「이춘풍전」의 이춘풍은 유능하지만, 아내를 무시했던 당시 권위적인 남성 사대부 계층을 대표한다. (O, ✕)

4. 「이춘풍전」에서는 춘풍의 처가 '비장'으로 변장해 남편을 혼내는 모습을 우스꽝스럽게 묘사하여 남성 중심 가부장적 사회를 비판한다. (O, ✕)

정답과 해설: 1. ○ 2. ✕ 3. ✕ 4. ○

1. 풍자는 웃음을 수반하지만, 그 목적은 대상에 대한 비판과 문제 제기에 있습니다. 해학과 달리 비판성이 강한 표현 기법입니다.
2. 당시에는 지배 계층에 대한 직접적인 비판이 제한되었기 때문에, 이를 우회적으로 드러내는 방법으로 풍자적 기법이 많이 활용되었습니다.
3. 「이춘풍전」의 이춘풍은 유능한 인물이 아니라, 허세와 무능함을 지닌 인물입니다.
4. 「이춘풍전」에서는 춘풍의 처가 남편을 골리는 장면을 우스꽝스럽게 그려내 당시 가부장적 사회를 비판하고 있습니다.

[2026 수능] 18~21번 판소리 사설 「수궁가」 출제 – 내용 및 공간의 이해, 표현상 특징
[2024 수능] 18번 – 서술자가 개입하여 인물에 대한 평가를 제시하고 있다.
[2022 수능] 31번 – 태보에 대한 민심을 편집자적 논평을 통해 반복적으로 나타내어, 태보가 기우는 국운을 회복한 영웅으로 추대되어 백성들의 지지를 받았음을 보여 주는군.
[2016 수능] 37~39번 판소리계 소설 「토끼전」 출제 – 내용 이해, 판소리계 소설의 표현상 특징, 서사 구조 이해
[2016 수능] 38번 – 편집자적 논평을 통해 인물의 행위에 대한 서술자의 시각을 보여주고 있다.
[2014B 수능] 31번 – 서술자가 개입하여 앞으로 일어날 사건을 예고하고 있다.

판소리계 소설이란, 우리 전통 예술인 판소리를 바탕으로 만들어진 소설을 말합니다.

그렇다면 판소리는 무엇일까요? 이는 '판'과 '소리'가 합쳐진 말로, 한 명의 소리꾼이 고수의 장단에 맞추어 소리(창), 아니리(말), 너름새(몸짓)를 섞어 재미있게 이야기하는 일종의 솔로 오페라입니다. 소리(창)는 고수의 북장단에 맞추어 소리꾼이 부르는 노래를, 아니리(말)는 소리를 하는 중간중간에 어떤 장면이나 사실을 말로 설명하는 것을 의미합니다. 너름새(몸짓)는 상황을 실감 나게 표현하는 몸동작을 의미하죠. 고수는 소리꾼 옆에 앉아 북으로 장단을 맞추고 추임새를 넣곤 했습니다.

지금처럼 스마트폰도, SNS도 없는 조선시대에 판소리 공연은 백성들에게 굉장히 큰 즐거움을 주었습니다. 길거리에서 판소리 공연을 한다고 하면 남녀노소 할 것 없이 구경하러 뛰어나갔다고 할 정도로 말이죠.

소리꾼이 목소리와 몸짓으로 들려주던 이야기는 시간이 지나며 문자로 기록되거나 소설 형태로 재창작됩니다. 이것이 바로 우리가 살펴보고 있는 판소리계 소설입니다. 따라서 판소리계 소설에는 판소리 특유의 흥미롭고 박진감 가득한 이야기 구조, 생생한 인물 묘사, 편집자적 논평 등이 자연스럽게 스며 들어 있는 것이 특징입니다. 판소리계 소설의 대표적인 작품으로는 「춘향전」, 「심청전」, 「흥부전」, 「옹고집전」, 「배비장전」 등이 있습니다.

판소리계 소설의 가장 큰 특징이라고 할 수 있는 '서술자의 개입', 즉 '편집자적 논평'은 '서술자'가 사건을 서술하다가 갑자기 개입해 상황이나 인물에 관한 생각을 서술하는 부분입니다. 독자는 한창 이야기에 빠져서 듣고 있는데, 갑자기 서술자의 목소리가 툭 튀어나오는 것이죠. "야, 이거 참 웃기지 않니?", "야, 이거 참 눈 뜨고 못 보겠지 않니?", "야, 이거 참 좋지 않겠니?" 하면서 말이죠. 「춘향전」에 나타난 예시들을 살펴볼까요?

- 역졸들이 일시에 외치는 소리에 강산이 무너지고 천지가 뒤집히는 듯하니 산천초목인들 금수인들 아니 떨겠는가.
- 어사또는 춘향의 손을 잡고 놓을 줄을 모르고 쌓였던 사연의 실타래는 끝날 줄을 몰랐으니, 그 한없이 즐거운 일을 어찌 일일이 말로 하겠는가.
- 춘향의 높은 절개가 광채 있게 되었으니 어찌 아니 좋을 것인가.

– 작자 미상, 「춘향전」

고전 소설, 특히 판소리계 소설에서는 서술자의 개입, 편집자적 논평이 굉장히 많이 나타납니다. 그렇다면 왜 고전 소설, 그중에서도 판소리계 소설에 이러한 표현이 잘 나타나는 것일까요? 이는 판소리계 소설의 유래 및 특징과 관련이 있습니다.

판소리계 소설은 판소리 사설을 바탕으로 형성되었거나 판소리적 성격이 강한 고전 소설입니다. 판소리는 소리꾼이 고정된 내용을 일방적으로 전달하는 것이 아니라, 청중의 참여를 유도하고 함께 호흡하는 방식으로 이루어졌죠. 그렇기 때문에 소리꾼이 중간중간 개입하면서 생각이나 판단을 관객에게 전달할 수 있었습니다. 이러한 특징들이 이어지면서 훗날 고전 소설에도 편집자적 논평이 많아진 것입니다.

'판소리계 소설'의 특징들을 조금만 더 살펴봅시다. 2016학년도 수능에는 판소리계 소설의 표현상 특징들이 작품에 어떻게 드러나는지를 묻는 문제가 출제되었습니다.

판소리는 오랜 세월에 걸쳐 구비전승되다가 기록된 '적층 문학'입니다. 그러므로 이본이 많아 지역마다 내용이 조금씩 다릅니다. 운문체와 산문체가 모두 나타난다는 특징 역시 있습니다. 산문체는 운율에 얽매이지 않고 말의 흐름대로 자연스럽게 표현하는 문체입니다. 일반적인 소설이나 일상어 등등에서 이러한 산문체를 발견할 수 있습니다. 운문체는 일정한 운율, 즉 소리의 규칙적인 반복을 지닌 문체입니다. 우리는 운율을 주로 어디서 발견할 수 있죠? 바로 음악입니다. 그중에서도 특히 랩에서 운율을 잘 느낄 수 있습니다.

판소리계 소설은 산문이기 때문에, 당연히 '산문체'로만 이루어져야 할 것 같은데, 랩에서나 나올 법한 '운문체'가 중간중간 등장한다는 이야기입니다. 「춘향전」에 나타난 예시를 살펴볼까요?

공방 불러 자리 단속, 병방 불러 역마 단속, 관청색 불러 다과상 단속, 옥사정 불러 죄인 단속, 집사 불러 형벌 기구 단속, 형방 불러 서류 단속, 사령 불러 숙직 단속, 한창 이렇게 요란할 때 눈치 없는 본관 사또, 운봉을 향해 말을 던진다.

– 작자 미상, 「춘향전」

위 예시에서는 계속 같은 글자 수가 반복되어 리듬감이 느껴집니다. 물론 중간중간 5글자가 나오기는 하지만 4글자가 주로 반복되고 있습니다. 4·4조 중심의 운문체가 나타나고 있는 것입니다. 판소리계 소설에서는 이렇게 글 중간중간에 운율이 있는 부분이 등장합니다. 소리꾼이 이렇게 리듬감이 느껴지는 노래를 부를 때 관객들도 같이 리듬을 타며 음악을 즐겼겠죠? 이것을 판소리계 소설의 특징 중 '운문체의 활용'이라고 합니다. 일종의 솔로 오페라였던 판소리의 특징이 판소리계 소설에도 그대로 남아 있는 것입니다.

판소리계 소설에서는 의성어와 의태어를 많이 사용하여 현장감을 구현합니다. 의성어, 의태어는 음성 상징어로, 의성어는 '소리를 흉내 내는 말', 의태어는 '동작을 흉내 내는 말'입니다. 의성어의 예시로는 '멍멍', '꿀꿀', '따릉따릉' 등이 있고 의태어의 예시로는 '꿈틀꿈틀', '깡충깡충' 등이 있습니다. 판소리에서는 다양한 의성어, 의태어를 실감 나게 활용해 이야기에 생동감을 주었습니다.

'장면의 극대화' 역시 판소리계 소설의 중요한 특징 중 하나입니다. 이는 관객이 관심을 보이는 대목을 열거와 대구를 사용해 집중적으로 확장하고 부연하는 것인데요. 아래 예시를 살펴볼까요?

위 예시는 사실 딱 한 문장으로 묘사할 수 있습니다. '어사또가 서리에게 신호를 주니, 서리, 중방이 역졸을 불러서 단속했다.' 이렇게 말이죠. 하지만 서술자는 일부러 해당 내용을 확장하고 부연했습니다. 한 문장으로도 끝날 수 있는 사건인데 왜 굳이 길게 표현한 것일까요? 이는 판소리 공연을 할 때 소리꾼이 관객이 관심을 보이는 대목을 일부러 길게 늘어뜨렸기 때문입니다. 관객이 지루해하는 부분보다는, 관심과 흥미를 보이는 부분의 비율을 늘리는 게 인기 있는 판소리의 비결이었겠죠.

판소리는 양반이 아닌 '일반 민중'들이 향유하던 예술 장르였습니다. 그러므로 당시 민중의 소망과 한이 이야기에 담겨 있는 경우가 많았습니다. 판소리계 소설 하면 대표적으로 떠오르는 작품들 대부분은 웃음을 유발해 당시 부패한 관리나 조정, 사회 시스템을 비판합니다. 우리가 정말 잘 알고 있는 판소리계 소설, 「춘향전」을 떠올려 봅시다.

위 지문은 장원 급제한 몽룡이 암행어사의 신분으로 돌아와 부패한 관리들을 잡아들이는 장면입니다. 변학도의 생일 잔치에 참석했던 탐관오리들은 암행어사의 등장에 혼비백산합니다. 이때 그려지는 관리들의 모습은 아주 우스꽝스럽습니다. 어떤 관리는 밥상을 머리 위에 쓰고 벌벌 떨고, 어떤 관리는 무서워 오줌을 누고 맙니다. 심지어 변학도는 너무 두려운 나머지 똥을 싸고 관아 깊숙한 안채로 들어가 '문 들어온다. 바람 닫아라. 물 마르다. 목 들여라.' 하며 헛소리하기도 하죠. 이러한 장면은 체면을 중시하는 지배계층이 허둥대는 모습을 우스꽝스럽게 표현하여 당시 부패한 관리들을 효과적으로 비판하고 있습니다. 이렇게 통쾌한 장면이 포함되어 있으니, 「춘향전」은 당시 백성들에게 아주 인기 만점이었죠.

1) 기생의 딸 춘향과 남원 부사의 아들 몽룡은 서로 사랑에 빠진다.

2) 남원 부사 임기가 끝난 아버지를 따라 몽룡이 한양으로 가며 둘은 이별하게 된다.

3) 남원 부사로 새로 부임한 변 사또가 춘향에게 수청을 강요한다. 춘향이 몽룡에 대한 의리를 지키기 위해 이를 거절하자 그녀를 옥에 가둔다.

4) 장원 급제한 몽룡이 암행어사의 신분으로 돌아와 변 사또를 비롯한 탐관오리를 숙청하고 춘향을 구한다.

5) 춘향과 몽룡이 함께 서울로 올라가 백년해로한다.

Q 퀴즈로 점검하는 문학 개념

1. 판소리계 소설에 나타나는 __________은/는 서술자가 개입하여 상황이나 인물에 대해 자신의 생각을 서술하는 것이다.

2. 판소리계 소설은 지어졌을 때 바로 기록된 기록 문학에 해당한다. (O, ×)

3. 판소리계 소설에는 판소리 사설의 특징이 남아 있어 운문체와 산문체가 혼합되어 나타난다. (O, ×)

4. 양반들이 주로 향유한 예술 장르였던 판소리는 백성들의 무능함과 게으름을 비판하는 내용이 주를 이룬다. (O, ×)

정답과 해설: 1. 편집자적 논평 2. × 3. ○ 4. ×

1. 판소리계 소설에서는 서술자가 이야기 전개 중에 개입하여 인물이나 사건에 대한 평가와 의견을 직접 제시하는 편집자적 논평이 자주 나타납니다.
2. 판소리계 소설은 오랜 기간에 걸쳐 구비전승되다가 기록된 적층 문학입니다.
3. 공연예술이었던 판소리 사설의 영향으로 판소리계 소설에는 운문체와 산문체가 혼합되어 나타납니다.
4. 판소리는 서민층이 폭넓게 향유한 예술로, 백성의 무능함보다 지배층의 모순과 부조리를 비판하는 경우가 많았습니다.

---

06) 전기 소설

[2026 고3 6모] 30번 – 작품 속 초월 세계의 서사적 기능

[2019 수능] 36번 – 적대자와의 지략 대결을 통해 주인공의 <u>초월적 능력</u>을 보여 주고 있다.

[2018 수능] 26번 – 소설 속 전기적 요소의 서사적 기능

[2015A 수능] 36번 – 작품 속 초월 세계의 서사적 기능

전기 소설(傳奇小說)이란 '기이한 이야기를 전하는' 내용의 서사 양식으로, 현실에는 없는 신비로운 사

건을 중심으로 내용이 전개되는 소설을 말합니다. 이러한 전기 소설은 이야기의 출발점은 현실 세계이지만, 사건이 전개되면서 인물이 비현실적인 존재를 만나거나 기이한 체험을 하게 된다는 특징을 가집니다. 귀신, 도깨비, 신선 같은 신이적 존재가 등장하고, 현실의 자연법칙을 넘어서는 일들이 발생하는 등 이상하고 기이한 요소들이 자연스럽게 수용되고 활용됩니다. 이는 단순히 흥미를 유발하는 장치를 넘어서, 당시 사회의 종교적 세계관과 민중의 욕망이 문학적 형태로 드러난 결과로 볼 수 있습니다. 불교의 윤회 사상, 도교의 신선 세계, 무속 신앙에서 비롯된 영적인 존재들에 대한 믿음 등이 작품 전반에 반영된 것입니다. 중국 전기 문학의 영향도 한국의 전기 소설 형성에 큰 역할을 했습니다. 오늘날처럼 다양한 매체가 존재하지 않았던 시대에, 전기 소설의 환상적 요소들은 독자들에게 새로운 세계를 열어주는 흥미로운 통로였습니다.

전기성(傳奇性)은 전기 소설의 핵심적 특징으로, '현실에서는 불가능한 사건이나 존재를 등장시켜 기이하고 초월적인 세계를 드러내는 것'을 말합니다. 하지만 전기성이 흥미를 위한 판타지적 요소의 나열에 머무는 것은 아닙니다. 귀신이나 도깨비 같은 존재는 종종 인과응보를 드러내는 장치로 사용되며, 현실에서는 해소될 수 없는 억압이나 불의를 초월적 기제 속에서 해결하는 역할을 하기도 합니다. 현실의 억눌린 감정, 권력의 부조리, 사회적 약자의 한(恨) 같은 문제들이 기이한 사건을 통해 배출되는 것이죠.

이러한 점에서 전기성은 '현실을 비현실적 방식으로 해석하고 재구성하는 문학적 전략'이라고 할 수 있습니다. 허무맹랑하고 비현실적인 이야기지만 사실 그 이면에는 '현실의 이야기'를 담고 있다는 것입니다. 이러한 점은 2018학년도 수능에 제시된 〈보기〉에서도 확인할 수 있습니다. 허구적이고 괴이한 이야기라도, 이것이 사람의 일에 연관되거나 사람을 감동시킨다면 가치가 있다는 것이죠.

18세기의 선비인 이양오는 「사씨남정기」를 읽고 「사씨남정기 후서」를 썼다. 그는 이 소설이 착한 사람은 복을 받고 악한 사람은 벌을 받는다는 '복선화음'의 이치를 담고 있다고 평가한다. 다만 과오가 있는 사람이라도 잘못을 깨닫고 착한 데로 나아가는 과정에서 재앙이 상서로움으로 바뀌는 경우에도 주목한다. 한편 꿈속에서 벌어지는 일이나 기이한 만남이 나타나는 등 허구적인 이야기라도 사람의 일에 연관된다면 이를 두고 괴이하거나 맹랑한 것이라고 치부할 수만은 없다고 평한다. 그러면서 "말이 교화에 관련되면 괴이해도 해롭지 않고 일이 사람을 감동시키면 괴이하고 헛되어도 기뻐할 만하네."라는 김시습의 시 구절을 인용하였다.

– 2018학년도 수능 26번

이러한 전기성은 영웅 소설에서도 두드러지게 나타납니다. 영웅들은 대개 특별한 출생 배경을 지니며, 태몽이 남다르거나 알에서 태어나는 등 현실을 뛰어넘는 존재로 설정됩니다. 영웅이 보유한 초월적 능력은 악인을 물리치고 백성들의 억울함을 풀어주는 데 사용되며, 이는 당시 억압되었던 민중의 욕망을 대리 충족시키는 기능을 했습니다.

2025년도 6월 모의고사에서는 「김진옥전」에 나타난 초월적 세계의 서사적 기능을 〈보기〉로 제시하고 묻는 문제가 출제되었습니다.

　「김진옥전」의 영웅 서사가 보여 주는 바다 세계에서의 모험담에서는 초월적 세계에 대한 변모된 서술 양상이 드러난다. 이 작품 속 초월적 세계는 다른 영웅소설에서처럼 인간 세계와의 간극을 지닌 곳으로 인식되지만, 인간 세계에나 있을 법한 갈등이 일어나는 곳으로도 그려진다. 주인공은 초월적 존재의 요청으로 초월적 세계의 문제를 대신 해결하는데, 이 과정에서 초월적 세계의 존재에게 우월한 능력을 인정받고, 약속된 보상을 받아 영웅의 자격을 증명한다.

– 2025년도 고3 6모 30번

　김시습의 『금오신화』는 '전기성'이 가장 잘 드러나는 작품집으로, 조선 전기 김시습이 지은 한문 단편소설 모음입니다. 『금오신화』의 작품들은 대체로 주인공이 초월적 세계를 경험하거나 비현실적인 존재와 관계를 맺는 구조를 갖고 있으며, 그 결과는 대부분 비극적이거나 허무하게 마무리됩니다.

　이러한 서사 구조는 김시습의 생애와 깊은 관련이 있습니다. 생육신 중 한 사람이었던 김시습은 세조의 왕위 찬탈과 단종의 몰락을 직접 목도했으며, 단종에 대한 충성심을 지키기 위해 관직을 버리고 일생을 방랑과 은둔으로 보냅니다. 동료들이 하나둘 처형당하는 현실 속에서 그는 사회의 질서나 권력 구조에 깊은 회의를 느꼈고, 이러한 감정은 작품 속 인물들의 삶과 결말에 투영됩니다.

　『금오신화』의 전기 소설 중 하나인 「만복사저포기」의 내용을 간략하게 살펴봅시다. 주인공 양생은 죽은 여인과의 사랑을 통해 자신의 욕망과 이상을 달성합니다. 하지만 양생과 여인은 이승과 저승 사이 간극을 극복할 수 없었습니다. 그녀와 다시는 만날 수 없게 되자 결국 양생은 지리산으로 들어가 평생을 은둔하게 됩니다. 이러한 결말은 김시습 자신의 삶을 은유적으로 담아낸 것이라 할 수 있습니다. 양생이 죽은 여인에 대한 의리를 지키는 모습은 김시습이 단종에 대한 지조를 지킨 삶과 겹쳐 보이며, 현실 세계로의 복귀를 거부하고 산속으로 사라지는 선택은 그 자신의 방랑, 은둔의 삶과 자연스럽게 연결됩니다.

　김시습의 작품에서 등장하는 초월적 세계는 현실에서 좌절된 이상을 환상적 공간에서라도 이루고자 하는 작가의 욕망을 드러내지만, 이 세계는 어디까지나 잠시 머물다 가는 '환상'일 뿐 영원한 피난처가 될 수는 없습니다. 인물들은 결국 현실 자체를 거부한 채 은둔을 선택합니다. 이는 현실에서 벗어날 수는 없지만, 그 현실을 받아들이고 싶지도 않은 복합적인 감정의 표현이며, 동시에 당시의 시대적 억압과 개인적 고뇌가 반영된 깊은 문학적 정서입니다.

　이러한 결말은 권선징악이나 해피엔딩으로 마무리되는 다른 고전 소설들과는 확연히 다릅니다. 『금오신화』의 인물들은 초월적 세계에서 욕망을 잠시나마 충족하지만, 끝내 그 세계에 머무르지 못하고 환상과 현실 사이의 간극을 안은 채 떠돌거나 사라집니다. 이는 현실 세계의 모순을 완전히 해결하지 못한 채 살아야 했던 김시습의 내면과도 맞닿아 있으며, 전기 소설의 전기성이 더욱 깊은 의미를 지니게 되는 지점이기도 합니다.

「만복사저포기」 줄거리

1) 외로운 노총각 양생은 만복사로 찾아가 법당의 부처에게 저포놀이를 제안한다. 자신이 이기면 아내로 삼을 여인을 달라는 내기를 한다.
2) 내기에서 이긴 양생은 얼마 뒤 불전에 나타난 아름다운 여인과 인연을 맺게 된다.

Q 퀴즈로 점검하는 문학 개념

1. 전기 소설은 이야기 전체가 처음부터 끝까지 비현실적 세계에서만 전개된다. (O, X)

2. 전기 소설의 '전기성'이란 ___________ 사건이나 존재가 등장한다는 것이다.

3. 귀신이나 도깨비 같은 신이적 존재는 전기 소설에서 인과응보를 드러내는 장치로 사용되기도 한다. (O, X)

4. 『금오신화』의 작품들은 대개 초월 세계에서의 체험으로 욕망이 완전히 충족되고 행복하게 끝나는 경우가 많다. (O, X)

정답과 해설: 1. ✕ 2. 비현실적 3. ○ 4. ✕

1. 전기 소설은 신비로운 사건을 다루는 소설이기는 하지만, 현실 세계를 배경으로 하면서 비현실적 요소가 결합된 경우가 많습니다. 즉, 이야기 전체가 비현실 세계에서만 전개되지는 않습니다.

2. 전기 소설의 전기성은 비현실적 사건이나 존재가 등장한다는 점을 의미합니다.

3. 귀신이나 도깨비 같은 신이적 존재는 선악에 따른 보상과 처벌, 즉 인과응보의 질서를 드러내는 장치로 활용되기도 합니다.

4. 『금오신화』의 주인공들은 초월 세계를 체험하지만, 결국 현실의 한계와 좌절을 경험해 자취를 감추거나 방랑하는 결말을 맞습니다.

07 전쟁 소설, 역사 군담 소설

[2017 수능] 21~25번 「박씨전」 출제– 전쟁의 허구화, 임장군전 연계, 내용 이해

[2017 수능] 21번 – (나)는 실재했던 전쟁을 다루면서도 이를 있는 그대로 받아들이지 않으려는 욕망에 따라 허구화가 이루어졌다.

[2017 수능] 21번 – (나)는 박씨 등의 여성 인물과 용골대 등의 가해 세력 간의 대립 구도를 통해 전쟁을 조명하고 있다.

[2019 수능] 36~38번 「임장군전」 출제– 내용 이해, 독자층의 반응

고전 소설에서 전쟁 소설(역사 군담 소설)이란, 임진왜란, 정묘호란, 병자호란 등 전쟁을 배경으로 한 소설입니다.

전쟁 소설은 역사적 사실을 토대로 합니다. 그렇기에 실제 지명이나 실존 인물들이 소설에 등장하는 경우가 많지요. 하지만 판타지적 요소가 포함되거나 허구적 인물이 등장하면서 실제 역사적 사실과는 다른 부분들도 꽤 많이 나타납니다. 전쟁 소설이자 여성 영웅 소설, 2017학년도 수능에도 출제된 「박씨전」을

함께 살펴봅시다.

> 　박씨가 주렴을 드리우고 부채를 쥐어 불을 부치니, 불길이 오랑캐 진을 덮쳐 오랑캐 장졸이 타 죽고 밟혀 죽으며 남은 군사는 살기를 도모하여 다 도망하는지라. 용골대가 할 길 없어, "이미 화친을 받았으니 대공을 세웠거늘, 부질없이 조그만 계집을 시험하다가 공연히 장졸만 다 죽였으니, 어찌 분한(憤恨)치 않으리오." 하고 회군하여 발행할 제, 왕대비와 세자 대군이며 장안 미색을 데리고 가는지라.
> 　박씨가 시비 계화로 하여금 외쳐 왈, "무지한 오랑캐야, 너희 왕 놈이 무식하여 은혜지국(恩惠之國)을 침범하였거니와, 우리 왕대비는 데려가지 못하리라. 만일 그런 뜻을 두면 너희들은 본국에 돌아가지 못하리라." 하니 오랑캐 장수들이 가소롭게 여겨, "우리 이미 화친 언약을 받고 또한 인물이 나의 장중(掌中)에 매였으니 그런 말은 생심(生心)도 말라." 하며, 혹 욕을 하며 듣지 아니하거늘, 박씨가 또 계화로 하여금 다시 외쳐 왈, "너희가 일양 그리하려거든 내 재주를 구경하라." 하더니, 이윽고 공중으로 두 줄기 무지개 일어나며, 모진 비가 천지를 뒤덮게 오며, 음풍이 일어나며 백설이 날리고, 얼음이 얼어 군마의 발굽이 땅에 붙어 한 걸음도 옮기지 못하는지라.
> 　그제야 오랑캐 장수들이 황겁하여 아무리 생각하여도 모두 함몰할지라. 마지못하여 장수들이 투구를 벗고 창을 버려, 피화당 앞에 나아가 꿇어 애걸하기를, "오늘날 이미 화친을 받았으나 왕대비는 아니 뫼셔 갈 것이니, 박 부인 덕택에 살려 주옵소서."
> 　박씨가 주렴 안에서 꾸짖어 왈, "너희들을 모두 죽일 것이로되, 천시(天時)를 생각하고 용서하거니와, 너희 놈이 본디 간사하여 외람된 죄를 지었으나 이번에는 아는 일이 있어 살려 보내나니, 조심하여 들어가며, 우리 세자 대군을 부디 태평히 모셔 가라. 만일 그렇지 아니하면 내 오랑캐를 씨도 없이 멸하리라."
> 　이에 오랑캐 장수들이 백배 사례하더라.
>
> 　　　　　　　　　　　　　　　　　　　　　　– 작자 미상, 「박씨전」 (2017학년도 수능 지문)

「박씨전」은 우리 역사상 가장 치욕스러운 전쟁으로 꼽히는 병자호란을 배경으로 합니다. 조선은 청나라의 침략에 속수무책으로 당하고, 인조는 청나라 황제 앞에서 머리를 조아리는 '삼전도의 굴욕'을 겪죠. 이러한 치욕을 겪고 소현 세자와 봉림 대군 등 많은 사람이 청에 인질로 잡혀가게 됩니다.

이러한 역사적 사실이 소설에서는 어떻게 그려질까요? 「박씨전」에 등장하는 박씨는 각종 도술을 부리는 비범한 능력이 있었습니다. 얼굴이 너무나 못생겨 처음에는 남편에게 박대받았으나, 둔갑술을 부려 허물을 벗은 후 가족들로부터 사랑받게 된 존재이지요. 평화롭게 지내던 어느 날, 박씨의 피화당에 청나라 장군인 용울대가 침입하고, 시비 계화는 용울대의 목숨을 빼앗습니다. 이에 분노한 용골대가 부인을 죽이러 오고, 박씨는 다양한 도술을 부려 용골대와의 전투에서 완벽히 승리합니다. 용골대는 아우의 머리를 돌려달라고 애원하지만, 박씨는 이를 단칼에 거절합니다. 좌절한 용골대는 돌아가려 하지만 박씨가 인질들 중 왕비만큼은 데려가지 못하게 해 왕비는 조선에 남게 됩니다.

「박씨전」의 내용에서 우리는 실제 역사적 사실들을 발견할 수 있습니다. 청나라와의 전쟁으로 많은 백성들이 죽었고, 조선이 항복했으며 실제로 세자를 포함한 많은 사람들이 포로로 끌려갔다는 사실이지요. 용골대, 용울대, 이시백, 임경업과 같은 실존 인물들의 등장은 이 이야기의 사실성을 더욱 높여줍니다. 하지만 실제 역사적 사실과 다른 내용도 종종 보입니다.

박씨라는 신비로운 인물의 존재 자체도 그렇고, 그녀가 도술을 부려 용골대를 물리치고 항복을 받아낸 사실 역시 모두 허구입니다. 심지어 청나라의 장수였던 용울대는 여성인 박씨에게 머리를 조아리고 애걸하는 처지에 놓이는데, 이는 분명 역사적 사실이 아닙니다.

　　그렇다면 실제 역사적 사실에 왜 이런 허구적 내용이 덧붙여진 것일까요? 2017학년도 수능 기출 지문에서도 알 수 있듯, 이는 병자호란의 굴욕적인 패배를 문학적으로 보상받고자 한 민중의 심리가 반영된 것입니다. 당시 패배가 너무나 치욕스러웠기 때문에 이를 허구적으로라도 보상받고 싶었던 민중의 마음이 투영된 것이죠.

　　또 눈여겨볼 것은, 전쟁에서 위대한 승리를 이끈 것이 여성이라는 점입니다. 당시 여성은 가부장제 아래 남성보다 무시당하는 처지에 있었습니다. 박씨처럼 아무리 능력이 있어도 여성은 과거를 본다거나 관직에 진출할 수 없었죠. 박씨와 같은 여성 영웅의 등장은 당시 무능력했던 사대부 남성들을 비판하고, 여성들도 뛰어난 능력을 발휘할 수 있음을 드러내고자 한 것입니다.

　　「박씨전」은 허구적 인물을 주인공으로 한 소설이지만, 실제 인물을 주인공으로 하는 「임장군전(임경업전)」과 같은 소설 역시 존재합니다. 2017학년도 수능에서는 「박씨전」과 「임장군전」을 함께 다루는 문제가 출제되었습니다. 이후 2019학년도 수능에서는 「임장군전」이 그대로 출제됩니다. 그만큼 전쟁 소설은 우리 문학사에서 중요한 갈래 중 하나입니다.

학습 활동

- 병자호란에 대한 백성들의 욕망을 담은 「박씨전」과 다음의 「임장군전」을 읽고 전쟁 체험이 소설에 반영된 양상을 살펴봅시다.

> 　　상께서 왈, "길이 막혀 인적이 통하지 못하니 경업이 어찌 알리오. 목전의 형세가 여차하여 아무리 생각하여도 항복할 밖에 다른 묘책이 없으니 경들은 다시 말 말라." 하시고, 앙천통곡하시니 산천초목이 다 슬퍼하더라. 병자년 12월 20일에 상이 항서를 닦아 보내시니, 그 망극함을 어찌 측량하리오.
> 　　용골대가 송파장에 결진하고 승전고를 울리며 교만이 자심하여 승전비를 세워 거드럭거리며, 왕대비와 중궁을 돌려보내고 세자 대군을 잡아 북경으로 가려 하더라.
>
> – 작자 미상, 「임장군전」

– 2017학년도 수능 22번

　　「임장군전」은 실제 병자호란 시절 활약했던 임경업 장군의 일생을 다룹니다. 당시 실존했던 김자점, 이시백 같은 인물들이 소설에 중심인물로 등장하죠. 하지만 이 소설이 역사적 기록이 아니라 소설인 이유는 허구적인 내용이 추가되었기 때문입니다. 임경업은 초인적인 능력을 보이기도 하고, 죽은 뒤 왕의 꿈속에 나타나 자신의 억울함을 호소하기도 합니다. 임경업이 가달을 치고, 호왕의 부마 제의를 받는 등의 사건 역시 허구적인 내용입니다.

「임장군전」은 기존 영웅 소설과 다르게 '임경업의 죽음', 즉 비극적 결말로 끝난다는 특징이 있습니다. 민중의 영웅이었던 임경업은 결국 간신 김자점에 의해 죽고 맙니다. 이러한 소설의 결말은 김자점과 같이 자신의 이익만을 챙기는 간신들 때문에, 우리나라가 병자호란과 같은 국가적 위기에 닥쳤다는 비판적 인식이 드러난 것입니다. 이처럼 전쟁 소설, 군담 소설은 실제 역사를 바탕으로 하면서도 당시 민중의 심리를 반영하여 허구적 요소가 추가되었다는 특징이 있습니다.

「박씨전」 줄거리

1) 박씨는 자신을 눈여겨본 이 상공의 청으로 그의 아들 이시백과 결혼한다.
2) 하지만 그녀의 못생긴 외모 때문에 이시백은 그를 무시하고 박대한다.
3) 박씨는 허물을 벗고 둔갑술을 부려 절세가인으로 변신하게 되고, 남편과의 관계를 회복한다.
4) 박씨가 조선을 침입한 용울대를 물리치고 이를 복수하기 위해 용골대가 찾아온다.
5) 박씨가 도술을 부려 용골대를 물리치고 항복을 받아낸다.
6) 나라를 구한 공로를 인정받아, 박씨는 정렬부인 칭호를 받게 된다.

「임장군전」 줄거리

1) 임경업은 어려서부터 총명하고 효심이 깊었으며 무과에 급제해 장군이 된다.
2) 임경업은 호국(청나라)의 요청으로 가달을 물리치고 호국을 구해낸다.
3) 병자호란이 발발하자 임경업은 이를 막기 위해 노력하지만, 청군은 도성을 공격해 인조의 항복을 받아낸다.
4) 임경업은 끝까지 저항했으나 세자와 대군의 만류로 적들을 보내준다.
5) 조선으로 돌아온 임경업은 김자점의 모함으로 죽음을 맞이한다.
6) 왕은 꿈속에서 임경업을 만나고, 모든 사실을 알게 된 왕은 간신 김자점을 처형한다.

Q 퀴즈로 점검하는 문학 개념

1. 전쟁 소설은 실제 있었던 역사적 사실을 토대로 하지만, 허구적인 내용도 많이 포함되었다. (○, ×)

2. 「박씨전」에서 '용골대의 활약'은 당시 병자호란의 패배를 문학적으로 보상받고자 한 민중의 심리가 반영된 것이다. (○, ×)

3. 「임장군전」은 실제 인물이었던 '임경업'을 주인공으로 내세워 사실성을 높인다. (○, ×)

4. 「임장군전」이 비극적 결말로 끝나는 것은, 당시 간신들로 인해 나라가 위기에 처했음을 강조하고자 한 것으로 해석될 수 있다. (○, ×)

정답과 해설: 1. ○ 2. × 3. ○ 4. ○

1. 전쟁 소설은 실제 역사적 사건을 바탕으로 하되, 인물의 활약이나 사건 전개에 허구적 요소를 더해 문학적으로 재구성한 작품입니다..
2. 「박씨전」에는 용골대의 활약이 아닌, 박씨의 활약을 상세하게 그려냅니다. 이러한 소설의 내용에는 병자호란의 치욕적 패배를 문학적으로 보상받고자 했던 당대 민중의 심리가 반영되어 있습니다.
3. 「임장군전」은 실존 인물인 임경업을 주인공으로 설정하여, 이야기의 사실성과 현실감을 높인 작품입니다.
4. 「임장군전」이 비극적 결말로 끝나는 것은 간신의 횡포로 충신이 희생되고 나라가 위기에 처한 현실을 부각하여, 이에 대한 비판 의식을 드러내기 위함입니다.

몽유록계 소설과 몽자류 소설은 모두 현실을 살던 주인공이 초현실적인 세상에 들어가 여러 가지 일을 겪고, 다시 현실로 돌아오는 구조를 가집니다. 즉, 꿈으로 들어가는 '입몽(入夢)', 꿈에서 현실로 나오는 '각몽(覺夢)'으로 구성된 '환몽(環夢) 구조'를 지닌다는 공통점이 있죠. 이는 외화와 내화로 구성된 '액자식 구조'이기도 합니다.

그렇다면, 몽유록계 소설과 몽자류 소설은 구체적으로 어떤 점이 다를까요? '몽유록계 소설'은 「원생몽유록」, 「대관재몽유록」과 같이 '~몽유록'으로 끝나 쉽게 구분할 수 있습니다. '몽유록(夢遊錄)'이란, 말 그대로 '꿈에서 주인공이 논 것을 기록한 글'입니다. 현실의 '나'가 꿈속으로 들어가 여러 가지 일을 겪은 뒤 다시 현실로 돌아오게 되는 구조를 가지죠. 이때 주인공은 꿈속에서도 '이것이 꿈이다'라는 사실을 알고 있으며, 꿈속의 '나'와 현실의 '나'가 동일한 인물이라는 점이 특징입니다. 이 경우, 꿈속에서 벌어지는 이야기는 단순한 환상이 아니라, 현실의 부정적인 문제를 비판하거나 풍자하기 위한 장치로 쓰입니다.

대표적인 몽유록계 소설로는 「원생몽유록」이 있습니다. 「원생몽유록」은 원자허라는 가난한 선비가, 꿈속에서 복건을 쓴 남자를 만나고 그를 따라가면서 겪는 일을 다룹니다. 남자의 안내로 원자허는 임금과 사육신을 만나게 되고, 시를 주고받으며 슬픔에 겨워 눈물을 흘립니다. 원자허는 꿈에서 임금과 다섯 신하를 만나 흥망의 도를 토론합니다. 이후 꿈에서 깬 원자허는 이러한 내용을 벗인 해월 거사에게 이야기하고, 이를 들은 해월 거사는 인간 사회의 부조리함을 비판합니다.

이러한 「원생몽유록」의 내용은 사실 세조가 왕위를 찬탈한 현실을 우회적으로 비판한 것입니다. 그가 꿈에서 만난 이들은 단종과 그의 신하들이었죠. 이처럼 몽유록계 소설은 부정적인 현실을 비판하기 위한 장치로 쓰이는 경우가 많습니다. 하지만 비판 의식이 있음에도, 이것이 꿈에서만 이루어졌기 때문에 실질적인 변혁으로는 이어지지 않았다는 한계 역시 존재합니다.

반면 몽자류 소설은 '몽(夢)'으로 끝나는 제목이 많습니다. 예를 들어 「구운몽」, 「옥루몽」 같은 작품들이죠. 이 계열의 소설에서는 '현실의 나'와 '꿈속의 인물'이 다른 존재로 설정됩니다. 즉, 주인공은 꿈속으로 들어가지만 자신이 꿈을 꾸고 있다는 사실을 모릅니다.

몽자류 소설에서 꿈속에서의 삶은 매우 화려하고 성공적입니다. 주인공은 입신양명, 부귀영화, 사랑, 행복한 가정 등 인간이 바라는 모든 것을 이루지만, 결국 꿈에서 깨어나 그것이 전부 한낱 덧없는 꿈이었음을 깨닫게 됩니다.

대표적인 몽자류 소설 「구운몽」에서는 도승 '성진'이 규율을 어겨 벌을 받게 되고, 인간 세상에 내려와 '양소유'로 태어나 8명의 여인을 만나며 부귀영화를 누립니다. 그러나 꿈에서 깨어나 보니 모든 것이 꿈이었음을 알게 되죠. 이를 통해 작가는 인생무상(人生無常), 즉 인생이 한낱 꿈과 같다는 깨달음을 드러냅니다. 비슷한 구조이자, 수능에도 기출된 「옥루몽」 역시 꿈속 세계에서 이상을 달성하지만, 결국 현실로 돌아와 '모든 것이 허상'임을 깨닫는 과정이 나타납니다.

몽유록계 소설	몽자류 소설
현실의 나=꿈속의 나	현실의 나≠꿈속의 인물
자신이 꿈속에 있는 것을 알고 있음	자신이 꿈속에 있는 것을 알지 못함
현실의 부조리 비판	인생무상, 남가일몽, 호접지몽, 세속적 욕망의 허망함
「원생몽유록」	「구운몽」, 「옥루몽」

2014학년도 수능 B형과 2006년도 고3 6월 모의고사에는 각각 「옥루몽」과 「구운몽」이 출제되었습니다, 〈보기〉를 주고, 각 소설의 환몽 구조와 공간의 의미를 묻는 문제가 출제되었죠. 이처럼 몽유록계 소설과 몽자류 소설은 특이한 구조를 가지고 있는 만큼, 그 구조와 서사적 기능을 이해하는 것이 중요합니다.

「구운몽」은 남악 형산 육관 대사의 제자 성진이 꿈속에서 양소유로 태어나 여덟 부인을 만나는 과정에서 다시 꿈을 꾸어 용궁으로 들어가는 '꿈속 꿈'의 구조를 가지고 있다. 이것을 그림으로 나타내면 다음과 같다.

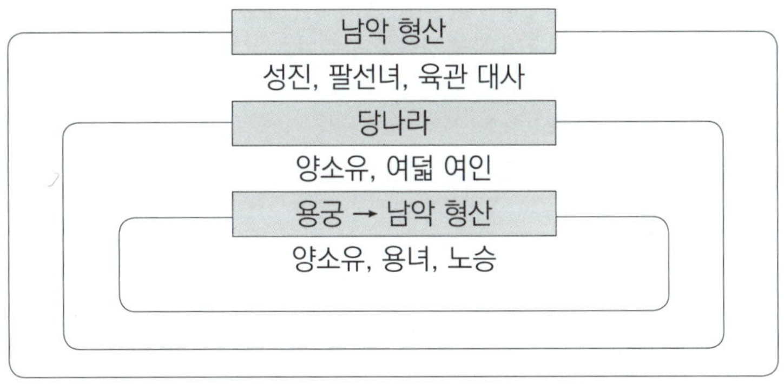

– 2006년도 고3 6모 25번 「구운몽」

「옥루몽」의 환몽(幻夢) 구조는 독특하다. 천상계에서 꿈을 통해 속세로 진입한 남녀 주인공들은 속세에서 다시 꿈을 꾸어 천상계를 경험하는데, 이때 신이한 존재에 의해 자신의 정체를 깨달으며 꿈에서 깨어나게 된다. 꿈에서 깨어난 남녀 주인공들은 속세로 돌아와 천수를 누린 뒤에야 천상계에 복귀한다.

– 2014학년도 수능 B형 33번 「옥루몽」

1) 원자허는 가난 속에서도 선비의 자존심을 잃지 않고 공부에 매진한다.

2) 어느 가을밤, 달빛에 책을 읽다가 잠들고 꿈속에서 복건을 쓴 남자를 만난다.

3) 그 남자의 안내로 원자허는 임금과 사육신을 만나게 되고 시를 주고받으며 슬픔에 겨워 눈물을 흘린다. 그러던 와중 한 사내가 뛰어 들어온다.

4) 사내는 무인으로, 임금에게 예를 갖추어 인사한 후 썩은 선비들과 대사를 이룰 수 없다고 하며 칼을 뽑아 춤을 춘다.

5) 노래가 끝나기 전 원자허는 잠에서 깨어나고, 자신이 경험한 것을 해월 거사에게 전한다.

「구운몽」 줄거리

1) 육관 대사에게는 성진이라는 제자가 있었다. 하루는 육관 대사가 용왕에게 감사의 뜻을 전하고자 성진을 용궁으로 보내게 된다.

2) 용왕을 만나고 돌아오던 성진은 마침 팔선녀를 만난다. 성진은 팔선녀와 어울려 서로 웃고 이야기를 나누다가 해가 기울어서야 절로 돌아간다.

3) 이에 화가 난 육관 대사는 마음을 흩트린 벌로 성진과 팔선녀를 인간 세상에 환생하게 한다.

4) 성진은 양소유로 환생한다. 팔선녀가 환생한 여덟 명의 여인들은 모두 양소유와 인연을 맺고 결혼하게 된다. 양소유는 승상까지 벼슬을 이루어 부귀영화를 누린다.

5) 이후 벼슬에서 물러나 한가로운 삶을 살던 양소유는 한 노스님을 만나게 되고, 그가 지팡이를 들어 돌난간을 두드리자 성진은 잠에서 깨어난다.

6) 성진은 양소유로서의 삶이 하룻밤 꿈이었음을 깨닫고, 부귀영화는 덧없는 것이라는 가르침을 얻는다.

「옥루몽」 줄거리

1) 천상계의 문창성은 취중에 지상계를 그리워하는 시를 읊고 선녀들을 희롱한다. 이에 문창성은 그 죄로 양창곡이라는 인물로 지상계에 태어난다.

2) 양창곡은 기녀 강남홍과 인연을 맺고, 강남홍의 천거로 윤 소저와도 인연을 맺는다.

3) 소주자사 황공이 강남홍을 탐하자, 강남홍은 강물에 투신하고, 윤 소저에게 구출된다.

4) 양창곡은 장원급제하여 한림학사가 된다. 황 각로의 딸과 혼인하라는 천자의 명을 어기고 윤 소저와 혼인한 양창곡은 강주로 유배된다.

5) 양창곡은 유배지에서 풀려난 후 결국 황 각로의 딸과 혼인한다. 남만이 침공하자 양창곡은 대원수가 되어 남만을 공격한다.

6) 남만의 원수가 되어 있던 강남홍은 명의 대원수가 양창곡임을 알고 도망쳐 상봉하고, 이에 적국은 항복한다.

7) 연왕으로 책봉된 양창곡은 처첩들과 함께 부귀영화를 누리다가 천상계로 돌아가게 된다.

1. 몽유록계 소설과 달리 몽자류 소설은 액자식 구조를 가진다. (O, X)

2. 몽유록계 소설에서 현실의 나와 꿈 속의 인물은 동일하다. (O, X)

3. 몽유록계 소설에서 꿈속 세계는 현실과 무관한 이상 세계이다. (O, X)

4. 「구운몽」은 꿈속 세계에서 입신양명을 이룬 성진이 다시 현실로 돌아오며 깨달은 '세속
   적 욕망의 허망함'을 드러낸다. (O, X)

정답과 해설: 1. X 2. O 3. X 4. O

1. 몽유록계 소설과 몽자류 소설은 모두 액자식 구조에 해당합니다.

2. 몽유록계 소설에서는 현실의 인물과 꿈속 세계를 체험하는 주체가 동일하여, 꿈에서의 체험을 통해 현실 인식이 심화됩니다.

3. 몽유록계 소설의 꿈속 세계는 현실과 분리된 이상향이 아니라, 현실의 문제를 반영하고 비판하는 공간으로 기능합니다.

4. 「구운몽」은 꿈속 세계에서의 성공과 향락을 경험한 뒤 현실로 돌아와, 세속적 욕망의 허망함과 불교적 깨달음을 드러내는 작품입니다.

09 고전 산문 때려잡기

1 고전 산문 주요 모티프

[2024 고3 6모] 21번 – 지문에 나타난 음모 모티프 이해

[2019 수능] 36번 – 악인의 횡포를 징벌함으로써 권선징악의 세계관을 드러내고 있다.

[2015B 수능] 37번 – 지문에 나타난 적강 모티프 이해

[2015B 수능] 42번 – 윗글의 '새로운 돌부처' 형상에 석공의 얼굴이 새겨진 것은 윗글이 [자료 1]과 [자료 2]의 서사 모
티프를 이어받은 것으로 볼 수 있군.

모티프란 '문학 작품에서 반복적으로 나타나는 이미지, 상징, 구조 등의 의미 요소'를 의미합니다. 소설에 등장하는 모티프는, 작품의 주제와 메시지를 이해하는 데 핵심적인 단서가 되기도 하죠. 특히 고전 소설에서는 현대 소설보다 모티프의 비중이 더욱 큰데, 그 이유는 고전 소설이 '입에서 입으로 전해지는 이야기'였기 때문입니다. 글을 남긴 작가가 뚜렷하게 존재하고 그 개성이 중시되는 현대 소설과 달리, 고전 서사는 일정한 이야기 틀과 구성 방식이 집단적으로 공유되며 전승되었습니다. 내용이 전달되는 과정에서 여러 사람의 개입을 거치게 되었고, 이야기 구조나 인물의 성격, 사건 전개가 자연스럽게 반복되었습니다. 그 결과, 당시 사람들에게 익숙하고 인기가 높았던 특정 이야기 틀이 지속적으로 재사용된 것입니다. 이렇게 누적된 요소가 바로 고전 소설의 '모티프'입니다.

고전 소설의 주요 모티프를 이해하는 것은 수능 국어의 문학 영역에서 요구하는 '서사 구조 파악 능력'과 직결됩니다. 수능에서는 작품을 처음 접하더라도 서사 구조, 인물 관계, 사건의 인과를 빠르게 분석해

의미를 도출해야 하는데, 고전 소설의 대표적인 모티프를 알고 있으면 낯선 작품이라도 핵심 흐름을 빠르게 파악할 수 있습니다. 예를 들어, '적강 모티프', '음모 모티프'와 같은 전형적인 모티프는 작품의 전개 방향을 예측하게 하고, 주제나 메시지를 더욱 정확하게 해석하도록 도와줍니다. 이는 지문 독해 시간을 줄이고, 선택지를 검증하는 근거를 빨리 확보하는 데 기여하지요.

고전 소설 모티프에 대한 이해는 한국 문학 전반에 흐르는 사고방식과 미적 전통을 이해하는 데도 중요한 역할도 합니다. 고전 서사에서 반복된 모티프는 현대 소설, 드라마, 영화 등에서도 변주되어 나타나며 한국 대중문화의 서사적 뿌리를 형성합니다. 따라서 고전 소설의 모티프를 익히는 과정은 한국인 독자로서 문화적 맥락을 읽어내고 서사의 연결고리를 파악하는 핵심 능력을 키우는 과정이라 할 수 있습니다.

적강 모티프

적강(謫降) 모티프는 '하늘(천상계)의 인물이 죄를 지어 인간 세상으로 내려오게 되는 서사 구조'를 의미합니다. 이는 주인공이 원래부터 지닌 신성함과 비범함을 강조하는 장치이기도 합니다. 적강 모티프는 인간 세계에서의 성장 과정을 통해 곧바로 설명하기 어려운 초월적 능력, 행운, 운명적 만남 등을 자연스럽게 정당화해 주는 문학적 장치로, 고전 서사에서 매우 중요한 기능을 합니다. 하늘에서 내려온 존재라는 설정은 인물이 '인간을 넘어서는 특별한 존재다'라는 인상을 독자에게 강하게 남기며, 이후 전개될 영웅적 활약을 자연스럽게 받아들이게 만듭니다.

천상에서 쫓겨난 존재는 인간 세계에서 수행과 시련을 겪으며 속죄하거나 깨달음을 얻어 다시 본래 자리로 돌아가기도 하고, 아예 인간 세계에서 새로운 영웅으로 정착하기도 합니다. 이 과정은 추락-고난-성장-회복이라는 보편적 서사 구조를 지니고 있기 때문에 독자에게 감정적 공감을 불러일으킵니다. '나도 지금은 힘들고 어렵지만, 언젠가 극복할 수 있을 거야' 하고 말이죠.

그렇다면, 왜 고전 소설에는 적강 모티프가 많이 등장한 것일까요? 당시 민중은 인간 세계를 고통과 시련의 공간으로 인식하였습니다. 조선시대 백성들의 삶은 척박한 자연환경, 계급적 억압, 잦은 사회적 불안으로 인해 굉장히 고달프고 힘들었습니다. 하지만 이러한 고난이 그냥 주어진 게 아니고 천상에서 지은 죄 때문이라고 생각한다면, 현실의 어려움을 조금이나마 이해할 수 있었을 것입니다. 그리고 자신이 지은 죄에 대한 값을 다 치른다면, 고통이 사라질 것이라는 희망도 품을 수 있었겠죠.

고전 소설에는 '정해진 운명', '하늘의 뜻' 등을 강조하는 운명론적 세계관이 강하게 깔려 있습니다. '적강'은 곧 운명적 죄와 속죄를 의미합니다. 하늘에서 벌을 받게 되어 내려오지만, 그것도 정해진 섭리 중 하나인 것이죠. 이러한 인식은 당시 민중들의 세계관에 짙게 깔려 있습니다.

2024학년도 수능에 출제된 「김원전」이 대표적인 적강 모티프에 해당합니다. 주인공 김원은 원래 천상에서 남두성이라는 별이었습니다. 하지만 옥황상제에게 죄를 지어, 지상으로 적강하게 되지요. 처음에는 수박과 같은 괴상한 모습으로 태어나지만 10년 뒤 허물을 벗고 변신하게 됩니다. 이후 김원은 황제의 명을 받아 요괴에게 납치된 공주를 구출하고, 용왕의 사위가 되어 부귀영화를 누립니다. 「김원전」에 사용된 적강 모티프는 김원이 가지고 있는 영웅적 능력과 행보에 있어 서사적 정당성을 부여합니다. 인간으로서는 도저히 할 수 없을 것 같은 일들이 그가 천상적 존재이기에 가능한 것처럼 여겨지죠.

2025학년도 수능 B형에서는 「숙향전」에 나타난 적강 모티프의 이해를 묻는 문제가 출제되었습니다. 아래 〈보기〉를 살펴보면, 앞서 살펴본 적강 모티프에 대해 더 깊이 있게 이해할 수 있을 것입니다.

고전 소설 중에는 '천상'과 '선계'를 포함하는 '천상계'와 인간 세상인 '지상계'가 인과응보의 원리에 의해 연결되어 서사가 진행되는 작품들이 많다. 이 원리는 '천상계-지상계-천상계'의 순환 구조를 기반으로 하여 천상계에서 죄를 지으면 지상계에서 벌을 받는 것으로 구현된다. 이 원리를 토대로 하여 인물에게 주어지는 처벌과 보상, 인물이 겪는 고난의 정도와 기한이 결정된다.

– 2015학년도 수능 B형 37번

「숙향전」 줄거리

1) 선녀였던 숙향은 천상의 존재인 태을선군과 사랑에 빠진 죄로 인간 세상에 귀양을 간다.(☞적강 모티프)
2) 인간 세상에 태어난 숙향은 어릴 때 부모님과 헤어져 온갖 고난을 겪는다. 하지만 그때마다 신비로운 동물이나 초월적 존재의 도움으로 기적적으로 목숨을 구한다.
3) 수많은 고난을 겪던 숙향은 마침내 천상에서 인연이었던 태을선군이 환생한 이선을 만나게 된다.
4) 두 사람은 첫눈에 반하지만, 이들의 사랑은 신분의 차이와 주변의 방해로 순탄치 않다.
5) 결국 숙향과 이선은 모든 시련을 이겨내고 혼인해 행복한 결말을 맞이한다.
6) 숙향은 헤어졌던 부모님과도 다시 만나고 높은 지위에 올라 부귀영화를 누린다.
7) 모든 고난을 이겨낸 그녀는 마침내 지상에서의 임무를 마치고 이선과 함께 천상계로 돌아가 신선이 된다.

「김원전」 줄거리

1) 늦도록 자식이 없던 명나라의 승상 김규는 선녀가 옥동자를 안겨주는 꿈을 꾸고 아이를 낳는다. 하지만 태어난 것은 사람이 아니라 수박같이 둥근 형상이었다.
2) 이름을 '김원'으로 짓고 그 둥근 형상을 키웠더니 10년 후 그것이 허물을 벗고 아이가 된다.
3) 사실 김원은 천상계의 남두성이었을 때 죄를 지었는데, 그 죗값을 다 치러 허물을 벗을 수 있던 것이었다.(☞적강 모티프)
4) 김원은 천마산에서 놀던 중 머리가 아홉 개 달린 괴물이 공주 셋을 잡아가는 모습을 보게 된다.
5) 황제로부터 공주를 구해 오라는 명을 받은 김원은 투구와 갑옷, 보검과 천서를 얻은 뒤 괴물을 무찌른다.
6) 공주들을 구하고 바위 구멍 밖으로 올라가려고 하자 부원수인 강문추가 줄을 끊어버리고 바위 구멍을 막아버린다.
7) 김원은 굴속을 떠돌다가 용왕의 아들을 구하고 용왕의 딸과 결혼한다.

📍 권선징악 모티프

　권선징악(勸善懲惡) 모티프는 '선한 인물은 보상받거나 행복해지고, 악한 인물은 벌을 받거나 몰락하게 되는 서사 구조'를 의미합니다. 권선징악(勸善懲惡)은 '선'을 권하고, '악'을 징벌한다는 뜻으로 우리가 생각하는 '해피엔딩'과 유사합니다. 거의 모든 고전 소설은 '권선징악', '해피엔딩'으로 결말이 이루어진다고 해도 과언이 아닙니다. 그렇다면 왜 고전 소설에는 유독 권선징악의 주제가 많을까요?

　첫 번째 이유는 '유교적 가치관을 수호하기 위함'입니다. 조선 사회는 유교적 가치관을 바탕으로 운영되었고, '충', '효', '열'과 같은 가치가 중시되었습니다. 이를 어기면 '죽임'을 당하는 것이 당연하다고 여겨질 정도로 지배적이었죠. 문학은 당시의 시대적, 문화적 배경을 반영하기 때문에 이러한 문화에 영향을 받을 수밖에 없습니다. 그렇기에 충, 효, 열의 가치를 수호하는 자가 '선'으로 여겨지고, 이러한 자들이 마침내 승리하는 서사구조가 형성된 것입니다.

　두 번째 이유는 '독자들의 기대와 사회적 불평등에 대한 해소 욕구' 때문입니다. 착한 인물이 복을 받고 나쁜 인물이 벌을 받는 결말은 독자들에게 통쾌함을 주고, 착하게 살아야 한다는 교훈을 줍니다. 계급사회였던 조선 사회에서는 권선징악이 잘 이루어지지 않는 경우가 다반사였습니다. 부패한 관리들이 백성들을 수탈하여도 그 문제가 쉽게 해결되지 않았습니다. 그렇기에 백성이 억울함을 해소하거나, 부패한 관리가 벌을 받는 권선징악의 이야기는 많은 인기를 얻었습니다.

　권선징악이 명확히 드러나는 고전 소설은 너무나 많아 다 나열하기도 어렵습니다. 그중에서도 우리가 가장 잘 아는 소설 「춘향전」을 함께 살펴봅시다. 「춘향전」에서 선(善)은 '춘향의 정절, 이몽룡의 의리'이고, 악(惡)은 '탐관오리 변학도의 횡포'라고 할 수 있습니다. 춘향은 이몽룡에 대한 지조와 절개를 지키려하고, 변학도는 자신이 가진 힘과 권세로 춘향에게 수청을 들라며 억압하죠. 춘향은 변학도의 회유와 협박에도 수청을 거부하다가 결국 옥에 갇혀 고난을 겪게 됩니다. 하지만 과거에 급제한 이몽룡이 암행어사가 되어 돌아와 춘향을 구하고, 변학도를 엄벌에 처합니다.

　이러한 소설의 구조는 당시 사회문화적 배경을 잘 반영하고 있습니다. 정절을 지켜낸 춘향의 모습은 유교 사회에서 요구하던 여성의 덕목을 잘 드러내고, 이를 긍정적으로 여기던 당시 관중의 심리가 잘 드러납니다. 그리고 변학도로 대표되는 악한 관리들의 몰락은 '사회적 정의 실현'이라는 가치를 보여줍니다. 현실에서는 탐관오리를 처벌하기 어렵지만, 소설에서는 이몽룡이 정의를 실현하는 것을 보고 독자들은 큰 대리만족을 경험했을 것입니다.

📍 음모 모티프

　음모(陰謀) 모티프란, '악한 인물이 계략과 모함을 꾸며 주인공을 고난에 빠뜨리는 서사 구조'를 의미합니다. 이러한 음모는 소설의 갈등을 심화하고 긴장감을 높이는 중요한 서사 장치입니다. 그리고 선과 악의 대비를 통해 선의 가치를 부각하는 장치로 사용되기도 합니다. 음모 모티프를 통해 두 세력의 성격은 아주 선명하게 드러납니다.

　악한 인물이 꾸미는 음모는 주인공에게 시련을 주면서도, 주인공의 선함, 지혜, 의로움을 더욱 돋보이게 만드는 효과가 있습니다. 선한 주인공이 아무 어려움 없이 성공한다면 이야기의 재미도 줄어들고, 독자들이 느끼는 감정적 공감도 적어지겠지요. 그러나 부당한 음모로 인해 억울한 상황에 놓인 주인공이 끝까지 올바름을 잃지 않고 극복해 나가는 모습을 보여줄 때, 작품은 더 큰 감동과 메시지를 전달하게 됩니다.

고전 소설에서 음모 모티프가 자주 등장하는 이유는, 당시 사람들의 세계관과 사회적 현실이 반영되었기 때문입니다. 당시 사회에는 신분 차별, 권력의 부당함, 억울함을 겪는 민중의 현실적 고통 등이 존재했습니다. 그래서 많은 독자들은 작품 속 음모 모티프를 보며 현실의 불의(不義)를 떠올리고, 정의가 실현되기를 바라는 마음을 작품 속 주인공에게 투영하곤 했습니다. 즉, 음모 모티프는 '부당한 현실을 상징적으로 드러내고, 결국에는 선이 승리하기를 바라는 민중의 바람'을 반영한 소재라고 할 수 있습니다.

음모 모티프는 앞서 살펴본 권선징악적 세계관을 드러내는 핵심 장치라고도 할 수 있습니다. 대표적인 예로 앞서 살펴본 「사씨남정기」를 들 수 있습니다. 정실인 사 씨는 교 씨의 모함으로 남편의 사랑을 잃고 집에서 쫓겨나게 됩니다. 교 씨는 거짓말로 사 씨를 모함하지만, 결국 그 악행이 드러나 천벌을 받게 되지요. 사 씨는 끝까지 도덕적 품위를 지키며 인내하고, 마침내 명예를 회복합니다. 2025학년도 수능에 출제된 「정을선전」에도 음모 모티프가 나타나고, 이를 밝혀내 악인을 응징하는 장면이 지문에 등장했습니다.

고전 소설을 읽을 때는 누가, 어떤 이유로, 어떤 방식의 음모를 꾸미는지를 파악하면 작품 전체의 흐름을 훨씬 쉽게 이해할 수 있습니다. 이처럼 고전 소설에서의 음모는 일시적으로는 선을 무너뜨리지만, 궁극적으로는 진실과 정의의 승리를 더욱 돋보이게 하는 도구로 사용됩니다.

「정을선전」 줄거리

1) 제상 정진희에게는 을선이라는 아들이 있었다. 전직 상사 유한경에게는 딸 추연이 있었는데, 추연은 계모 노 씨에게 괴롭힘을 당하며 살고 있었다.

2) 유한경의 회갑 잔치에서 만난 을선과 추연은 사랑에 빠진다. 이를 알게 된 을선과 추연의 아버지는 둘의 혼약을 성사시킨다.

3) 을선은 장원 급제를 하고 한림학사의 벼슬에 오른다. 조왕이 을선을 사위로 삼고자 하자, 을선은 정혼자가 있다며 거절한다.

4) 을선과 추연은 혼례를 올린다. 하지만 첫날밤 밖에서 '추연이 부정한 여자'라는 소리가 들려오고, 이에 을선은 분노하며 집으로 돌아간다.

5) <u>추연에게 억울한 누명을 씌운 남자는 계모 노 씨의 사촌 오라비였다.</u> (☞음모 모티프) 추연은 너무나 억울한 나머지 혈서를 쓰다가 죽고 만다.

6) 추연의 아버지가 혈서를 발견하고, 이를 추궁하는 가운데 계모 노 씨가 피를 토하고 죽는다. 거짓 누명을 씌운 사촌 오라비 역시 죽고 만다.

7) 조왕의 딸과 결혼하고 익주로 돌아온 을선은 모든 것을 듣고, 신비한 구슬을 구해 와 추연을 살려낸다. 을선이 추연을 원부인으로 삼자 조왕의 딸이 이를 시기한다.

8) <u>을선이 출정하자 조왕의 딸이 자신의 시비 금련을 남장시켜 추연의 방에 들어가게 한다. 이를 본 시어머니는 분노하며 추연을 옥에 가둔다.</u> (☞음모 모티프)

9) 추연의 시비 금선은 추연을 옥에서 구한 후 자신이 추연인 척 꾸며서 대신 죽는다.

10) 추연은 땅굴에 숨어 아기를 낳고, 을선은 추연의 소식을 듣고 집으로 달려와 조왕의 딸과 그의 시녀를 처벌한다.

변신 모티프

변신(變身) 모티프란, '인물이 본래의 모습을 벗고 다른 형상으로 바뀌는 서사 구조'입니다. 이러한 변신은 단순히 외형의 변화에 그치지 않고, 인물의 내적 변화와 깨달음, 새로운 존재로의 재탄생을 상징하는 장치로 쓰이기도 했습니다. 특히 고전 소설에서의 변신은 속죄나 수행, 혹은 시련의 극복과 연결되어 있습니다. 「박씨전」에서 박씨는 못생긴 여인의 모습으로 살다가 정해진 시간이 지나자 허물을 벗고 아름다운 여인으로 변신하지요.

인간이 고통과 한계를 벗어나 완전한 존재로 거듭나기 위해서는 일종의 '허물 벗기'가 필요합니다. 이러한 모티프는 고통과 한계를 겪은 뒤 인간이 성장하는 것을 상징적으로 표현한 것이기도 합니다.

〈2025 EBS 수능특강〉에 수록된 「설홍전」에서도 '변신 모티프'를 발견할 수 있습니다. 처사 설희문의 아들로 태어난 설홍은 어린 나이에 고아가 되게 됩니다. 설희문의 첩 진 숙인에게 맡겨진 설홍은 그녀에 의해 온갖 고초를 겪습니다. 그러다 그가 준 독약을 먹고 짐승의 모습으로 변하게 되죠. 진 숙인은 짐승처럼 변한 설홍을 학대하다가 강물에 버립니다. 이후 설홍은 명선이라는 인물에게 잡혀 돈벌이 수단이 됩니다. 얼마 뒤 조력자인 왕 승상을 만나 겨우 탈출하게 된 설홍은 꿈에서 만난 노승에게 약을 받아 원래의 모습을 되찾습니다. 설홍은 위험에 빠진 왕 승상의 딸 윤선을 구하고, 여러 차례의 위기를 극복합니다. 이후 대원수가 되어 나라에 많은 공을 세우게 되죠.

짐승의 모습으로 변했다가 다시 인간의 모습으로 돌아오는 설홍의 모습은 시련을 극복해 나가는 영웅의 모습을 더욱 부각합니다. 이를 통해 독자들은 시련 속에서도 인내하고 선을 지향한다면 결국 '허물 벗기'와 같은 보상이 주어질 것이라는 메시지를 전달받을 수 있었겠죠?

「설홍전」 줄거리

1) 처사 설희문과 그의 아내 맹 씨는 늦은 나이에 아들 설홍을 얻는다.
2) 맹 씨가 병을 얻어 죽고, 아내를 잃은 슬픔에 설희문도 세상을 떠나자 설홍은 어린 나이에 고아가 되어 설희문의 첩 진 숙인에게 맡겨진다.
3) 진 숙인은 설홍을 산중에 내다 버리고, 설홍은 저승으로 가 죄지은 자는 벌을 받고 착한 일을 한 사람은 복 받는 모습을 본다.
4) 다시 인간 세상으로 돌아온 설홍은 진 숙인이 준 독약을 먹고 곰으로 변한다. (☞변신 모티프) 진 숙인은 설홍을 '인곰'이라고 부르며 학대하다가 강물에 버린다.
5) 설홍은 탐욕스러운 명선에게 납치되어 돈벌이 수단으로 전락한다. 소주 땅의 왕 승상이 설홍을 구한다. 설홍은 꿈에서 만난 노승에게 약을 받아 사람의 모습으로 돌아온다.
6) 설홍은 운담 도사에게 병법과 도술을 배우고, 위험에 빠진 왕 승상의 딸 윤선을 구한 뒤 혼인을 약속한다.
7) 진 숙인은 자신이 저지른 죄로 천벌을 받아 거지 신세가 된다.
8) 여러 위기를 극복한 설홍과 윤선은 재회한다. 설홍은 대원수가 되어 덕으로 백성들을 다스린다.

📍 송사 모티프

　송사(訟事) 모티프란, '재판이나 소송 같은 공적 절차를 통해 진실을 밝히고 정의를 실현하는 서사 구조'를 말합니다. 이 모티프는 고전 소설 속에서 억울한 인물의 누명을 벗기거나, 악인을 처벌하는 장치로 자주 사용되었습니다. 결국 고전 소설에서 송사는 도덕적 질서의 회복과 하늘의 정의 구현을 실현하는 무대라고 할 수 있습니다.

　고전 소설에 송사 모티프가 자주 등장하는 이유 역시 당시 사회 현실과 깊은 관련이 있습니다. 조선 후기 백성들은 부패한 관리와 불공정한 사회 질서 속에서 늘 억울함을 겪었지만, 현실에서는 정의가 쉽게 실현되지 않았습니다. 그래서 문학에서만큼은 현명한 관원과 공정한 재판을 통해 진실이 밝혀지고 악이 처벌되는 세계를 보고자 했던 것입니다. 송사 모티프는 이러한 민중의 바람을 반영한 대리적 정의 실현의 장치였던 셈입니다.

　「서동지전」은 쥐들의 소송 사건을 다룬 우화 소설입니다. 간악한 다람쥐는 서대주가 잔치를 베푼다는 말을 듣고 찾아갑니다. 서대주는 다람쥐를 도와주어 다람쥐는 봄을 지낼 수 있게 됩니다. 이후 겨울이 돌아와 다람쥐는 다시 서대주에게 가서 구걸했고, 서대주는 종족의 형편이 좋지 않다며 이를 거절하게 됩니다. 이에 원한을 품은 다람쥐는 백호산군에게 서대주에 대한 모함을 하며 거짓으로 소송장을 올립니다. 백호산군은 다람쥐에게 속지 않고 현명하게 잘잘못을 가려 허위로 고발한 다람쥐에게 벌을 주게 됩니다. 하지만 마음씨 착한 서대주는 백호산군에게 다람쥐를 풀어주도록 간청하죠.

　「서동지전」에서는 현명한 판관이 간악한 다람쥐에게 벌을 주는 '송사 모티프'가 나타납니다. 이를 통해 인간 사회에도 다람쥐와 같은 부도덕한 인간이 있음을 비판하고 있죠. 백호산군과 같은 공정하고도 현명한 관리가 사회에 필요함을 강조하고 있기도 합니다.

> **「서동지전」 줄거리**
>
> 1) 서대주는 잔치를 베풀던 중 경제적으로 빈곤한 다람쥐가 와서 사정을 호소하자 도움을 준다.
> 2) 다람쥐는 이후 또 식량이 떨어지자 다시 서대주에게 도움을 요청한다. 서대주가 종족의 형편을 들어 이를 거절하자, <u>원한을 품은 다람쥐는 백호산군에게 거짓으로 소송을 제기한다.</u> (☞송사 모티프)
> 3) 백호산군은 서대주를 잡아 온다. 그러나 서대주의 태도와 그가 작성한 소지를 통해 그에게 죄가 없음을 알고 풀어준다.
> 4) 백호산군은 서대주를 허위로 고발한 다람쥐를 귀양 보내고자 하지만, 서대주는 관용을 베풀어 다람쥐를 풀어줄 것을 간청한다.
> 5) 이에 감동한 백호산군은 다람쥐를 풀어주고, 다람쥐는 자신의 행동을 반성하고 돌아간다.

📍 기타 주요 모티프

보은 모티프	도움을 받은 존재가 나중에 은혜를 갚는 서사 구조 → 권선징악과 인과응보 사상을 바탕으로 함.	「흥부전」 – 제비가 흥부의 선행에 보답하여 부귀를 가져다줌.

신물 모티프	두 인물이 인연을 맺거나 이별할 때 훗날 다시 만날 것을 약속하며 주고받는 물건이 이야기의 매개로 작용하는 서사 구조 → 하늘이 정해준 인연임을 부각하기 위한 장치, 운명적 재회의 증거물, 운명론적 세계관 강화.	「춘향전」 – 이전에 주고받은 옥반지가 이후에 춘향이 몽룡을 알아보는 계기가 됨.
금기 모티프	어떤 행위나 약속, 비밀 등을 어기면 불행이 닥치는 서사 구조 → 인간의 욕망과 호기심이 낳는 비극을 통해 절제와 도덕의 중요성을 강조함.	「용소와 며느리바위」 – 뒤를 돌아보지 말라는 금기를 어긴 며느리가 그대로 바위가 됨.

Q 퀴즈로 점검하는 문학 개념

1. 고전 소설에서 모티프는 작품의 주제와 메시지를 이해하는 데 핵심적인 단서가 된다.　(O, X)

2. 고전 소설의 모티프는 당시 민중들의 삶, 욕망과 큰 관련이 있다.　(O, X)

3. 적강 모티프는 천상의 인물이 스스로의 의지로 인간 세상으로 내려오게 되는 서사 구조이다.　(O, X)

4. 변신 모티프란 인물이 본래의 모습을 벗고 다른 형상으로 바뀌는 서사 구조로, 변신을 통해 주인공이 역경을 이겨내는 과정을 그린다.　(O, X)

5. 송사 모티프에는 악한 인물을 벌하고 정의를 바로잡는 현명한 관리의 등장을 바라는 당시 민중의 소망이 반영되어 있다.　(O, X)

정답과 해설: 1. O 2. O 3. X 4. O 5. O

1. 모티프는 주제와 메시지를 드러내는 핵심 요소 중 하나로, 이를 통해 고전 소설의 의미를 효과적으로 파악할 수 있습니다.
2. 고전 소설의 모티프는 당시 민중의 현실적 삶과 욕망, 가치관이 반영되어 형성된 경우가 많습니다.
3. 적강 모티프는 천상의 인물이 자신이 지은 죄에 대한 벌로 인간 세상에 내려오는 구조입니다. 즉, 자발적 선택에 의한 것이 아닙니다.
4. 변신 모티프는 인물이 다른 존재나 모습으로 변해 시련을 극복하거나 목적을 이루는 과정을 그리는 서사 구조입니다.
5. 송사 모티프에는 악인을 처벌하고 억울함을 풀어 줄 공정한 관리의 출현을 바라는 민중의 소망이 반영되어 있습니다.

2 인물들의 태도

고전 문학에 등장하는 인물들의 태도는 당시 시대의 가치관을 반영하기 때문에 어느 정도 유사한 면이 있습니다. 현대 소설에서는 인물들의 개성이 다양하게 드러나지만, 고전 소설에서는 대체로 한 인물이 한 가지 성격이나 태도를 대표하며 이야기 전체를 이끌어갑니다.

인물의 태도는 독자에게 작품의 교훈이나 주제를 분명히 전달하기 위한 주된 장치 중 하나입니다. 그렇기에 고전 산문에서 인물의 태도를 파악하는 건 아주 중요하죠. 자, 그러면 이제 구체적인 사례를 통해 고전 문학 속 인물들의 태도를 알아볼까요?

◉ 운명론적 태도, 순응적 태도 - 「박씨전」

박씨 부인은 타고난 재능과 지혜로 나라를 구하지만, 동시에 자신의 운명을 겸손하게 받아들이는 모습을 보입니다. 남편이 자신의 못생긴 외모에 대해 구박하고 자신을 철저히 무시해도, 이에 항변하기보다는 자신의 운명일 뿐이라며 순순히 받아들였죠. 당시 사회에서는 인간의 힘으로 모든 것을 바꾸기보다는 하늘의 뜻, 즉 '운명'을 따르는 것을 미덕으로 여겼습니다. 박씨 부인은 세상일이 뜻대로 되지 않아도 원망하거나 반항하지 않고, 하늘이 정한 운명을 믿으며 침착하게 행동합니다. 이런 태도는 인간의 한계를 인정하고 자연의 섭리를 존중하는 조선시대의 가치관을 잘 보여줍니다.

유교적 도덕성과 의리를 중시하는 태도 - 「춘향전」

춘향은 신분이 낮은 기생의 딸이지만, 자신의 사랑을 지키기 위해 끝까지 정절을 지킵니다. 변학도의 회유와 협박에도 굴하지 않고, '의리'와 '절개'라는 유교적 가치를 지키는 것이 인간의 도리라고 믿습니다. 이는 조선 사회에서 여성이 가져야 할 도덕적 기준과 충성심을 대표하는 모습입니다. 춘향의 태도는 단순한 사랑 이야기를 넘어, 인간이 어떠한 상황에서도 자신의 신념과 도덕적 가치를 지켜야 한다는 교훈을 전합니다.

현실 비판적, 풍자적 태도 - 「호질」

「호질」은 '호랑이의 질책'을 통해 양반의 위선과 허세, 인간 사회의 부정적 모습을 비판하는 풍자 소설입니다. 중국 춘추 시대, 학자로 존경받는 북곽 선생이라는 선비가 있었습니다. 그는 동리자라는 과부의 방에 들어가 밀회를 즐기고 있었죠. 하지만 과부의 아들들이 북곽 선생을 여우로 오해하여 방으로 쳐들어오고, 북곽 선생은 도망치다가 똥구덩이에 빠져버립니다. 때마침 마을에 내려온 범은 북곽 선생의 위선적인 모습과 인간들의 부정적인 모습을 신랄하게 비판하죠. 이에 북곽 선생은 머리를 조아리며 비굴한 모습으로 목숨을 애걸합니다. 「호질」은 '범'을 의인화해 현실을 비판하고, 독자로 하여금 자신을 성찰하도록 유도합니다.

실리적, 실용적 태도 - 「허생전」

허생은 가난한 양반으로, 오랜 기간 글공부에 매진해 왔습니다. 글 읽기에만 열중해 경제적으로 무능력했던 허생은, 그동안 그를 대신해 생계를 유지했던 아내의 요구로 돈을 벌기 위해 집을 나섭니다. 그간 무능력한 줄만 알았던 허생은 여러 비범한 일들을 척척 해냅니다. 부자에게 빌린 돈으로 과일과 말총을 사재기해 큰돈을 벌기도 하고, 굶주림에 허덕이는 많은 도둑들에게 도움을 주기도 합니다. 나라의 정책에 대해 의견을 묻는 이완 대장에게 세 가지 방안을 제시하며 명분보다는 실리를 고려하라는 충고를 하기도 하죠.

이러한 허생의 행적을 통해 알 수 있는 것은 그가 명분이나 유교적 가치보다는 실리를 중시하는 실용주의자였다는 것입니다. 「허생전」에는 '충성심', '효심'과 같은 추상적인 개념보다는 우리 삶에 실질적 도움을 주는 것들을 추구해야 한다는 주제가 드러나고 있습니다. 이처럼 조선 후기에는 '유교'와 '명분'이라는 관념적 가치만을 추구했던 지배 계층에 대한 비판적 시선이 등장하기 시작합니다.

📍 이상 세계를 추구하는 태도 - 「홍길동전」

홍길동은 첩의 아들이라는 이유로 정당한 대우를 받지 못하는 신분 차별 속에 살아갑니다. 그는 어려서부터 총명하고 바른 마음을 지녔지만, '아버지를 아버지라 부르지 못하고' 사는 현실에 큰 불만을 느끼지요. 그는 이렇게 불평등한 세상을 바꾸고자 하는 이상을 품습니다. 길동은 집을 떠나 의적(義賊) 활동을 하며 부패한 관리와 탐관오리를 혼내 주고, 가난한 백성들에게 재물을 나누어 줍니다. 그리고 결국 그는 나라를 떠나 율도국이라는 새로운 이상 세계를 스스로 세우죠.

이처럼 홍길동은 불공정한 현실을 넘어 더 나은 세상을 꿈꾸는 태도, 즉 이상 세계를 추구하는 태도를 잘 보여줍니다. 그는 현실의 부조리에 굴복하지 않고 스스로 정의로운 세상을 만들어 나가며, 독자에게도 올바른 사회의 모습이 무엇인지 생각하게 합니다.

📍 현실에 대한 비관적 태도 - 「만복사저포기」

혼자 외롭고 가난한 삶을 살던 양생은 만복사에서 만나게 된 여인과 사랑을 나누게 되죠. 하지만 그녀가 이미 죽은 존재였음을 알게 되고, 여인은 부모를 만난 뒤 저승으로 떠납니다. 양생은 여인을 위해 정성껏 제사를 지낸 뒤, 세속을 떠나 자취를 감추죠. 양생이 슬픔을 극복하지 못하고 자취를 감춘 이유는 그 여인이 없는 현실을 비관적으로 바라보았기 때문입니다.

김시습의 『금오신화』의 다른 등장인물들도 결말에 양생과 같이 자취를 감추거나 죽는 결말을 맞습니다. 앞에서도 살펴보았듯, 이는 작가였던 김시습의 비관적 현실 인식 때문입니다. 김시습은 당시 아주 능력 있는 학자였으나, 세조가 단종을 폐위시키고 왕위를 빼앗은 사건 이후로 단종에 대한 의리를 지키기 위해 관직에 나가지 않습니다. 뛰어난 능력을 가지고도 부정적인 현실 때문에 이를 펼칠 수 없었으니, 현실을 비관적으로 볼 수밖에 없었겠죠?

Q 퀴즈로 점검하는 문학 개념

1. 「박씨전」의 박씨는 주어진 운명을 거부하고 적극적으로 개척해 나가는 여성 영웅의 모습을 보인다. (O, ×)

2. 「춘향전」의 춘향은 '의리'와 '절개'라는 유교적 가치를 중시하는 태도를 보인다. (O, ×)

3. 「허생전」에서도 알 수 있듯, 조선 후기에는 '유교'와 '명분'과 같은 관념적 가치만을 중시했던 기존 지배 계층에 대한 비판적 시선이 등장했다. (O, ×)

4. 「만복사저포기」의 양생은 부정적 현실을 극복하고 다시 현실로 복귀해 권선징악의 주제 의식을 드러낸다. (O, ×)

정답과 해설: 1. × 2. ○ 3. ○ 4. ×

1. 박씨는 자신의 운명에 순응하는 운명론적 태도를 보입니다. 박씨는 남편이 아무리 자신을 박대해도 이를 운명으로 수용하고, 조선의 패배도 하늘이 정한 운명으로 여깁니다.
2. 「춘향전」의 춘향은 옥중 고난 속에서도 임에 대한 의리와 절개를 지키는 태도를 보이며, 유교적 가치관을 수호한 인물입니다.
3. 「허생전」은 조선 후기 유교적 명분과 관념에만 집착하던 지배층의 무능과 허위를 풍자하는 소설입니다.
4. 「만복사저포기」의 양생은 초월 세계를 체험하지만, 현실로 돌아와 권선징악을 실현하기보다 현실의 한계와 허무를 드러내는 결말로 끝납니다.

3 주요 주제 의식

이제부터는 그동안 배운 내용을 정리해 보는 복습 시간입니다. 앞에서 살펴본 여러 개념과 고전 소설들을 떠올려 볼까요? 소설 속 서사적 장치, 반복되는 모티프, 인물의 성격과 행동은 모두 소설의 주제를 더 선명하게 드러내기 위해 사용되는 요소들입니다.

지금까지의 학습을 바탕으로, 고전 소설에서 공통적으로 나타나는 주제 의식을 정리해 봅시다.

주제 의식	특징	특징	예시
유교적 가치 수호 (충, 효, 열)	충(임금에 대한 충성), 효(부모에 대한 효도), 열(남편에 대한 정절)과 같은 유교적 가치를 지키는 것이 인간의 기본 도리라는 주제 의식.	• 인물의 '도리'와 '희생'이 강조됨. • 선한 주인공의 시련과 극복 서사로 도덕적 완결 구조를 만듦.	「심청전」, 「춘향전」
도덕적 교훈 / 권선징악	착한 행동은 복을 받고, 악한 행동은 벌을 받는다는 가치관. 사회 질서를 유지하기 위한 도덕적 메시지 제공.	• 악행이 누적→응보 장면→질서 회복의 구조. • 전형적 인물(선인·악인)이 명확히 대비됨. • 초월적 존재의 개입이 자주 등장.	「흥부전」, 「전우치전」, 「장화홍련전」
신분제의 모순 비판	양반 중심의 신분 질서가 불합리함을 드러내고, 민중의 시각을 반영하여 기존 제도를 비판.	• 신분제로 인한 차별 폭로. • 영웅적 인물이나 풍자적 인물을 통해 비판. • 변신·도술 등 초월적 능력으로 억눌린 욕망 해소.	「홍길동전」, 「춘향전」
이상 세계 추구	현실의 모순·억압에서 벗어나 조화롭고 윤택한 이상 세계를 꿈꾸는 욕망.	• 현실 비판→대안적 세계 탐색 구조. • 나라 건설(율도국).	「홍길동전」
인생무상·세속적 욕망의 허망함 (불교적 관념)	삶의 모든 것은 덧없으며, 세속적 욕망(출세·부귀영화)이 결국 공(空)으로 돌아간다는 인식.	• 꿈, 환상, 환생 등 불교적 장치를 활용. • 극심한 성쇠 변화(성공→몰락→깨달음)를 통해 욕망의 무상함을 강조. • '한바탕 꿈에 불과함'이라는 종결 구조가 특징.	「구운몽」, 「옥루몽」
양반의 허위의식 비판 / 풍자	양반 계층의 무능·무책임·위선을 드러내기 위한 풍자적 메시지.	• 과장·반어·역설 등 풍자적 표현 사용. • 우스꽝스러운 양반 인물 도입. • 현실 사회의 모순을 웃음으로 공격함. • 민중적 시각 강함.	「양반전」, 「허생전」, 「호질」

Q 퀴즈로 점검하는 문학 개념

1. 「흥부전」에는 권선징악의 주제 의식이 나타나 도덕적 교훈을 전한다. (O, X)

2. 신분제의 모순을 비판하는 고전 소설에는 지배 계층의 시각이 주로 반영되어 있다. (O, X)

3. 세속적 욕망의 허망함을 드러내는 소설에서 인물은 부귀영화를 얻었다가 이것이 모두 부질없음을 깨닫는 과정을 거친다. (O, X)

4. 양반의 허위의식을 비판하는 소설에서는 풍자적 표현이 주로 사용된다. (O, X)

4 고전 수필 간단 정리

[2026 수능] 22~26번 「최립에게 주는 글」 – 내용 및 표현 이해
[2022 수능] 18~23번 「담초」 – 내용 이해, 서술자의 관점 이해, 표현 기법 이해
[2021 수능] 38~42번 「옛집 정승초당을 둘러보고 쓰다」 출제 – 내용 이해
[2020 수능] 21~25번 「어촌기」 출제 – 내용 및 주제 이해

수필이란, '일정한 형식을 따르지 않고 인생이나 자연 또는 일상생활에서의 느낌이나 체험을 생각나는 대로 쓴 산문 형식의 글'입니다. 수필은 기록된 글자에 따라 '한문 수필'과 '한글 수필'로 나뉩니다. 일반적으로 수필은 작가의 경험을 서술하고, 이로부터 도출한 깨달음이나 교훈을 전달하는 방식으로 구성됩니다. 소설은 허구적인 인물과 사건을 통해 이야기를 전개하는 반면, 수필은 글쓴이의 삶과 체험이 바탕이 된다는 차이점이 있습니다.

고전 수필에는 '유추'의 논증 방식이 많이 사용됩니다. 유추란 '두 대상이 여러 면에서 유사하다는 것을 근거로 다른 속성도 유사할 것이라고 추론하는 방법'입니다. 이를 통해 수필의 서술자는 자신의 '개인적 체험'을 '사회적 차원', '국가적 차원'으로 확대하여 적용하기도 하죠. 대표적인 고전 수필, 이규보의 「집을 수리하고 나서」를 한번 살펴봅시다.

우리 집에는 퇴락(頹落)한 행랑채가 있다. 그런데 그중 세 칸이 곧 쓰러질 것만 같아, 어쩔 수 없이 전부 수리하게 되었다.

이 일이 있기 전, 그 세 칸 가운데 두 칸은 오래전부터 비가 샜었는데 나는 그것을 알고도 그냥 내버려 두다가 미처 수리를 하지 못했고, 나머지 한 칸은 한 번밖에 비가 새지 않았을 때 급히 기와를 교체하게 했다.

그런데 이번에 수리를 하고 보니 비가 오래 샌 곳은 서까래와 추녀며 기둥과 들보가 모두 썩어서 못 쓰게 되었으므로 경비가 많이 들었고, 한 번밖에 비가 새지 않은 곳은 재목이 모두 온전하여 다시 쓸 수 있었기 때문에 비용을 줄일 수 있었다.

그래서 나는 이런 생각이 들었다.

이런 일은 사람의 경우에도 마찬가지가 아닐까. 잘못을 알고서도 즉시 고치지 않는다면, 오래 비를 맞은 목재가 썩어 못 쓰게 되듯 자기 몸을 망치게 될 것이다. 반면에 잘못한 일을 거리낌 없이 고친다면, 비 맞은 목재를 다시 쓸 수 있었던 것처럼 그 잘못한 일은 다시 착한 사람이 되는 데 아무 방해도 되지 않을 것이다.

또한 여기에만 그칠 일이 아니다. 나라의 정치도 이와 같다. 모든 일에서 백성에게 큰 피해가 되는 것들을 이리저리 둘러맞추기만 하고 개혁하지 않다가, 백성이 못살게 되고 나라가 위태해지고 나서야 갑자기 바꾸려 한다면 나라를 부지하기 어려운 법이다. 그러니 신중하게 생각하지 않을 수 있겠는가.

– 이규보, 「집을 수리하고 나서」

이규보의 「집을 수리하고 나서」는 집을 수리한 경험을 통해 깨달은 점과 교훈을 전달하는 고전 수필입니다. 글쓴이는 '비가 새는 부분을 바로 수리하지 않아 재목을 못 쓰게 되어 수리비가 많이 든 경험'을 통해, '사람 역시 잘못을 즉시 고치지 않으면, 자기 몸을 망치게 될 것'이라는 깨달음을 얻습니다. 그리고 이를 국가적 차원으로 확대해 '나라의 정치 역시 잘못된 것을 바로 고치지 않으면 나라가 위태해진다'라는 교훈을 전달합니다. 즉, '행랑채 수리', '사람의 잘못', '나라의 정치' 간 유사한 점을 통해 자신의 주장을 강조하고 전달하는 유추의 기법을 활용한 것입니다.

이처럼 고전 수필은 글쓴이의 삶과 경험을 바탕으로 교훈을 전달하고, 이 과정에서 '유추'의 기법을 많이 사용한다는 특징이 있습니다.

ⓠ 퀴즈로 점검하는 문학 개념

1. 수필이란 일정한 형식 틀 안에서 자신의 경험과 깨달음을 쓴 산문 형식의 글이다. (O, X)

2. 고전 수필에는 두 대상의 유사성을 근거로 추론하는 __________의 논증 방법이 사용된다.

3. 이규보의 「집을 수리하고 나서」에서 글쓴이는 집을 고친 경험을 통해 '잘못을 알게 되면 바로 고쳐야 한다'라는 깨달음을 얻었다. (O, X)

정답과 해설: 1. ✕ 2. 유추 3. ◯

1. 수필은 일정한 형식에 얽매이지 않고, 개인의 경험과 생각을 자유로운 형식으로 서술한 산문입니다.
2. 고전 수필에서는 두 대상의 유사성을 근거로 추론하는 유추의 논증 방법이 자주 활용됩니다.
3. 「집을 수리하고 나서」에서 글쓴이는 집을 고친 경험을 통해 잘못을 깨달았을 때 즉시 고치는 태도의 중요성을 강조합니다.

기출로 때려잡는 문학 개념

현대 운문 필수 문학 개념

IV

01 문학을 바라보는 네 가지 관점

[2018 수능] 20~22번 – '반영론', '표현론' 등 관점 이해
[2013 수능] 18번 – '반영론'의 개념 및 특징 이해

문학 작품을 바라보는 관점에는 크게 절대론, 반영론, 표현론, 효용론 네 가지가 있습니다. 이는 '어떤 요소에 주목해서 문학을 감상해야 하는가'를 보는 서로 다른 관점이죠. 수능에서는 각 관점에 따라 어떻게 제재를 이해할 수 있는지 출제된 바 있습니다.

절대론이란, 작품 그 자체의 내적 요소를 가장 중요하게 보는 관점입니다. 작가가 누구인지, 시대가 언제인지, 읽는 사람이 어떤 느낌을 받는지는 중요하지 않아요. 오직 작품 안의 언어, 구조, 표현, 의미 등을 중심으로 해석하는 것입니다. 예를 들어, 김소월의 시「진달래꽃」을 읽을 때, '일제 강점기라는 시대적 상황'이나 '김소월의 실제 삶'보다 시 속의 반복, 운율, 표현의 아름다움 등을 중심으로 감상하는 것이 절대론적 관점에 해당합니다.

이 관점이 중요한 이유는, 우리가 작품을 배경지식 위주로만 읽다 보면 정작 텍스트가 실제 말하고 있는 것을 놓칠 수 있기 때문입니다. 절대론은 '교과서에 나온 배경지식으로만 해석하지 말고, 글에 있는 증거부터 보자'라고 말해 주는 역할을 합니다. 실제 작품의 문장과 표현에 기반을 둔 해석을 중시하는 관점인 것이죠.

반영론은 문학을 '현실 사회를 반영한 거울'로 바라보는 관점입니다, 문학 작품이 갑자기 하늘에서 뚝 떨어진 게 아니라 그 작품이 쓰인 시대의 분위기, 갈등, 불평등, 역사적 문제를 담고 있다고 보는 것이지요. 그렇기에 문학을 당시 시대 문화적 배경과 연관 지어 해석합니다. 반영론적 관점에서는 '이 작품 속 인물들이 겪는 어려움은 어떤 시대적 배경에서 발생했나?', '이 대사는 사회의 어떤 부조리함을 고발하는 목소리일까?' 같은 질문을 던져요. 예를 들어, 조세희의 「난장이가 쏘아 올린 작은 공」을 읽을 때 이를 1970~80년대 산업화 시대의 가난하고 소외된 사람들의 삶과 사회의 불평등을 드러낸 작품으로 본다면, 그것은 반영론적 관점에 해당합니다.

수능에서는 '반영론'이 가장 많이 등장합니다. 수능에서는 반영론에 대해 어떻게 설명하고 있는지 〈보기〉와 지문을 통해 살펴볼까요?

표현론이란, 문학 작품이 작가의 마음과 생각을 표현한 결과물이라고 보는 관점이에요. 그래서 표현론적 관점에서는 '작가는 어떤 인생을 살았고 어떤 가치관을 가지고 있었을까? 이것은 작가가 어떤 마음에서 쓴 구절일까?'와 같은 질문을 바탕으로 작품을 해석합니다. 예를 들어, 윤동주의 시를 읽을 때 '윤동주는 창씨개명을 한 자기 자신에 대한 부끄러움과 죄책감이 있었어. 이 시는 일제 강점기 당시 무기력한 자신에 대한 부끄러움을 나타내는 시야'라고 해석하는 것이 표현론적 관점에 해당합니다. 이를 통해 작품은 '교과서의 텍스트'를 넘어 '실제 누군가의 목소리'로 들리게 되죠.

마지막으로, 효용론이란 독자에게 주는 감동과 교훈을 중시하는 관점입니다. 효용론은 문학 작품이 읽는 사람에게 어떤 영향을 주는가를 중요하게 생각합니다. 이는 문학이 사람의 마음을 감동시키고 생각과 행동을 바꾸는 역할을 해야 한다는 인식이 포함되어 있기도 합니다. '과거의 작품이 지금 나에게는 어떤 의미가 있을까?'를 생각하며 작품을 읽고, 그 의미를 발견하려고 노력한다면 그것이 바로 효용론적 관점입니다. 이를 통해 문학은 지금 이 순간 나에게 말을 걸고 교훈을 주는 의미 있는 존재가 될 수 있죠. 예를 들어, 이육사의 시 「광야」를 읽으며 '나도 어려움 속에서 굴하지 않고 이를 극복하고자 하는 의지를 가져야겠다'라는 교훈을 얻었다면, 그것은 효용론적 관점에 해당합니다.

이 네 가지 관점은 서로 보완하며 함께 작품 해석의 깊이를 넓히는 역할을 합니다. 시 한 편을 읽을 때 절대론적 관점에서 언어의 심미적 아름다움을 느낄 수도 있고, 표현론적 관점에서 작가의 감정과 생각을 이해할 수도 있어요. 효용론적으로 접근하면 그 시가 나에게 주는 감동과 교훈을 느낄 수 있고, 반영론으로 보면 그 시가 창작된 당시 시대와 사회의 현실을 엿볼 수 있습니다. 이렇게 각각의 관점은 작품의 다양한 면모를 보여주는 창문과 같습니다.

문학 작품은 하나의 고정된 의미를 가진 것이 아니라, 읽는 사람과 시대, 상황에 따라 새롭게 해석될 수 있는 살아 있는 예술입니다. 다양한 관점을 통해 작품을 다면적으로 바라볼 때, 우리는 문학의 진정한 가치와 풍성한 의미를 발견할 수 있습니다.

1. 절대론이란, 작품 그 자체의 내적 요소를 중요하게 보는 관점으로, 작가의 삶과 연관 지어 시를 해석한다.　　(○, ×)

2. 반영론은 문학을 '현실 사회를 반영한 거울'로 바라본다.　　(○, ×)

3. __________은/는 문학 작품이 작가의 마음과 생각을 표현한 결과물이라고 보는 관점이다.

4. '윤동주의 시를 읽고 나의 부족한 면을 성찰해야겠다는 생각을 했어.'는 __________적 관점의 해석이다.

정답과 해설: 1. ×　2. ○　3. 표현론　4. 효용론

1. 절대론은 작품을 작품 내부의 구조, 표현, 형식 중심으로 이해하는 관점입니다. 작가의 삶과 연관 지어 해석하는 관점은 표현론적 관점에 해당합니다.
2. 반영론은 문학을 현실 사회와 시대 상황을 비추는 거울로 보고, 작품 속에 드러난 사회적 현실과 문제의식을 중시합니다.
3. 표현론은 문학을 작가의 삶과 연관 지어 해석하는 관점으로, 문학 작품을 작가의 마음과 생각을 표현한 결과물로 바라봅니다.
4. 작품을 통해 독자가 어떤 깨달음이나 변화, 교훈을 얻었는지에 초점을 두는 관점은 효용론적 관점에 해당합니다.

02　표면적 화자와 이면적 화자

> [2016 고3 6모] 31번 – 화자를 작품의 표면에 나타내어 주제에 대한 공감을 이끌어 내고 있다.
> [2013 고3 9모] 33번 – (나)는 (가)와 달리 시적 화자가 표면에 드러나 있다.
> [2007 고3 6모] 15번 – 시적 화자를 시의 표면에 직접 내세워 시인의 생각을 드러내고 있다.

　시적 화자란, 시인을 대신하여 말하는 목소리의 주인공입니다. 즉, 시 속에서 이야기하는 사람으로, 이를 '서정적 자아'라고도 합니다. 화자는 시인이 전하고자 하는 정서, 분위기, 주제 등을 효과적으로 드러내기 위해 가상적으로 설정한 존재로, 시에서 화자가 누구인지, 그가 어떤 입장을 취하며 어떤 어조로 이야기하고 있는지를 파악하는 것이 아주 중요합니다.

　여기서 주의할 점은, 화자와 시인은 동일한 존재가 아니라는 사실입니다. 화자는 시인이 가상적으로 설정한 존재로, 화자의 입장을 대변할 수는 있지만 결코 동일한 존재는 아닙니다. 시인은 성인 남성인데, 그가 쓴 시의 화자는 여성이나 어린아이일 수 있는 것처럼 말이죠. 독자는 시인의 시선이 아닌 화자의 시선을 통해 시를 바라보게 됩니다.

　그렇다면 화자는 시에서 어떤 역할을 할까요? 화자는 시적 상황을 묘사하고 대상에 대한 정보를 전달함으로써 시가 담고 있는 정서를 드러냅니다. 그리고 시인의 내적 세계를 간접적으로 드러냄으로써 시의 주제를 효과적으로 보여주기도 하죠.

화자는 시의 표면에 드러나는지 여부에 따라 '표면적 화자'와 '이면적 화자'로 나뉩니다. '표면적 화자'란, '나' 또는 '우리'라는 시어를 통해 자신을 겉으로 드러내는 화자입니다. 반면 '이면적 화자'는 시 속에 자신을 노출시키지 않는 화자를 의미하지요. 사실 이 둘을 구분하는 것은 아주 쉽습니다. 시에 '나', '우리'라는 말이 나오면 '표면적 화자', 그러한 말이 등장하지 않으면 '이면적 화자'입니다.

<표면적 화자> 예시

처마 끝에 명태를 말린다
명태는 꽁꽁 얼었다
명태는 길다랗고 파리한 물고긴데
꼬리에 길다란 고드름이 달렸다
해는 저물고 날은 다 가고 별은 서러웁게 차갑다
나도 길다랗고 파리한 명태다
문턱에 꽁꽁 얼어서
가슴에 길다란 고드름이 달렸다

– 백석, 「멧새 소리」

<이면적 화자> 예시

빗방울이 개나리 울타리에 숍-숍-숍-숍 떨어진다.
빗방울이 어린 모과나무 가지에 롭-롭-롭-롭 떨어진다.
빗방울이 무성한 수국 잎에 톱-톱-톱-톱 떨어진다.
빗방울이 현관 앞 강아지 머리에 돕-돕-돕-돕 떨어진다.

– 오규원, 「빗방울」

Q 퀴즈로 점검하는 문학 개념

1. 화자란, '서정적 자아'라고도 하며 시인을 대신하는 목소리의 주인공이다. (O, ×)

2. 화자와 시인은 동일한 존재로, 화자는 시인의 입장을 항상 대변한다. (O, ×)

3. 화자는 시적 상황을 묘사하고 대상에 대한 정보를 전달해 시의 정서를 드러낸다. (O, ×)

4. 시 속에 '나', '우리'라는 시어가 등장한다면 ______, 그렇지 않으면 ______ 에 해당한다.

정답과 해설: 1. ○ 2. × 3. ○ 4. 표면적 화자, 이면적 화자

1. 화자는 '서정적 자아'라고도 하며, 시인을 대신하여 시 속에서 감정과 생각을 드러내는 주체입니다.
2. 화자는 시인과 구별되는 존재로, 시인의 생각을 반영할 수는 있지만 항상 동일한 입장을 대변하는 것은 아닙니다.
3. 화자는 시적 상황을 설명하고 대상에 대한 정보를 전달해 시의 정서와 의미를 형성하는 데 핵심적인 역할을 합니다.
4. 시 속에 '나', '우리'와 같은 1인칭 시어가 드러나면 표면적 화자, 그렇지 않으면 이면적 화자로 구분합니다.

[2025 수능] 32번 – 대구 표현으로 외양을 묘사하여 대상의 처지를 드러낸다.
[2024 수능] 22번 – (가)는 동일한 색채어를, (나)는 유사한 문장 구조를 반복적으로 제시하며 시상을 전개한다.
[2023 수능] 23번 – [A]의 〈제1수〉 초장은 유사한 어휘의 반복을 통해 리듬감을 형성하고 있다.
[2016 수능] 38번 – 유사한 어구의 반복과 대구를 통해 인물의 심경을 드러내고 있다.
[2016 수능] 40번 – (가)와 달리 (나)에서는 연쇄와 반복을 통해 리듬감이 나타나고 있다.
[2014A 수능] 40번 – (다)와 〈보기〉는 동일한 음보율을 사용하여 리듬감을 살리고 있군.

　운율은 '시를 읽을 때 느껴지는 말의 가락'을 의미합니다. 시를 읽을 때 '리듬감'이 느껴진다면, '운율'이 느껴진다고 할 수 있죠. 그러면 운율은 어떻게 형성되는 것일까요? 우리가 쉽게 접할 수 있는 '랩'을 한번 떠올려 봅시다. 래퍼들은 흔히 말하는 '라임(Rhyme)'을 맞추며 비슷하거나 같은 말을 반복해 리듬감을 형성합니다. 시에서 운율을 형성하는 원리도 동일하다고 할 수 있습니다.

　운율의 핵심은 '반복'입니다. '시에서 뭔가 반복된다면 운율이 형성된다.' 이것은 공식처럼 외워야 하지요. 비슷하거나 같은 음운, 음절, 시어, 시구, 시행이 반복된다면 무조건 '운율'이 형성됩니다. 꼭 똑같지 않더라도 비슷하게 바꾸어서 반복한다면 그것 역시 운율을 형성한다고 할 수 있습니다.

　운율은 크게 외형률과 내재율로 나뉩니다. 외형률이란, 정형시에서 음의 고저(高低), 장단(長短), 음수(音數), 음보(音步) 따위의 규칙적 반복으로 생기는 운율입니다. 즉, 운율이 '뚜렷하고 명백하게' 느껴지는 경우죠. 외형률은 주로 '일정한 형식과 규칙을 따르는 시'인 정형시에서 나타납니다. 우리나라의 정형시 중 대표적인 것은 '시조'인데요, 시조는 그 변주인 사설시조를 제외하면 모두 일정한 형식이 있습니다.

　정형시에 주로 나타나는 '명백하고 뚜렷한' 운율, 즉 외형률은 음보율, 음위율, 음수율로 나누어서 살펴볼 수 있습니다. 아래 표를 함께 살펴봅시다.

음보율	일정한 음보가 규칙적으로 반복됨으로써 생기는 운율(3음보, 4음보 등)
음위율	같거나 비슷한 음을 일정한 위치에 배치함으로써 형성되는 운율(각운, 요운, 두운)
음수율	글자 수가 일정하게 반복됨으로써 이루어지는 운율(3·4조, 7·5조 등)

　이렇게 보니 무슨 말인지 잘 모르겠죠? 예시를 통해 살펴보면 훨씬 이해가 잘될 거예요. '음보율'에서 이야기하는 '음보'는 '시를 읽을 때 끊어 읽거나 띄어 읽는 단위'입니다.

이 몸이✓죽어 가서✓무엇이✓될꼬 하니 (초장)
봉래산✓제일봉에✓낙락장송✓되어 있어 (중장)
백설이✓만건곤할 제✓독야청청✓하리라 (종장)

－ 성삼문

성삼문의 시조를 읽어봅시다. 읽을 때 네 덩어리로 끊어서 읽히는 것을 알 수 있죠? 초장, 중장, 종장 모두 네 덩어리로 끊어서 읽을 수 있으니 '4음보가 반복'되는 것입니다. 운율에서 중요한 것은 '반복'입니다. 일정한 음보가 반복되면, 음보율이 형성되어 리듬감이 느껴집니다.

음수율은 글자 수가 일정하게 반복됨으로써 이루어지는 운율을 의미합니다. 위 시조의 초장, 중장을 보면 각각 음보를 구성하는 글자가 3, 4, 3, 4로 반복되고 있습니다. 이렇게 세 글자, 네 글자가 반복되는 경우는 3·4조의 음수율이 형성된다고 할 수 있죠. 예시를 통해 살펴보니 어렵지 않죠?

'음위율'은 무엇일까요? 이 개념은 사실 우리에게 굉장히 익숙한 개념입니다. 아까 앞에서 살짝 이야기했듯 래퍼들의 랩을 떠올려 보면 쉽습니다. 우리가 좋아하는 랩 「회전목마」를 한번 살펴볼까요? 음위율이 아주 잘 나타난 노래입니다.

달려가는 미터기 돈은 올라가ⓐ
기사님과 어색하게 눈이 맞아ⓐ
창문을 열어보지만 기분은 좋아지지 않아ⓐ
그래서 손을 밖으로 쭉 뻗어 쭉 뻗어
흔들리는 택시는 어느새ⓑ
목적지에 도달했다고 해ⓑ
방 하나 있는 내 집 안의
손에 있던 짐들은

내가 힘들 때마다
이 노래가 찾아와
세상이 둥근 것처럼 우리
인생은 회전목마ⓒ
우린 계속 달려가ⓒ
언제쯤 끝날지 잘 몰라ⓒ

빙빙 돌아가는 회전목마처럼ⓓ
영원히 계속될 것처럼ⓓ
빙빙 돌아올 우리의 시간처럼ⓓ
인생은 회전목마.

– 소코도모(Feat. Zion.T, 원슈타인), 「회전목마」

가사를 살펴보면, 같거나 비슷한 음이 동일한 자리에서 계속 반복되는 것을 알 수 있습니다. ⓐ을 보면, '가', '아', '아' 등 동일하게 'ㅏ' 발음인 음이 반복되고 있습니다. ⓑ, ⓒ, ⓓ 부분도 마찬가지이고요. 이런 방식으로 형성되는 운율을 '음위율'이라고 합니다.

지금까지는 외형률을 살펴보았습니다. 그렇다면 내재율은 무엇일까요? 내재율은 외형률처럼 겉으로 명확히 드러나지는 않지만, 자유시나 산문시에 잠재적으로 깃들어 있는 운율을 의미합니다. 조금 애매하게 느껴지지만 사실 어렵지 않아요. 시에서 '반복'되는 음운이나 단어, 문장 등이 있다면 무조건 '운율'이 형성되거든요. 현대 시에서 무언가 '반복'되어 운율이 조금이라도 느껴진다면, 이를 내재율이 형성되었다고 이야기합니다.

길이 끝나는 곳에서도
길이 있다
길이 끝나는 곳에서도
길이 되는 사람이 있다
스스로 봄 길이 되어
끝없이 걸어가는 사람이 있다
강물은 흐르다가 멈추고
새들은 날아가 돌아오지 않고
하늘과 땅 사이의 모든 꽃잎은 흩어져도
보라
사랑이 끝난 곳에서도
사랑으로 남아 있는 사람이 있다
스스로 사랑이 되어
한없이 봄 길을 걸어가는 사람이 있다

– 정호승, 「봄길」

위 시에서 반복되는 단어나 구, 문장을 찾아봅시다. '길이 끝나는 곳에서도', '길', '사람이 있다' 등이 반복되는 것을 확인할 수 있습니다. 우리는 이 시에서 잠재적으로 깃들어 있는 운율, 즉 '내재율'을 느낄 수 있는 것입니다.

운율 하면 빼놓지 않고 등장하는 수능 필수 개념이 있습니다. 바로 '대구법'입니다. 대구법은 비슷하거나 동일한 문장 구조를 짝을 맞추어 늘어놓는 표현법입니다. 주의할 점은 '문장 구조'가 비슷하기만 해도 된다는 것입니다. 꼭 똑같은 단어나 문장이 반복될 필요는 없습니다. '낮말은 새가 듣고, 밤말은 쥐가 듣는다'라는 속담이 대표적인 대구법의 예입니다. 비슷한 문장 구조가 반복되는 것이니 운율이 형성될 수밖에 없겠죠? 이러한 대구법은 현대 시에도 많이 나타나지만, 고전 시가, 판소리계 소설 등에도 많이 등장하는 표현법입니다. 2025학년도 수능에 등장했던 시조를 한번 살펴봅시다.

어져 어져 저기 가는 저 사람아
네 행색을 보아 하니 군사 도망 네로구나
허리 위로 볼작시면 베적삼이 깃만 남고
허리 아래 굽어보니 헌 잠방이 노닥노닥
곱장 할미 앞에 가고 전태발이 뒤에 간다
십 리 길을 하루 가니 몇 리 가서 엎어지리

– 작자 미상, 「갑민가」

위 지문은 대화 형식으로 갑산 지역 백성들의 현실을 사실적으로 드러낸 가사입니다. 한번 대구법이 사용된 곳을 찾아볼까요? 바로 '허리 위로 볼작시면 베적삼이 깃만 남고/허리 아래 굽어보니 헌 잠방이 노닥노닥'이라는 표현입니다. 같은 문장이 반복된 건 아니지만 허리 위를 묘사하는 문장과 허리 아래를 묘사하는 문장이 짝을 이루고 있죠. 그러므로 2025학년도 수능 32번 문제의 '대구 표현으로 외양을 묘사'했다는 선지는 맞는 것이 됩니다.

1. 운율은 '시를 읽을 때 느껴지는 말의 가락'으로 외형률과 내재율로 나눌 수 있다.　(O, ×)

2. 운율은 같은 음운, 음절, 시어, 시구가 반복될 때만 형성된다.　(O, ×)

3. 음보율, 음위율, 음수율은 시에 잠재적으로 깃들어 있는 운율, 즉 내재율에 해당한다.　(O, ×)

4. 대구법은 비슷하거나 동일한 문장 구조를 짝을 맞추어 늘어놓는 표현법으로, 대구법을 사용하면 주로 운율이 형성된다.　(O, ×)

정답과 해설: 1. ○　2. ×　3. ×　4. ○

1. 운율은 시를 읽을 때 느껴지는 말의 가락으로, 겉으로 드러나는 규칙적 리듬인 외형률과 겉으로 드러나지 않는 내재율로 나눌 수 있습니다.
2. 운율은 꼭 같은 것이 아니더라도 비슷한 음운, 음절, 시어, 시구가 반복되면 형성될 수 있습니다.
3. 음보율 · 음위율 · 음수율은 형식적으로 드러나는 외형률에 해당하며, 내재율은 의미의 흐름과 정서에서 느껴지는 리듬입니다.
4. 대구법은 비슷한 문장 구조를 짝 맞추어 배열하는 표현법으로, 문장의 리듬과 반복 효과를 통해 운율 형성에 기여합니다.

04 시상 전개 방식

[2025 수능] 22번 – 공간의 이동에 따라 내용을 전개하여 역동적 분위기를 강화한다.

[2022 수능] 32번 – 특정 계절의 풍속을 화자의 시선 이동에 따라 묘사하고 있다.

[2016B 수능] 40번 – (가), (나)에서는 모두 과거와 현재의 대비를 통해 시상의 전환이 이루어지고 있다.

[2015A 수능] 31번 – 선경후정의 방식을 활용하여 시상을 전개하고 있다.

[2015A 수능] 31번 – 제2연에서 제3연으로 전개되면서 화자의 시선이 원경에서 근경으로 이동하고 있다.

[2013 수능] 34번 – 고향의 특정 인물에 대한 기억을 떠올리면서 시상을 반전시키고 있다.

[2013 수능] 46번 – (가)와 (나)는 선경후정의 방식으로 화자의 애상적 정서를 고조하고 있다.

　시상(詩想) 전개 방식이란, '시에 담긴 정서가 전개되는 방식'을 의미합니다. 넓게 보면 '시의 내용이 어떻게 전개되는지'를 의미하는 것이죠. 이는 시의 내용 안에 정서가 포함돼 있기 때문입니다. 시를 읽을 때 '시상 전개 방식'을 파악하는 것은 아주 중요합니다. 이를 통해 시의 흐름을 정확히 이해하고, 시의 정서와 주제를 깊이 있게 읽을 수 있기 때문입니다. 수능에서도 시의 정서가 어떤 방식으로 전개되는지를 묻는 문제가 자주 출제되었습니다.

　시상 전개 방식에는 굉장히 다양한 것이 있습니다. 그러면 수능에 자주 출제되는 대표적인 시상 전개 방식 몇 가지만 살펴볼까요?

시간의 흐름에 따른 전개	• 일반적으로 과거 → 현재 → 미래 순으로 시간의 흐름을 따라 감정이나 상황이 변화함. **예** 회상, 기억 등을 통해 과거를 떠올리고 현재 감정이나 생각으로 이어짐.

공간의 이동에 따른 전개	• 장소의 변화에 따라 시상이 전개됨. 공간이 이동됨에 따라 감정의 변화나 생각의 흐름이 진행됨. 예 집 → 거리 → 산으로 공간을 이동하며 떠오르는 생각의 변화.
어조의 변화에 따른 전개	• 화자의 말투, 즉 어조가 변화하면 분위기나 감정의 전환이 일어나며 시상이 새로운 방향으로 전개됨. 예 부드러운 여성적 어조로 이야기하다가 강렬한 남성적 어조로 변화하면 시의 분위기가 급격히 변화함.
대조/대비를 통한 전개	• 상반된 이미지나 상황을 제시하여 주제를 강조하는 방식. 예 빛과 어둠, 삶과 죽음, 도시와 자연.
선경후정(先景後情) 선정후경(先情後景)	• 선경후정(先景後情): 먼저 경치(풍경)를 제시하고, 그다음에 감정(정서)을 드러내는 구성. 예 금강산의 경치를 보고, '아름답다'라는 정서를 느낌. • 선정후경(先情後景): 먼저 감정(정서)을 드러내고, 그다음에 경치(풍경)를 묘사하는 구성. 예 외로움을 느끼다가, 고개를 들어보니 주변의 아름다운 풍경이 눈에 들어옴.
수미상관	• 처음과 끝에 같거나 비슷한 구절을 넣는 것, 즉 같거나 비슷한 내용이 처음과 끝에 반복되는 것. → 반복되면 자동적으로 생각나야 하는 효과: 강조, 운율 → 앞과 뒤가 같거나 유사하기에 구조적 안정감
원경(遠景)→근경(近景) 근경(近景)→원경(遠景)	• 원경(遠景) → 근경(近景): 멀리 있는 경치(원경)를 먼저 보여주었다가 점차 가까운 사물이나 대상(근경)으로 시선을 이동시키는 방식. 시야가 좁아지며 구체적인 대상에 집중하게 됨. 예 멀리 펼쳐진 산맥을 바라보다가, 손에 들린 낙엽의 모양을 살핌. • 근경(近景) → 원경(遠景): 가까운 사물이나 장면(근경)을 먼저 제시했다가, 시선을 멀리 있는 전체 풍경(원경)으로 넓혀 가는 방식. 시야가 확장되며 분위기, 부분에 머물던 인식이 전체적인 모습으로 확장되어 전체적인 구조나 상황을 한눈에 파악하게 됨. 예 눈앞의 시냇물을 바라보다가, 멀리 펼쳐진 들판 전체가 시야에 들어옴.
시상의 전환	• 일관적으로 흐르던 생각이나 주된 정서가 급작스럽게 바뀌는 것. 예 절망에서 희망으로, 슬픔에서 기쁨으로 정서가 바뀜.

Q 퀴즈로 점검하는 문학 개념

1. 시상 전개 방식이란, '시에 담긴 정서가 전개되는 방식'이다. (O, X)

2. '선경후정'의 전개 방식은 먼저 경치를 제시하고 그다음에 감정을 드러내는 구성이다. (O, X)

3. '수미상관'의 전개 방식은 구조적 안정감은 깨뜨리지만, 운율을 형성하는 효과가 있다. (O, X)

4. 시선이 원경에서 근경으로 이동할 경우, 부분에 머물던 인식이 전체적인 구조로 확장된다. (O, X)

정답과 해설: 1. ○ 2. ○ 3. × 4. ×

1. 시상 전개 방식은 시 속 정서와 의미가 어떻게 이어지고 변화하는지를 살피는 개념으로, 시의 흐름을 이해하는 데 중요한 기준이 됩니다.
2. '선경후정'은 먼저 경치나 상황을 제시한 뒤, 화자의 감정을 드러내는 전개 방식입니다.
3. 수미상관의 전개 방식은 시의 처음과 끝을 대응시켜 구조적 안정감을 형성합니다.
4. 시선이 원경에서 근경으로 이동하면, 전체에서 부분으로 인식이 좁혀지며 구체적 대상에 집중하게 됩니다.

[2026 고3 6모] 31번 – <u>영탄적 어조</u>를 통해 대상에 대한 그리움을 부각하고 있다.

[2024 고3 6모] 27번 – 서술자가 <u>풍자적 어조</u>를 활용하여 중심인물에 대한 비판적 입장을 드러낸다.

[2022 수능] 34번 – [A]와 [B]에서 화자는 각각 초월적인 존재인 '하늘'과 '하느님'을 <u>예찬하는 어조</u>를 취하고 있다.

[2021 수능] 28번 – (가)의 '님이신가'와 (나)의 '님이신가'는 모두 임을 만나고 싶은 간절함을 <u>독백적 어조</u>로 드러낸 것이다.

[2014A 수능] 31번 – <u>영탄과 독백의 어조</u>를 통해 화자의 심정을 드러내고 있다.

[2014B 수능] 41번 – (가)와 (나)는 모두 스스로에게 묻는 질문을 반복하여 <u>독백적 어조</u>에 변화를 준다.

[2013 수능] 32번 – <u>명령적 어조</u>를 활용하여 화자의 강한 의지를 표출한다.

시에서는 화자의 어조를 파악하는 것이 중요합니다. 우리는 시를 읽을 때, 말하는 이가 어떤 말투로 이야기하고 있는지를 면밀히 살펴야 합니다. 같은 내용이더라도 화자가 어떠한 어조로 말하는지에 따라 시의 분위기, 주제가 달라질 수 있기 때문입니다. 화자의 어조를 깊이 있게 살펴보면 화자가 대상에 대해서 어떻게 생각하는지, 어떠한 주제를 전달하고 싶어 하는지 큰 힌트를 얻을 수 있습니다.

아직 어조가 어떠한 것인지 감이 잘 잡히지 않는다고요? 그렇다면 남성적 어조의 대표 주자 이육사의 시와 여성적 어조의 대표 주자 한용운의 시를 함께 살펴봅시다.

푸른 하늘에 닿을 듯이
세월에 불타고 우뚝 남아 서서
차라리 봄도 꽃피진 말아라

낡은 거미집 휘두르고
끝없는 꿈길에 혼자 설레이는
마음은 아예 뉘우침 아니라

검은 그림자 쓸쓸하면,
마침내 호수 속 깊이 거꾸러져
차마 바람도 흔들진 못해라

– 이육사, 「교목」

님은 갔습니다.
아아, 사랑하는 나의 님은 갔습니다.
푸른 산빛을 깨치고 단풍나무 숲을 향하여 난 작은 길을 걸어서 차마 떨치고 갔습니다.
황금의 꽃같이 굳고 빛나던 옛 맹세는 차디찬 티끌이 되어서 한숨의 미풍에 날아갔습니다.
날카로운 첫 키스의 추억은 나의 운명의 지침을 돌려놓고 뒷걸음쳐서 사라졌습니다.
나는 향기로운 님의 말소리에 귀먹고 꽃다운 님의 얼굴에 눈멀었습니다.
사랑도 사람의 일이라 만날 때에 미리 떠날 것을 염려하고 경계하지 아니한 것은 아니지만, 이별은 뜻밖의 일이 되고 놀란 가슴은 새로운 슬픔에 터집니다.

이육사와 한용운은 모두 일제 강점기를 대표하는 시인입니다. 하지만 두 시인이 시에서 주로 사용하는 어조는 상당히 다른 모습을 보입니다.

먼저 이육사의 「교목」을 살펴봅시다. 화자의 말투가 어떤가요? '차라리 봄도 꽃피진 말아라'와 같이, 명령형 어미를 사용해 강인하고 의지적인 모습을 드러냅니다. 자신의 생각을 확고히 전하는 듯한, 단호한 느낌을 물씬 풍기고 있죠. 강렬한 느낌의 남성적 어조는, 고난의 상황에 절대 굴하지 않겠다는 화자의 의지를 효과적으로 전달합니다. 이를 반영론적으로 해석해 보면, 광복에 대한 의지를 강렬한 남성적 어조로 표현하고 있다고 해석할 수 있습니다.

반면 한용운의 「님의 침묵」은 어떤가요? '-습니다'와 같은 경어체를 사용하여 부드러운 느낌을 주고 임에 대한 사랑을 섬세하게 드러내고 있습니다. 「님의 침묵」의 여성적 어조는 임을 그리워하는 화자의 상황과 정서를 효과적으로 드러냅니다. 반영론적으로 해석해 본다면, 임을 '광복'으로 해석해 조국의 독립을 간절히 희망하는 마음을 여성적 어조와 섬세한 문체로 표현한 것으로 볼 수 있습니다.

유사한 문제의식과 주제를 드러내지만, 어조에 따라 그 분위기가 확연히 달라지는 것을 알 수 있죠? 그만큼 화자의 어조를 파악하는 것은 아주 중요합니다.

수능에 자주 등장하는 화자의 어조와 그 특징을 함께 살펴봅시다.

어조	특징
남성적 어조	명령형 어미를 주로 사용하며 힘차고 결연한 분위기, 화자의 강인한 의지를 드러냄.
여성적 어조	부드럽고 섬세한 정서를 드러내며 자연이나 삶을 감각적으로 세밀하게 표현함.
애상적 어조	상실, 이별, 죽음 등을 소재로 슬픔과 한의 정서를 표현함.
명령적 어조	'-아라/어라'와 같은 명령형 어미를 활용하여 독자나 대상에게 행동을 강하고 단호하게 촉구함.
영탄적 어조	감탄사(아아! 오!)와 감탄형 종결 어미 '-아라/-어라/-구나' 등을 활용하여 감정의 절정을 표현함.
독백적 어조	화자가 스스로에게 말하듯 차분하고 담담하게 속마음을 드러냄.
냉소적, 비판적 어조	사회 및 현실의 부조리를 차갑게 비웃으며 꼬집고 조롱함.
희망적 어조	어려움 속에서도 극복 의지를 드러내고 긍정적 전망을 표현함.
예찬적 어조	대상의 가치, 아름다움, 위대함을 높이 칭찬하고 기림.

Q 퀴즈로 점검하는 문학 개념

1. 같은 주제이더라도, 화자의 어조가 어떤지에 따라 시의 분위기가 달라질 수 있다.　　(O, ×)

2. 이육사의 「교목」에서는 명령형 어미를 통해 강인한 남성적 어조를 사용하고 있다.　　(O, ×)

3. 한용운의 「님의 침묵」에서는 섬세한 여성적 어조를 통해, 임을 잊겠다는 마음을 강조
   하고 있다.　　(O, ×)

4. 영탄적 어조는 감탄사(아아! 오!)와 감탄형 종결 어미 '-아라/-어라/-구나' 등을 활용하여
   감정의 절정을 표현한다.　　(O, ×)

정답과 해설: 1. ○ 2. ○ 3. × 4. ○

1. 같은 주제라도 화자의 어조에 따라 시가 주는 분위기와 정서적 인상은 크게 달라질 수 있습니다.
2. 이육사의 「교목」은 명령형 어미와 단정적인 표현을 사용하여, 저항 의지와 강인함이 드러나는 남성적 어조를 형성합니다.
3. 「님의 침묵」은 섬세한 여성적 어조를 통해 임에 대한 변하지 않는 사랑과 신념을 드러냅니다.
4. 영탄적 어조는 감탄사와 감탄형 종결 어미를 활용해 화자의 강한 감정과 정서의 고조를 효과적으로 표현합니다.

06　감각적 심상

[2026 수능] 31번 – (가)와 (나)는 모두 색채를 나타내는 표현을 통해 배경 속에서 대상의 움직임을 뚜렷하게 드러내고
　　　　있다.

[2026 고3 6모] 26번 – (나)는 '솔'의 모습을 '푸르'고 '윤택하다'고 표현한 데서, 여행 장소에서 관심을 갖게 된 대상에
　　　　대한 인상을 감각적으로 묘사하려는 양상이 드러나는군.

[2026 고3 6모] 31번 – 공감각적 심상을 활용하여 대상의 외양을 묘사하고 있다.

[2021 수능] 44번 – ⓒ을 활용하여 유년의 화자에게 순간적 감동을 느끼게 한 맑고 푸른 하늘의 색채를 부각하고 있군.

[2019 수능] 35번 – '날개', '하늘', '지붕과 굴뚝' 등은 시인이 밝고 화려한 색감을 지닌 그림 속 마을의 모습을 공감각
　　　　적 이미지의 풍경으로 변용한 것이군.

[2018 수능] 20번 – 다양한 이미지를 통해 자연의 모습을 감각적으로 드러내고 있다.

[2015A 수능] 32번 – ㉠은 청각을 촉각으로, ㉡은 촉각을 시각으로 전이시키고 있다.

[2014A 수능] 31번 – 감각적 이미지를 활용하여 대상의 불변성을 드러내고 있다.

[2014B 수능] 42번 – '성긴 빗방울'이 '후두기는' 소리가 '저녁 어스름'과 어우러져, 화자의 성찰이 이루어지는 배경이
　　　　감각적으로 제시된다.

심상(心象)은 '시를 읽을 때 마음에 떠오르는 감각적 이미지'를 뜻합니다. 시를 읽을 때 떠오르는 구체적인 모습과 움직임, 상태를 통틀어 '심상'이라고 하는 것이죠. 시에서 심상은 시각, 청각, 미각, 후각, 촉각 등 다양한 감각을 통해 나타날 수 있습니다.

시에서는 전달하고자 하는 주제나 정서, 분위기를 효과적으로 전달하기 위해 다양한 감각적 심상을 활용합니다. 시인은 다양한 감각 이미지를 통해 정서를 구체화하고, 독자에게 시 속의 상황을 직접 경험하

는 듯한 생생함을 부여합니다. 추상적인 정서를 감각으로 구체화하여 독자의 마음에 선명한 이미지를 남기는 것이죠.

다양한 감각적 심상이 활용된 기형도의 「엄마 걱정」을 함께 살펴봅시다.

> 열무 삼십 단을 이고
> 시장에 간 우리 엄마
> 안 오시네, 해는 시든 지 오래
> 나는 **찬밥처럼** 방에 담겨
> 아무리 천천히 숙제를 해도
> 엄마 안 오시네, **배춧잎 같은 발소리** 타박타박
> 안 들리네, 어둡고 무서워
> 금 간 창틈으로 **고요히 빗소리**
> 빈방에 혼자 엎드려 **훌쩍거리던**
>
> 아주 먼 옛날
> 지금도 내 눈시울을 **뜨겁게 하는**
> 그 시절, 내 **유년의 윗목**
>
> – 기형도, 「엄마 걱정」

기형도의 「엄마 걱정」은 감각적 이미지를 통해 어린 시절의 외로움을 생생하게 드러내는 시입니다. 화자는 '나'의 외로운 처지를 '찬밥처럼 방에 담겨 있는 모습'으로 표현하죠. 그리고 자신의 어린 시절을 차가운 공간인 '윗목'이라 표현함으로써 외로움과 쓸쓸함을 드러냅니다. 두 가지 표현 모두 차가움의 이미지, 즉 촉각적 심상을 통해 화자의 정서를 효과적으로 드러내고 있는 것입니다.

창밖에는 '고요히 빗소리'가 들리고, 이와 겹쳐 방 안에는 '훌쩍거리는' 자신의 울음소리가 울려 퍼집니다. 이러한 청각적 심상을 통해 화자의 외롭고 서글픈 정서가 독자들에게 고스란히 전해집니다.

그런데, 조금 독특한 표현이 있습니다. '배춧잎 같은 발소리 타박타박'이라는 표현인데요. 발소리가 배춧잎 같다니, 뭔가 이상하면서도 새롭게 느껴집니다. 이는 엄마의 지친 발소리, 즉 '청각적 이미지'를 '시각적 이미지'인 배춧잎으로 표현한 것입니다, 이는 '청각의 시각화'로, 공감각적 심상에 해당합니다. 공감각적 심상은 '하나의 감각이 다른 감각으로 전이되어 표현되는 심상'으로, 표현의 참신성과 생동감을 높이고 복합적인 정서를 효과적으로 드러낸다는 특징이 있습니다.

이처럼 다양한 감각적 심상은 작품의 분위기와 정서, 메시지를 선명하게 전달하는 데 큰 역할을 합니다. 그렇기에 어떤 심상이 사용되었고, 그 심상이 작품의 분위기나 주제에 어떤 영향을 미치는지 파악하는 것은 시를 이해하는 데 있어 아주 중요합니다.

종류	특징	대표작
시각적 심상	눈으로 보이는 모습을 떠오르게 하는 표현	하늘 밑 푸른 바다가 가슴을 열고 흰 돛단배가 곱게 밀려서 오면 – 이육사, 「청포도」 → 푸른 바다, 흰 돛단배의 색채 이미지를 통해 희망적 미래를 형상화.

청각적 심상	특정한 소리, 음향이 들리는 듯한 표현	아버지의 침상 없는 최후의 밤은 풀벌레 소리 가득 차 있었다. 　　　　　　　　　　　　　　　 – 이용악, 「풀벌레 소리 가득 차 있었다」 → 풀벌레 소리라는 청각적 심상을 통해 아버지의 죽음이라는 비극적이고 절망적인 상황을 강조.
후각적 심상	특정한 냄새를 떠올리게 하는 표현	꽃 피는 사월이면 진달래 향기, 밀 익는 오월이면 보리 내음새. 　　　　　　　　　　　　　　　　　　　 – 김동환, 「산 너머 남촌에는」 → 진달래 향기, 보리 내음새라는 후각적 심상을 통해 따스한 봄의 정취와 이미지 형상화.
미각적 심상	특정한 맛을 떠올리게 하는 표현	어린 시절에 불던 풀피리 소리 아니 나고 메마른 입술에 쓰디쓰다. 　　　　　　　　　　　　　　　　　　　　　　　 – 정지용, 「고향」 → 마음속 고향을 상실한 것에 대한 쓸쓸한 마음을 '쓰디쓰다'라는 미각적 심상을 통해 형상화.
촉각적 심상	특정한 촉감, 온도, 질감 등을 느끼게 하는 표현	손길은 따스하고 부드러워 고향도 아버지도 아버지의 친구도 다 있었다 　　　　　　　　　　　　　　　　　　　　　　 – 백석, 「고향」 → 아버지의 친구를 만남으로써 느끼는 고향의 정을 '따스함'이라는 촉각적 심상을 통해 드러냄.
공감각적 심상 (감각의 전이)	하나의 감각이 동시에 다른 영역의 감각을 불러일으킴으로써 일어나는 심상	이렇게 시퍼러둥둥하니 추운 날인데 차디찬 물에 손은 담그고 무이며 배추를 씻고 있다 　　　　　　　　　　　　　　　　　　　 – 백석, 「흰 바람벽이 있어」 → 가난하고 힘든 어머니의 삶을 '시퍼러둥둥하니 추운 날'이라는 공감각적 심상(촉각의 시각화)을 통해 드러냄.

Q 퀴즈로 점검하는 문학 개념

1. 심상이란 '시를 읽을 때 마음에 떠오르는 감각적 이미지'를 뜻한다. 　　　　　　　　　　(O, ×)
2. 시에서 감각적 심상은 분위기를 형성할 수는 있지만 주제를 드러내지는 못한다. 　　　(O, ×)
3. 기형도의 「엄마 걱정」에서 '찬밥처럼'과 같은 표현은 ___________ 에 해당한다.
4. 기형도의 「엄마 걱정」에서 '배춧잎 같은 발소리'는 ___________ 에 해당한다.

정답과 해설: 1. ○ 2. × 3. 촉각적 심상 4. 공감각적 심상

1. 심상은 시를 읽는 과정에서 독자의 마음속에 떠오르는 감각적 이미지를 말하며, 시의 의미와 정서를 구체화하는 역할을 합니다.
2. 감각적 심상은 분위기 형성에 그치지 않고, 화자의 정서와 인식, 나아가 작품의 주제까지 드러내는 핵심 수단이 될 수 있습니다.
3. 「엄마 걱정」의 '찬밥처럼'은 화자의 외로운 마음을 부각하는 촉각적 심상에 해당합니다.
4. '배춧잎 같은 발소리'는 청각적 대상(발소리)을 시각화한 것으로, 공감각적 심상에 해당합니다.

[2025 고3 6모] 31번 – (가)와 (나)는 모두, 자연물에 화자의 정서를 투영함으로써 대상에 대한 친밀감을 드러내고 있다.
[2016 수능] 41번 – 각 수 초장의 후반부에서는 내면적 감흥을 구체적 사물을 통해 표현해야겠군.
[2014B 수능] 42번 – 제1연: '이 밤을 어디메서 쉬리라던고'는 화자가 '한 송이 구름'에 방랑자로서의 자신의 심정을 투영하고 있음을 보여준다.

객관적 상관물이란, '화자가 정서나 생각을 직접적으로 표현하지 않고, 다른 대상을 이용해 객관적으로 표현할 때 사용되는 자연물이나 사물'을 의미합니다. 쉽게 이야기하자면, 화자의 정서를 드러내기 위해 활용하는 다른 자연물이나 사물을 모두 객관적 상관물이라고 칭할 수 있습니다. 화자가 '나는 슬퍼'라고 이야기하지 않고, '새가 슬피 우는구나'라고 표현한다면 '새'는 화자가 자신의 '슬픈 심정'을 부각하기 위해 활용한 '객관적 상관물'입니다.

화자의 정서를 간접적으로 드러내는 객관적 상관물은, 화자의 감정을 어떻게 드러내느냐에 따라 세 가지로 나뉩니다. 첫 번째는 화자의 감정과 객관적 상관물의 감정이 동일한 경우입니다. 이 경우 화자가 대상에게 '감정이입'을 했다고 표현합니다. 즉, 문학에서 나오는 '감정이입'이라는 개념은 '객관적 상관물' 안에 포함되는 개념이라고 할 수 있습니다. 위에서 예를 들었던 '새가 슬피 우는구나'와 같은 표현이 대표적입니다. 새는 슬퍼서 우는 게 아니라 그냥 지저귀는 건데, 나의 감정이 슬프니 '새가 슬피 운다'라고 표현한 것이죠.

두 번째는 화자의 감정과 객관적 상관물의 감정이 대비되는 경우입니다. 화자는 자신의 처지와 대비되는 존재를 시 속에 드러내 자신의 감정을 더욱 부각하죠. 예를 들어, 나는 굉장히 외로운 상태인데, 내 앞에 사이좋게 지나가는 연인이 있다고 가정해 봅시다. 이 경우 '사이좋게 지나가는 연인'은 나의 처지, 정서와 대비되는 존재로 외로운 나의 감정을 부각하는 객관적 상관물이라고 할 수 있습니다.

세 번째는 객관적 상관물이 화자의 특정 정서를 환기, 즉 불러일으키는 경우입니다. 예를 들어, 남자 친구와 이별한 '나'라는 존재가 있다고 가정해 봅시다. 남자 친구가 이전에 주었던 '곰 인형'은 '남자 친구에 대한 그리움'의 정서를 환기시키겠죠. 이 경우 '곰 인형' 역시 그리움의 정서를 나타내는 객관적 상관물이라고 할 수 있습니다.

계절이 지나가는 하늘에는
가을로 가득 차 있습니다.

나는 아무 걱정도 없이
가을 속의 **별들**을 다 헤일 듯합니다.

가슴 속에 하나 둘 새겨지는 별을
이제 다 못 헤는 것은
쉬이 아침이 오는 까닭이요,
내일 밤이 남은 까닭이요,
아직 나의 청춘이 다하지 않은 까닭입니다.

별 하나에 추억과
별 하나에 사랑과
별 하나에 쓸쓸함과
별 하나에 동경과
별 하나에 시와
별 하나에 어머니, 어머니,

어머님, 나는 별 하나에 아름다운 말 한마디씩 불러봅니다. 학교 때 책상을 같이 했던 아이들의 이름과, 패, 경, 옥 이런 이국 소녀들의 이름과, 벌써 아기 어머니 된 계집애들의 이름과, 가난한 이웃 사람들의 이름과, 비둘기, 강아지, 토끼, 노새, 노루, '프랑시스 잠', '라이너 마리아 릴케', 이런 시인의 이름을 불러봅니다.

이네들은 너무나 멀리 있습니다.
별이 아스라이 멀듯이,

어머님,
그리고 당신은 멀리 북간도에 계십니다.

나는 무엇인지 그리워
이 많은 별빛이 내린 언덕 위에
내 이름자를 써보고
흙으로 덮어 버리었습니다.

딴은, 밤을 새워 우는 벌레는
부끄러운 이름을 슬퍼하는 까닭입니다.

그러나 겨울이 지나고 나의 별에도 봄이 오면
무덤 위에 파란 잔디가 피어나듯이
내 이름자 묻힌 언덕 위에도
자랑처럼 풀이 무성할 거외다.

– 윤동주, 「별 헤는 밤」

일제 강점기 시인으로서 삶과 태도에 대해 깊이 있는 통찰을 했던 윤동주의 「별 헤는 밤」을 살펴봅시다. 화자는 가을 밤하늘의 별을 바라보며 상념에 빠지고 있습니다.

이 시에 등장하는 '별들'은 화자에게 어떤 정서를 불러일으킬까요? 화자는 별을 보면서 자신이 사랑하고 그리워하는 것들을 떠올리게 됩니다. '어머니, 어렸을 때 만났던 아이들, 자신이 좋아하는 시인들' 등등 말이죠. 별을 바라보니 그 그리움의 대상들이 떠올랐던 것입니다. '별'은 화자에게 '그리움의 정서'를 불러일으키는 객관적 상관물이라고 할 수 있습니다.

그렇다면 '밤을 새워 우는 벌레'는 어떤가요? '벌레'는 사실 울지도 않고, 부끄러워하지도 않았을 것입니다. 울고 싶은 정서, 부끄러움의 정서를 지닌 것은 바로 화자 자신이죠. 윤동주는 일제에 적극적으로 저항하지 못하고, 일본 유학을 가고 창씨개명까지 했다는 사실에 매우 부끄러워하며 자책했습니다. 그렇기에 그의 시에서는 깊은 '부끄러움'의 정서가 드러납니다.

이 경우 화자는 자신의 슬픈 정서, 부끄러움의 정서를 드러내기 위해 '벌레'라는 객관적 상관물을 활용했습니다. 화자의 정서를 투영한 것이니, '벌레'는 '객관적 상관물'이자 '감정이입'의 대상입니다.

오호, 여기 줄지어 누웠는 넋들은
눈도 감지 못하였겠고나.

어제까지 너희의 목숨을 겨눠
방아쇠를 당기던 우리의 그 손으로
썩어 문드러진 살덩이와 뼈를 추려
그래도 양지바른 두메를 골라
고이 파묻어 떼마저 입혔거니
죽음은 이렇듯 미움보다, 사랑보다도
더욱 신비스러운 것이로다.

이곳서 나와 너희의 넋들이
돌아가야 할 고향 땅은 삼십 리면
가로막히고
무인 공산의 적막만이
천만 근 나의 가슴을 억누르는데

살아서는 너희가 나와
미움으로 맺혔건만
이제는 오히려 너희의
풀지 못한 원한이 나의
바램 속에 깃들여 있도다.

손에 닿을 듯한 봄 하늘에
<u>구름</u>은 무심히도
북으로 흘러가고
어디서 울려오는 포성 몇 발
나는 그만 이 은원의 무덤 앞에
목 놓아 버린다.

– 구상, 「초토의 시 8: 적군 묘지 앞에서」

　전쟁의 참상과 분단의 비극 속에서도 피어나는 연민과 동족애를 담아낸 「초토의 시 8: 적군의 묘지 앞에서」를 살펴봅시다. 화자는 눈을 감지 못한 적군의 넋을 기리고, 그의 시신을 수습해 잘 묻어줍니다. 어제까지만 해도 서로 방아쇠를 당기던 적이었지만, 화해하고 포용함으로써 숭고한 동족애와 휴머니즘을 그려내죠.

　화자가 '돌아가야 할 고향 땅'은 분단으로 가로막혀 돌아갈 수도 없습니다. 같은 민족끼리 서로 죽고 죽여야 하고, 고향으로 돌아갈 수도 없는 비극적인 현실 앞에 화자는 목 놓아 울부짖습니다.

　그렇다면, 이 시에서 화자의 처지와 대비되는 대상은 무엇이 있을까요? 바로 '구름'입니다. '구름'은 자유롭게 '북'으로 흘러갈 수 있는 존재입니다. 이념 대립으로 남과 북이 갈라져 다시는 고향 땅으로 돌아갈 수 없는 화자와 대조적이죠. '구름'은 이렇듯 '무심하게' 북으로 흘러갑니다. 이 경우 '구름'은 고향으로 돌아갈 수 없는 '고통과 슬픔'의 정서를 부각하는 '객관적 상관물'입니다.

1. 화자의 정서와 객관적 상관물의 정서가 동일한 경우 이를 _______라고/이라고 부른다.

2. 윤동주, 「별 헤는 밤」에서 '밤을 새워 우는 벌레'는 화자의 부끄러움을 투영한 객관적 상관물이다. (○, ×)

3. 구상의 「초토의 시 8: 적군 묘지 앞에서」에서 '구름'은 화자와 동일한 처지로 그의 애통한 마음을 부각하는 객관적 상관물이다. (○, ×)

정답과 해설: 1. 감정이입 **2.** ○ **3.** ×

1. 화자의 정서가 자연물이나 사물에 그대로 투영되어 동일한 정서로 드러나는 경우를 감정이입이라고 합니다.
2. 「별 헤는 밤」의 '밤을 새워 우는 벌레'는 화자의 부끄럽고 슬픈 정서가 투영된 대상으로, 객관적 상관물의 기능을 합니다.
3. 「초토의 시 8」의 '구름'은 고향 땅으로 돌아갈 수 없는 화자의 처지와 대비되는 존재입니다.

08 역설과 반어

[2018 수능] 20번 – 반어적 어조를 활용하여 현실에 대한 비관적 태도를 드러내고 있다.
[2017 수능] 28번 – [A]와 [B]는 대상의 속성을 반어적으로 표현함으로써 화자나 인물의 심리적 상황을 드러내고 있다.
[2015 수능] 31번 – 여행에 대한 경륜과 많은 지식을 가지고 있음을 반어적으로 표현하고 있다.
[2015 수능] 43번 – 반어적 표현으로, 임에 대한 애정이 식어 가는 것에 대한 안타까움을 표현하고 있다.
[2007 수능] 16번 – [A]와 [B]가 묶여 당시의 궁핍한 현실을 역설적으로 드러낸다.

역설법이란, '겉보기에는 그 뜻이 모순되고 이치에 맞지 않는 것 같지만 그 속에 깊은 뜻과 진리를 담고 있는 표현'을 말합니다. 일반적인 상식을 뛰어넘기 때문에, 읽는 이에게 참신함과 강한 인상을 남긴다는 특징이 있습니다. 예를 들어, 한용운 「님의 침묵」의 '아아, 님은 갔지마는 나는 님을 보내지 아니하였습니다'와 같은 표현이 대표적입니다. '님이 갔다'와 '님을 보내지 않았다'가 동시에 성립하는 것은 논리적으로 맞지 않습니다. '님'이 갔다면 나는 필연적으로 '님'을 보내야 하기 때문이죠. 이 속에는 '님'은 이미 떠나갔지만, 나는 계속 '님'을 그리워하고 기억하겠다는 화자의 깊은 뜻이 숨겨져 있는 것입니다.

반어법이란, '참뜻과는 반대되는 말을 하여 문장의 의미를 강화하는 수사법'입니다. 엄마가 나의 지저분한 방을 보며 '아주 잘하는 짓이다~'라고 이야기하는 경우가 대표적입니다. 반어법 역시 읽는 이에게 강한 인상을 준다는 특징이 있고, 앞의 예시와 같이 비판하거나 비꼬는 식의 어조로 사용되기도 합니다. 혹은 자신의 마음을 숨기고 싶어 하는 화자의 마음이 반영된 경우도 있습니다.

역설법과 헷갈릴 수도 있지만, 반어법의 경우 겉보기에는 논리적으로 모순된 부분이 없다는 점에서 차이가 있습니다. 딱 봤을 때 말 자체가 이상하지는 않다는 것입니다. 예시를 통해 살펴봅시다.

그러면 역설법과 반어법이 둘 다 드러난 노래를 한번 살펴봅시다. 세븐틴의 「울고 싶지 않아」입니다.

노래의 내용을 살펴보면 사랑하는 이와의 이별 후 느끼는 슬픔이 절절하게 드러나 있습니다. 이러한 정서를 효과적으로 전달하기 위해 화자는 반어법과 역설법을 사용하고 있습니다. 먼저 '역설'이 드러난 부분을 살펴볼까요? 바로 '낮설지 않은 길/이 길이 낮설다'라는 부분입니다. 어떻게 낮설지 않은 길이 낮설 수 있을까요? 논리적으로 전혀 맞지 않는 문장입니다. 하지만 말하는 이의 상황과 정서를 살펴보면, 그 숨은 뜻을 알 수 있습니다. 연인과 함께 자주 걸었던 길인데, 이제는 연인이 내 곁에 없으니 이 길이 낮설게 느껴진다는 것이죠. 즉, 연인에 대한 그리움을 역설적으로 표현한 것입니다.

그렇다면 반어법은 어디 있을까요? 바로 '난 괜찮아/너 보고 싶지 않아'입니다. 앞뒤 내용을 살펴보면 화자는 연인을 엄청나게 그리워하고 있음을 알 수 있습니다. 하지만 화자는 '괜찮아/나 너 안 보고 싶어'라고 이야기합니다. 그냥 '보고 싶다'라고 해도 되는데, 왜 굳이 반어법을 사용한 것일까요? 눈물을 뚝뚝 흘리며 '난 괜찮다'라고 이야기하는 사람을 상상해 보세요. 그 그리움과 슬픈 정서가 더 절절하게 느껴지지 않나요? 이처럼 화자는 자신의 정서를 효과적으로 드러내기 위한 수단으로 반어법을 활용한 것입니다.

그렇다면 이번에는 시에서 역설과 반어가 어떻게 드러나는지 살펴봅시다. 정호승의 「봄길」에는 역설적 표현이 두드러지게 나타납니다. 바로 '길이 끝나는 곳에서도/길이 있다'와 같은 표현입니다. 길이 끝났는데, 길이 있다니. 논리적으로는 말이 되지 않습니다.

그리고 시의 후반부에 등장하는 '사랑이 끝나는 곳에서도/사랑으로 남아 있는 사람이 있다' 역시 역설적 표현입니다. '사랑이 끝난 곳'에는 '사랑'이 없어야 하는데, 여전히 '사랑'으로 남아 있다는 표현은 참신하고 새롭게 느껴지죠.

그렇다면 화자는 이러한 표현을 통해 어떤 마음을 전하고자 했던 것일까요? '길이 끝나는 곳', '강물이 멈추고 새들이 날아가 버리고 꽃잎이 흩어진 상황', '사랑이 끝난 곳'은 모두 절망적인 상황을 의미합니다. 하지만 화자는 이러한 상황 가운데서도 희망을 잃지 않는 사람이 있다고 이야기하죠. 이러한 사람은 바로 길이 끝나는 곳에서도 좌절하지 않고 스스로 길이 되어 걸어가는 사람입니다. 사랑이 끝난 곳에서도 무너지지 않고 스스로 사랑으로 남아 있는 사람입니다. 화자는 역설적 표현을 통해 '부정적 상황에도 무너지지 않고 희망과 사랑으로 남아 있는 삶의 태도'를 강조하고 있는 것입니다.

씹던 껌을 아무 데나 퉤, 뱉지 못하고
종이에 싸서 쓰레기통으로 달려가는
너는 참 바보다.

개구멍으로 쏙 빠져나가면 금방일 것을
비잉 돌아 교문으로 다니는
너는 참 바보다.

얼굴에 검댕 칠을 한 연탄장수 아저씨한테
쓸데없이 꾸벅, 인사하는
너는 참 바보다.

호랑이 선생님이 전근 가신다고
계집애들도 흘리지 않는 눈물을 찔끔거리는
너는 참 바보다.

그까짓 게 뭐 그리 대단하다고
민들레 앞에 쪼그리고 앉아 한참 바라보는
너는 참 바보다.

내가 아무리 거짓으로 허풍을 떨어도
눈을 동그랗게 뜨고 머리를 끄덕여 주는
너는 참 바보다.

바보라고 불러도 화내지 않고
씨익 웃어 버리고 마는 **너는**
정말 정말 바보다.

-그럼, 난 뭐냐?
그런 네가 좋아서 그림자처럼
네 뒤를 졸졸 따라다니는
나는?

- 신형건, 「넌 바보다」

이번에는 반어적 표현이 사용된 신형건의 「넌 바보다」를 함께 살펴봅시다. 화자는 나와 같은 학교에 다니는 '너'에 대해 묘사하고 서술하고 있습니다. '나'가 바라보는 '너'는 씹던 껌을 아무 데나 버리지 못하고, 개구멍이 아닌 교문으로 다니며, 연탄장수 아저씨에게 꾸벅 인사를 하기도 하고, 호랑이 선생님을 위해 눈물을 흘리기도 하며, 민들레 앞에 종종 쪼그리고 앉아 있는 아이입니다. 이런 친구의 모습을 화자는 '바보다'라고 표현합니다.

하지만, 화자가 '너'를 바라보는 시선을 살펴봅시다. 냉철하고 비판적인가요, 아니면 따뜻하고 애정이 담겨 있나요? 마지막 연을 살펴보면 사실 이 시의 화자는 바보 같으면서도 인간적 따뜻함이 있는 순수한 '너'의 모습을 좋아하고 있음을 알 수 있습니다. '네가 좋아서 그림자처럼 네 뒤를 졸졸 따라다니고 있다'라고 말하는 것을 보면 말이죠.

이 시에서는 '너는 참 바보다'가 반복되며 강조되다가, 마지막 연에서 이것이 반어였음이 극적으로 드러납니다. 화자는 이러한 반어적 표현을 통해 '나'의 정서와 '너'의 순수하고 따뜻한 마음씨를 부각하고 있는 것입니다.

> **ⓠ 퀴즈로 점검하는 문학 개념**
>
> 1. 「님의 침묵」의 '아아, 님은 갔지마는 나는 님을 보내지 아니하였습니다'와 같은 표현은 반어법에 해당한다. (O, X)
> 2. 역설법은 논리적으로 맞지 않지만 깊은 뜻을 담고 있는 표현을 통해 정서나 주제를 강조하는 표현 방법이다. (O, X)
> 3. 반어법은 읽는 이에게 강한 인상을 주며, 비판하거나 조롱하는 어조와 함께 사용되기도 한다. (O, X)
> 4. 「봄 길」의 '길이 끝나는 곳에서도/길이 있다'와 같은 표현은 __________에 해당한다.
>
> **정답과 해설: 1. × 2. ○ 3. ○ 4. 역설법**
> 1. 「님의 침묵」의 해당 표현은 반어가 아니라, 이별에도 자신의 사랑은 끝나지 않았음을 역설적으로 드러낸 표현입니다.
> 2. 역설법은 겉으로 보면 논리적으로 모순되는 표현을 사용하지만, 그 속에 깊은 의미를 담아 시의 정서와 주제 의식을 강조합니다.
> 3. 반어법은 참뜻과는 반대되는 표현을 통해 독자에게 강한 인상을 주며, 비판, 풍자, 조롱의 어조와 함께 사용되기도 합니다.
> 4. 「봄 길」의 '길이 끝나는 곳에서도/길이 있다'는 모순된 표현을 통해 희망과 가능성의 의미를 드러내는 역설적 표현입니다.

09 상징

[2021 수능] 25번 – '집에서 맞는 첫날 아침'의 느낌을 '나'가 '전선에서' 느끼는 '전쟁 냄새'라고 지각하는 데에서, 과거의 경험이 <u>상징적 감각</u>으로 표현되고 있군.

[2017 수능] 24번 – '벼랑을 기어오른다'는 전쟁 속에서 생존을 위해 몸부림치는 인물의 처지를 <u>상징적</u>으로 보여 주는군.

[2017 수능] 31번 〈보기〉 – (가)와 (나)에서, 공간들은 때로 대비되면서 여러 가지 <u>상징적인 의미</u>를 지닌다.

[2014B 수능] 36번 – 특정 지역을 배경으로 설정하여 공간의 <u>상징적 의미</u>를 부각한다.

이번에는 시와 소설 전반에서 굉장히 자주 등장하는 '상징' 개념을 살펴봅시다. 여러분, 한 가지 질문해 보겠습니다. 아래 두 그림을 보면 어떤 개념이 머릿속에 떠오르나요? 각각 생각해 봅시다.

맞습니다. 네잎클로버를 보면 우리 머릿속에는 '행운'의 이미지가 떠오르고, 비둘기를 보면 '평화'의 이미지가 떠오릅니다. 즉, 네잎클로버는 '행운'의 상징, 비둘기는 '평화'의 상징임을 알 수 있습니다. 이처럼 상징이란, '추상적인 사물이나 관념을 구체적인 사물로 나타내는 것'입니다. 행운과 평화는 눈에 보이지 않는 추상적인 개념이죠. 이를 구체적인 사물, 즉 네잎클로버와 비둘기로 표현한 것이기에 이는 상징적인 표현입니다.

상징은 크게 세 가지로 나뉩니다. 바로 관습적 상징, 원형적 상징, 개인적 상징입니다. 먼저 관습적 상징이란, 오랜 시간에 걸쳐 쓰여 그 뜻이 굳어지고 널리 알려진 상징을 의미합니다. 특정 사회, 문화에서 오래 사용된 상징이기 때문에 같은 사회문화를 공유했다면 그 의미를 잘 알 수 있죠. 여러분이 네잎클로버를 보고 바로 행운을 떠올리고, 비둘기를 보고 바로 평화를 떠올린 것은 이것이 관습적 상징이기 때문입니다. 제가 어떠한 힌트를 준 것도 아닌데 우리가 같은 사회, 문화를 공유하고 있기 때문에 자연스럽게 이미 알고 있는 것이죠.

원형적 상징이란 민족과 시대를 초월하여 보편적으로 공감대를 지닌 상징을 의미합니다. 특정 사회, 문화와 상관없이 인간이라면 공통적 의미로 인식하는 것입니다. 이는 인류의 되풀이되는 삶의 경험 속에서 자연스럽게 형성된 것이라고 할 수 있습니다. 예를 들어, '불'은 모든 것을 태워버리니 '소멸'의 원형적 상징이라고 할 수 있고, '물'은 없으면 우리가 살 수 없으니 '생명, 풍요'의 원형적 상징이라고 할 수 있습니다.

마지막으로 개인적 상징이란, 개인이 독창적으로 만들어 참신한 문학적 효과를 발휘하는 것입니다. 인류나 같은 사회 사람들과 공유하는 것이 아닌 자신만의 참신한 상징이죠. 시인이나 소설가가 작품에서 특정 대상에 의미를 부여하는 것이 그 예라고 할 수 있습니다. 그렇기에 독자는 해당 상징의 의미를 작품 내의 맥락을 통해 살펴보아야 합니다.

IV 현대 운문 필수 문학 개념

우리가 눈발이라면
잠 못 든 이의 창문가에서는
편지가 되고

그이의 깊고 붉은 상처 위에 돋는
새살이 되자.

– 안도현, 「우리가 눈발이라면」

시적 상황을 함께 살펴봅시다. 화자는 '진눈깨비'가 아닌 '따뜻한 함박눈'이 되자고 이야기하고 있습니다. 이 시에서 이야기하는 '진눈깨비'와 '함박눈'은 이 자체로만 본다면 무엇을 의미하는지 쉽게 알 수 없으므로, 원형적 상징과 관습적 상징은 아닙니다. 시인이 이 시에서 창조해 낸 개인적 상징이죠. 그러면 진눈깨비와 함박눈은 이 시에서 각각 무엇을 상징하는 것일까요?

화자의 어조나, 사용하는 시어를 살펴보면 그 의미를 알 수 있습니다. '함박눈'은 어떤 특징을 가졌나요? '세상이 춥고 어둡다 해도 사람이 사는 마을', 그중에도 '가장 낮은 곳'으로 가는 존재입니다. 그리고 '따뜻하다'라는 속성을 가지고 있습니다. 이를 종합해 보면, '함박눈'이란 '낮은 존재', 즉 도움이 필요한 이에게 다가가는 존재를 상징한다고 볼 수 있습니다. 후반부에 나오는 '편지', '새살' 역시 같은 존재입니다. '잠 못 드는 이'는 걱정 혹은 불안이 많아 잠을 설치며 '붉은 상처'를 지닌 존재입니다. '편지'와 '새살', 즉 함박눈은 이처럼 부정적 상황에 놓인 이를 위로해 주는 존재이죠. 결과적으로 함박눈은 '타인의 아픔에 공감과 위로를 전할 수 있는 존재'를 상징합니다.

그렇다면 이와 반대되는 '진눈깨비'는 어떨까요? 진눈깨비는 낮고 낮은 곳, 상처 입은 이가 있는 곳으로 가지 않고 허공에서 흩날리는 존재입니다. 진눈깨비는 함박눈과 달리 '타인의 아픔에 공감, 위로하지 못하는 존재'인 것이죠.

이처럼 시에서는 다양한 상징을 통해 정서, 주제, 분위기 등을 효과적으로 드러냅니다. 수능에서는 시나 소설에서 사용된 상징의 의미를 앞뒤 맥락과 단어들, 〈보기〉 등을 통해 유추하도록 하는 문제가 많이 출제됩니다.

Q 퀴즈로 점검하는 문학 개념

1. 우리가 비둘기를 보고 '평화'를 떠올리는 것은 비둘기가 개인적 상징이기 때문이다. (O, X)

2. '불'은 '소멸', '죽음'을 의미하는 __________다/이다.

3. 안도현, 「우리가 눈발이라면」에 나타나는 함박눈과 진눈깨비는 관습적 상징에 해당한다. (O, X)

4. 「우리가 눈발이라면」에서 화자는 함박눈과 같이 타인의 아픔을 위로하는 존재가 되자고 강조한다. (O, X)

정답과 해설: 1. X 2. 원형적 상징 3. X 4. O

1. 우리가 '비둘기'를 보고 '평화'를 떠올리는 것은 '비둘기'가 사회적으로 공유된 의미를 지닌 관습적 상징에 해당하기 때문입니다.
2. '불'은 문화와 시대를 초월해 소멸, 죽음의 의미를 반복적으로 지녀 온 원형적 상징입니다.
3. 「우리가 눈발이라면」의 '함박눈'과 '진눈깨비'는 화자의 가치와 태도를 드러내기 위해 설정된 상징으로, 개인적 상징에 해당합니다.
4. 작품에서 화자는 '따뜻한 함박눈'이 되자고 이야기하며, 타인의 아픔을 위로하는 태도의 중요성을 강조합니다.

[2017 수능] 44번 – <u>음성 상징어</u>를 사용하여 이동을 앞둔 여유로운 분위기를 드러내고 있다.
[2016 수능] 38번 – <u>의태어</u>를 활용하여 대상의 움직이는 모습을 생생하게 보여 주고 있다.
[2015A 수능] 43번 – <u>의태어</u>를 나열하여, 임의 부재로 인한 외로움을 시각적 이미지로 제시하고 있다.
[2014A 수능] 31번 – <u>의성어</u>를 활용하여 경쾌한 분위기를 자아내고 있다.

　음성상징어는 '소리나 움직임을 표현하는 말'로, 의성어와 의태어로 나뉩니다. 의성어는 '소리를 흉내 내는 말'을, 의태어는 '동작, 모양 및 상태를 흉내 내는 말'을 의미하지요.

　먼저 의성어를 살펴볼까요? 가장 쉽게 떠올릴 수 있는 의성어는 우리가 어렸을 때부터 노래로 부르곤 했던 동물들의 울음소리입니다. 오리 '꽥꽥', 강아지 '멍멍', 고양이 '야옹', 개구리 '개굴개굴'과 같은 표현들이 모두 의성어이지요. 그뿐만 아니라 '콜록콜록'과 같은 기침 소리, '쨍그랑'과 같은 유리 깨지는 소리도 모두 의성어에 해당합니다.

　의태어의 예시에는 무엇이 있을까요? 동작을 흉내 내는 말에는 몰래 조심히 걷는 모양을 흉내 내는 '살금살금', 머뭇거리고 망설이는 모습을 흉내 내는 '우물쭈물' 등이 있습니다. 모양, 상태를 흉내 내는 말에는 여기저기 튀어나온 모양을 흉내 내는 '울퉁불퉁', 작은 빛들이 빛나는 모양을 흉내 내는 '반짝반짝' 등과 같은 표현들이 있습니다.

　이러한 음성상징어를 시에서 활용하면 어떤 효과가 있을까요? 시에서 음성상징어를 활용하면, 독자는 시 속의 상황과 분위기를 더욱 감각적이고 생생하게 느낄 수 있습니다. 눈에 보이지 않고, 들리지 않는 시 속의 세계를 음성상징어로 표현하여 독자가 마치 시적 상황 한가운데 있는 것처럼 느끼게 하지요. 즉, 음성 상징어를 활용하면 시적 상황을 생동감 있게 표현하여 독자의 몰입을 유도하는 효과가 있습니다.

　음성상징어의 경우 '멍멍', '살금살금'과 같이 같은 말을 반복하는 경우가 많습니다. '반복'하면 필연적으로 '운율'이 형성될 수밖에 없죠. 그렇기에 음성상징어를 활용하면 운율감과 리듬감이 살아나는 경우가 많습니다.

　음성상징어와 관련해 한 가지 특징만 더 살펴봅시다. '폴짝폴짝'과 '펄쩍펄쩍', 모두 뛰는 모습을 흉내 내는 의태어인데요. 뭔가 느낌이 다릅니다. '폴짝폴짝'은 가볍고 발랄한 분위기가 느껴집니다. 아이가 놀이터를 뛰어다닌다거나, 작은 강아지가 공원을 뛰어다니는 장면에 적합한 것 같죠. 반면 '펄쩍펄쩍'은 조금 더 무거운 느낌을 줍니다. 어른이 놀라 '펄쩍펄쩍' 뛴다거나, 큰 개가 맛없는 음식을 먹고 '펄쩍펄쩍' 뛰는 장면에 어울립니다. 다 큰 어른이 '폴짝폴짝' 뛴다는 표현은 뭔가 어울리지 않습니다. '반짝반짝'과 '번쩍번쩍'도 비슷합니다. '반짝반짝'은 작은 빛이 경쾌하게 빛나는 모습이 떠오르지만, '번쩍번쩍'은 보다 강렬하고 큰 빛이 떠오릅니다. 그러면 이러한 차이는 어디에서 오는 것일까요?

　이러한 느낌의 차이는 바로 '양성 모음'과 '음성 모음'의 차이에서 옵니다. 양성 모음은 'ㅏ', 'ㅑ', 'ㅗ', 'ㅛ' 등이 있으며 밝고 가볍고 경쾌하며 긍정적인 느낌을 줍니다. 반면 음성 모음에는 'ㅓ', 'ㅕ', 'ㅜ', 'ㅠ' 등이 있으며, 이는 어둡고 무거운, 진중하고 힘 있는 느낌을 줍니다. 모음 하나 달라졌을 뿐인데 이러한 차이가 있다니, 언어라는 것은 참 신기하고 재미있습니다.

물론 현대 시를 배우는 시간이지만, 음성상징어는 고전 시가에도 굉장히 많이 나타나는 표현 중 하나입니다. 복습의 차원에서, 의성어와 의태어가 잘 드러난 사설시조를 함께 살펴봅시다.

<table>
<tr><td>원문</td></tr>
</table>

님이 오마 ᄒ거늘 저녁밥을 일지어 먹고
중문(中門) 나셔 대문(大門) 나가 지방 우희 치ᄃ라 안자 이수로 가액(加額) ᄒ고 오ᄂ가 가ᄂ가 건넌 산 바라보니 거머횟들 셔 잇거놀 져야 님이로다 보션 버서 품에 품고 신 버서 손에 쥐고 곰븨님븨 님븨곰븨 쳔방지방 지방쳔방 즌 ᄃ 무른 ᄃ 골희지 말고 위렁충창 건너가셔 정(情)엣 말 ᄒ려 ᄒ고 겻눈을 흘긧 보니 샹년(上年) 칠월(七月) 사흔날 골가 벅긴 주추리 삼대 술드리도 날 소겨다
모쳐라 밤일식 만졍 힝여 낫이런들 눔 우일 번 ᄒ괘라

– 작자 미상

<table>
<tr><td>현대어 풀이</td></tr>
</table>

님이 온다 하여서 저녁밥을 일찍 지어 먹고
중문 나서 대문 나가 문지방 위에 치달아 앉아 이마에 손을 얹고 오는가 가는가 건넛산 바라보니 검고 희뜩한 것이 서 있거든 저것이 님이로다. 버선 벗어 품에 품고 신발 벗어 손에 쥐고 곰븨님븨 님븨곰븨 천방지방 지방천방 진 곳 마른 곳 가리지 않고 워렁충창 건너가서 정이 있는 말 하려 하고 곁눈으로 힐끗 보니 상년 칠월 사흘날 깎아 벗긴 주추리 삼대가 살뜰히도 날 속였구나.
마침 밤이었기에 망정이지 행여 낮이었으면 남 웃길 뻔하였구나.

– 작자 미상

이 시조는 임을 기다리는 화자의 심정을 해학적으로 표현한 사설시조입니다. 임을 기다리던 화자는, 저녁밥을 일찍 지어 먹고 문지방 위에서 임을 애타게 기다리고 있습니다. 이때 건넌산을 바라보니, 뭔가 검고 희뜩한 것이 보였죠. 화자는 그것이 '임'이라고 확신해 너무 기쁘고 행복한 나머지 버선을 벗어 품에 품고, 신발을 벗어 손에 쥐고 임이 있는 곳으로 뛰어갑니다. 몹시 허둥대며 달려가 사랑의 말을 전하려고 보니, 아차, 임이 아니고 이전에 만들었던 주추리 삼대였습니다. 종장에서는 '밤이었으니 망정이지 낮이었으면 남들한테 비웃음을 샀겠구나'라고 멋쩍어하면서 끝이 나죠.

'곰븨님븨, 님븨곰븨'는 '엎치락뒤치락 급히 구는 모양'을, '천방지방'은 '허둥대는 모양'을 나타내는 의태어이고, '워렁충창'은 '급히 달리는 발소리'를 나타내는 의성어입니다. 이러한 표현은 너무 기쁜 나머지 허둥대면서 임에게 달려가는 화자의 모습을 생동감 있게 표현합니다. 버선과 신발을 들고 임에게 뛰어가는 여인의 모습이 마치 눈앞에 그려지는 듯하죠. 이러한 음성상징어들은 화자의 행동을 과장되게 표현해 웃음을 자아내어 사설시조 특유의 낙천성과 해학성을 잘 드러냅니다.

Q 퀴즈로 점검하는 문학 개념

1. '꽥꽥', '멍멍', '콜록콜록'과 같은 표현은 의성어에 해당한다. (O, X)

2. 음성상징어를 시에서 활용하면 시 속 상황과 분위기를 더욱 감각적이고 생생하게 전달할 수 있다. (O, X)

3. 음성상징어에 양성 모음이 쓰이면 어둡고 무거운 느낌을, 음성 모음이 쓰이면 가볍고
   경쾌한 느낌을 준다.   (○, ×)

1. '꽥꽥', '멍멍', '콜록콜록'은 소리를 흉내 낸 말로, 음성상징어 중 의성어에 해당합니다.
2. 음성상징어를 사용하면 소리나 움직임을 감각적으로 떠올리게 하여, 시의 장면과 분위기를 생생하게 전달할 수 있습니다.
3. 음성상징어에서 양성 모음은 밝고 가벼운 느낌, 음성 모음은 어둡고 무거운 느낌을 주는 것이 일반적입니다.

11 상승 이미지와 하강 이미지

[2025 수능] 22번 – 하강적 이미지를 활용하여 시간의 흐름을 보여 준다.
[2019 수능] 43번 – 상승과 하강의 이미지를 대비하여 목전에 닥친 위기감을 강조하고 있다.
[2014B 수능] 41번 – (가)는 하강의 이미지를, (나)는 상승의 이미지를 활용하여 화자의 현실적 관심을 나타낸다.

상승적 이미지란 인물이나 분위기, 상황 등이 위로 올라가는 듯한 느낌을 주는 이미지입니다. 새가 날아오르거나, 하늘 위로 화살을 쏘거나, 앉았다가 일어나는 것 모두 상승적 이미지라고 할 수 있죠.

> 나의 무덤 앞에는 그 차가운 비(碑)ㅅ돌을 세우지 말라.
> 나의 무덤 주위에는 그 노오란 해바라기를 심어 달라.
> 그리고 해바라기의 긴 줄거리 사이로 끝없는 보리밭을 보여 달라.
> 노오란 해바라기는 늘 태양같이 태양같이 하던 화려한 나의 사랑이라고 생각하라.
> 푸른 보리밭 사이로 **하늘을 쏘는 노고지리**가 있거든 아직도 날아오르는 나의 꿈이라고 생각하라.
>
> – 함형수, 「해바라기의 비명 – 청년 화가 L을 위하여」

이 함형수의 시를 한번 살펴봅시다. 이 시에서는 '하늘을 쏘는 노고지리'라는 상승적 이미지를 통해 죽음에도 사라지지 않는 화자의 '꿈'과 '희망', '소망'을 드러냅니다. 이처럼 상승적 이미지는 주로 희망, 생명력 등 긍정적 의미를 내포하지만, 그렇지 않은 경우도 있습니다. 전쟁 상황에서 던진 수류탄이 하늘 높이 떠오르고 있다면, 그것은 결코 긍정적인 이미지는 아니겠죠? 하강적 이미지란 반대로 인물이나 분위기, 상황 등이 위에서 아래로 내려가는 듯한 느낌을 주는 이미지입니다. 날던 새가 떨어지거나, 놀란 마음에 주저앉거나, 관을 내리는 것 모두 하강적 이미지라고 할 수 있습니다.

> **관(棺)이 내렸다.**
> 깊은 가슴 안에 **밧줄로 달아 내리듯.**
> 주여.
> 용납하소서.
> 머리맡에 성경을 얹어 주고
> 나는 옷자락에 흙을 받아
> **좌르륵 하직(下直)했다.**

그 후로
그를 꿈에서 만났다.
턱이 긴 얼굴이 나를 돌아보고
형님!
불렀다.
오오냐, 나는 전신(全身)으로 대답했다.
그래도 그는 못 들었으리라.
이제
네 음성(音聲)을
나만 듣는 여기는 **눈과 비가 오는 세상.**

너는
어디로 갔느냐.
그 어질고 안쓰럽고 다정한 눈짓을 하고.
형님!
부르는 목소리는 들리는데
내 목소리는 미치지 못하는.
다만 여기는 **열매가 떨어지면**
툭 하는 소리가 들리는 세상.

– 박목월, 「하관」

    수능, 내신에 출제된 작품 중에서 하강적 이미지라고 하면 가장 대표적으로 떠오르는 시가 있습니다. 바로 박목월의 「하관」입니다. '관을 내리다'라는 뜻의 「하관(下棺)」은 죽은 아우의 관을 밧줄로 달아 내리면서 느끼는 아우에 대한 그리움과 슬픔, 이승과 저승의 단절감을 하강 이미지의 반복을 통해 나타냅니다. '관이 내렸다', '밧줄로 달아 내리듯', '좌르륵 하직(下直)했다', '눈과 비가 오는 세상', '열매가 떨어지면' 모두 하강 이미지라고 할 수 있죠.

    하지만 마찬가지로, 하강적 이미지라고 다 부정적인 의미는 아닙니다. 예를 들어, 해가 지며 하루가 마무리되는 것은 평온한 휴식의 이미지를 줄 수 있고, 사랑하는 이와 눈이 마주쳐서 심장이 내려앉는 경험은 사랑의 깊이를 표현하기도 하죠. 즉, 우리는 항상 맥락에 따라 시어의 의미를 판단해야 합니다.

Q 퀴즈로 점검하는 문학 개념

1. 상승 이미지는 꿈, 희망, 생명과 같은 긍정적 의미만을, 하강 이미지는 죽음, 좌절과 같은 부정적 의미만을 나타낸다. (O, X)

2. '하늘을 쏘는 노고지리'라는 표현은 __________에 해당한다.

3. 박목월의 「하관」에서는 하강 이미지를 통해 아우에 대한 그리움과 슬픔, 이승과 저승의 단절감을 드러낸다. (O, X)

정답과 해설: 1. X 2. 상승 이미지 3. O

1. 상승, 하강 이미지는 맥락에 따라 그 의미가 달라질 수 있으며, 특정한 의미를 고정적으로 지니지는 않습니다.

2. '하늘을 쏘는 노고지리'는 위로 치솟는 움직임을 나타내는 상승 이미지에 해당합니다.

3. 「하관」에서는 '관을 내린다'는 하강 이미지를 통해 아우의 죽음에 대한 슬픔, 이승과 저승의 단절감을 효과적으로 표현합니다.

[2021 수능] 43번 – '철길'에서 '화물차의 검은 지붕'으로 묘사의 초점을 이동하여 정적인 이미지를 강화하고 있다.

[2015A 수능] 31번 – 제4연에서는 비유적 표현을 활용하여 사물에 동적인 이미지를 부여하고 있다.

[2014B 수능] 41번 – (나)는 (가)와 달리 시상이 전개되면서 역동적인 분위기가 정적인 분위기로 바뀐다.

[2013 수능] 33번 〈보기〉 – 오규원은 구체적 언어에 주목하여 대상의 동적 이미지와 몸의 이미지를 포착하려 했다.

동적 이미지란, '강한 움직임이 느껴지는 듯한 이미지'를 의미하며, 정적 이미지란 '움직임이 거의 없어 고요함이 느껴지는 이미지'를 의미합니다. 동적 이미지의 경우 힘차고 활발한 분위기를 형성하고, 정적 이미지의 경우 고요하고 평화로운 분위기를 형성하는 경우가 많습니다.

얇은 사(紗) 하이얀 고깔은
고이 접어서 나빌레라.

파르라니 깎은 머리
박사(薄紗) 고깔에 감추오고

두 볼에 흐르는 빛이
정작으로 고와서 서러워라.

빈 대(臺)에 황촉(黃燭)불이 말없이 녹는 밤에
오동잎 잎새마다 달이 지는데

소매는 길어서 하늘은 넓고
돌아설 듯 날아가며 사뿐히 접어 올린 외씨보선이여

까만 눈동자 살포시 들어
먼 하늘 한 개 별빛에 모두오고

복사꽃 고운 뺨에 아롱질 듯 두 방울이야
세사(世事)에 시달려도 번뇌(煩惱)는 별빛이라.

휘어져 감기우고 다시 접어 뻗는 손이
깊은 마음속 거룩한 합장(合掌)인 양하고

이 밤사 귀또리도 지새는 삼경(三更)인데
얇은 사(紗) 하이얀 고깔은 고이 접어서 나빌레라.

– 조지훈, 「승무」

중고생들이 꼭 봐야 할 필수 작품 중 하나인 조지훈의 「승무」를 살펴볼까요? 이 시에서는 정적 이미지와 동적 이미지가 교차하고 있습니다. 화자는 표면에 드러나 있지 않은 화자로, '승무를 추는 여승을 관찰하는 이'입니다.

1연에서 3연은 승무를 추기 직전 여승의 모습을 묘사합니다. 하이얀 고깔을 쓴 여승의 모습, 파르라니 깎은 머리, 두 볼에 흐르는 빛을 감각적으로 그려내고 있죠. 4연의 경우 시간적, 공간적 배경을 드러내며 고요한 분위기를 형성합니다. 즉, 1~4연은 승려의 모습과 승무의 시공간적 배경을 정적인 이미지와 분위기로 드러내고 있습니다.

5연에서 8연은 승무의 춤사위를 드러내는데, '돌아설 듯 날아가며 사뿐히 접어 올린 외씨보선이여', '휘어져 감기우고 다시 접어 뻗는 손이'와 같은 표현은 역동적으로 춤을 추는 여승의 모습을 고스란히 드러냅니다. 즉, 4~7연은 동적 이미지를 통해 승무의 춤사위를 묘사하는 것입니다.

9연에서는 이 시의 시간적 배경과 여승의 모습을 다시 한번 언급하며 정적미와 여운을 형성합니다. 정리하자면, 이 시에서는 정적 이미지(1~4연, 9연)와 동적 이미지(5~8연)의 교차를 통해 가을 달밤에 승무를 추며 번뇌를 극복하려 하는 여승의 모습을 효과적으로 드러냅니다.

이 시에서 몇 가지 표현만 더 살펴봅시다. '고와서 서러워라', '번뇌는 별빛이라' 같은 표현입니다. 이는 우리가 앞에서 배운 개념들 중 어떤 것에 해당할까요? 바로 '역설법'입니다. 일반적으로 '곱다'는 긍정적인 의미로, '서럽다'는 부정적인 의미로 쓰입니다. 그렇기에 '고와서 서럽다'는 것은 논리적으로 맞지 않는 것처럼 보이죠. 화자는 역설적 표현을 통해 고운 모습이지만 홀로 살아야 하는 여승의 서러운 처지를 효과적으로 드러냅니다. '번뇌는 별빛이라'도 마찬가지입니다. '번뇌'는 보통 부정적인 의미로 쓰이는데, '별빛'이라는 긍정적 시어와 연결되어 있습니다. 이는 승무를 통해 여승이 자신의 번뇌를 종교적으로 승화했음을 드러냅니다.

Q 퀴즈로 점검하는 문학 개념

1. 동적 이미지의 경우 힘차고 발랄한 분위기를, 정적 이미지의 경우 고요하고 평화로운 분위기를 형성하는 경우가 많다. (O, X)

2. 조지훈, 「승무」에서 1~3연의 '하이얀 고깔을 쓴 여승의 모습', '깎은 머리' 등은 ________에 해당한다.

3. 조지훈, 「승무」에서 승무의 춤사위를 드러내는 5~8연은 동적 이미지가 주로 나타난다. (O, X)

4. '고와서 서러워라', '번뇌는 별빛이라'라는 표현은 ________에 해당한다.

정답과 해설: 1. ○ 2. 정적 이미지 3. ○ 4. 역설법

1. 동적 이미지는 대상의 움직임과 변화가 드러나 활력 있고 역동적인 분위기를 형성하고, 정적 이미지는 정지된 상태를 통해 고요하고 차분한 분위기를 자아내는 경우가 많습니다.
2. 「승무」에서 해당 표현은 대상의 움직임을 드러낸 것이 아니고, 그 외관을 묘사한 것으로 정적 이미지에 해당합니다.
3. 5~8연에서는 여승의 춤사위가 중심이 되어 동적 이미지가 두드러집니다.
4. '고와서 서러워라', '번뇌는 별빛이라'와 같은 표현은 겉보기에는 모순되는 표현을 통해 깊은 정서와 의미를 강조하는 역설적 표현입니다.

[2026 수능] 31번 - (나)는 가상의 존재에 빗대는 표현을 사용하여 자연 현상의 변화를 드러내고 있다.

[2026 고3 6모] 31번 - 말을 주고받는 방식을 사용하여 의인화된 대상과의 교감을 나타내고 있다.

[2020 수능] 32번 - [A]와 [B]는 모두 비유적 진술을 통해 자신이 처한 상황을 부각하고 있다.

[2016B 수능] 40번 - (나)와 달리 (가)에서는 직유의 방식을 통해 대상의 이미지가 선명하게 드러나고 있다.

[2015B 수능] 31번 - 자신에게 험난한 역경이 다가오고 있음을 자연현상에 비유하여 표현하고 있다.

[2015B 수능] 33번 - [B]는 자연물을 의인화하여 제시하고, 〈보기〉는 자연물의 움직임을 비유적으로 표현하고 있다.

[2014B 수능] 41번- (가)는 (나)와 달리 비유를 통해 사물에 대한 새로운 인식을 드러낸다.

비유법이란, '표현하고자 하는 대상(원관념)을 그와 비슷한 특징을 가진 다른 대상(보조 관념)에 빗대어 표현하는 방법'입니다. 대표적으로 직유법, 은유법, 의인법 등이 있습니다.

먼저 직유법은 '~처럼', '~같이', '~듯이'라는 표현을 사용해 원관념과 보조 관념의 비슷한 점을 직접 드러냅니다. '꽃처럼 예쁜 내 동생'이라는 표현을 보면 원관념인 나의 '동생'을 보조 관념 '꽃'에 비유하고 있지요. 여기서 원관념 '동생'과 보조 관념 '꽃'은 예쁘다는 점에서 비슷합니다.

은유법은 'A는 B이다'의 형태로 드러나며, 원관념과 보조 관념이 어떤 면에서 비슷한지 표면에 드러나지 않습니다. 특별한 연결어 없이 원관념과 보조 관념을 동일시하지요. '내 동생은 꽃이다'라고 했을 때, 원관념(동생)이 보조 관념(꽃)과 어떤 면에서 비슷한지 명백히 드러나 있지는 않습니다. 이 경우 앞뒤 문맥을 통해 두 대상이 어떤 면에서 비슷한 것인지를 추론해 내야 합니다.

마지막으로 의인법은 사람이 아닌 것을 마치 사람인 것처럼 표현하는 방법입니다. '꽃이 나에게 말을 건다'라는 표현을 보면, '꽃'이 '말을 건다'라고 하여 사람인 것처럼 묘사하는 것을 알 수 있지요. '말을 건다'라는 행위는 오직 사람만 할 수 있는 행위입니다. 이처럼 의인법을 사용할 때 독자는 대상에 생동감과 친근감을 느낄 수 있습니다.

의인법과 비슷한 비유법으로 '활유법'이 있습니다. 이는 무생물을 생물인 것처럼 표현하는 것입니다. 즉, 의인법은 활유법 안에 포함되는 개념입니다. '해가 시들었다'라는 표현을 보면, 무생물인 '해'를 시들었다고 표현함으로써 생물인 '식물'에 비유했음을 알 수 있습니다.

그렇다면 비유법을 왜 사용하는 것일까요? '내 동생은 꽃이다'보다는 '내 동생은 예쁘다'라는 표현이 더 이해하기 쉬울 것 같은데 말이죠. 이는 표현하고자 하는 것을 더욱 인상적이면서도 생생하게 전달할 수 있기 때문입니다. 참신하고 낯선 표현을 통해 독자가 대상을 새로운 시각에서 바라볼 수 있게 하기도 하죠.

아씨처럼 내린다
보슬보슬 햇비
맞아 주자 다 같이
옥수수대처럼 크게
닷자 엿자 자라게

- 윤동주, 「햇비」

윤동주의 시 「햇비」를 함께 살펴봅시다. 햇비는 여우비와 같은 말로, '햇볕이 있는 날 잠깐 내리는 비'로 짧고 가늘게 내리는 것이 특징입니다. 윤동주의 시에서는 이러한 햇비의 모습을 다양한 비유법을 통해 표현합니다.

1연을 살펴보니, '아씨처럼 내린다'라는 표현이 돋보입니다. 햇비(원관념)가 가늘게 내리는 것을 아씨(보조 관념)에 빗대어 표현했네요. '~처럼'이라는 표현이 있으므로 직유법에 해당합니다. '옥수수대처럼 크게'라는 표현에서도 직유법을 발견할 수 있습니다. 비를 맞고 쑥쑥 자라는 아이들의 모습을 '옥수수대'에 비유하여 참신하게 표현했습니다.

'햇님이 웃는다/나보고 웃는다', '햇님이 웃는다/즐거워 웃는다'라는 표현에서는 어떤 비유법을 찾아볼 수 있을까요? 사람이 아닌 햇님을 '웃는다'라고 표현했으니 '의인법'에 해당합니다. 이러한 표현은 햇님의 모습을 친근하면서도 생동감 있게 나타냅니다.

그러면 이 시에서 은유법은 어디에 있을까요? 바로 '하늘다리'입니다. 표면에 드러나 있지는 않지만, '하늘다리 놓였다/알롱달롱 무지개'라는 표현을 보면, '무지개는 하늘다리다'라는 것이 암시되어 있습니다. 즉, 공중에 떠 있는 '무지개(원관념)'를 '하늘다리(보조 관념)'에 빗대어 표현한 은유법입니다.

다양한 비유적 표현들을 통해 이 시에서는 사뿐사뿐 내리는 햇비, 이를 맞으며 노래하는 아이들과 이를 바라보는 햇님의 모습을 생생하게 그려내고 있습니다. 시인은 다양한 비유법을 통해 자신이 전하고자 하는 정서와 분위기를 간결하면서도 선명하게 드러내고 있죠.

구분	개념	표현 방식	예시
직유법	표현하고자 하는 대상(원관념)을 그와 비슷한 특징을 가진 다른 대상(보조 관념)에 빗대어 표현하는 방법.	'~처럼', '~같이' 등을 통해 비유함.	꽃처럼 예쁜 내 동생.
은유법	원관념과 보조 관념을 직접 연결하여 표현하는 방법.	'A는 B이다', 'B인 A'와 같은 형식으로 나타남.	내 동생은 꽃이다.
의인법	사람이 아닌 대상을 사람처럼 표현하는 방법.	사물, 동물 등에 사람의 감정이나 행동을 부여함.	꽃이 나에게 말을 건다.

14 강조법

문학에 주로 등장하는 수사법 중 강조법은, 어떤 부분을 특별히 강하게 주장하거나 두드러지게 나타내는 수사법입니다. 표현하고자 하는 내용을 강하고 뚜렷하게 나타내 독자에게 깊은 인상을 남기는 표현 방식이죠. 강조법에는 과장법, 반복법, 열거법 등 다양한 표현법이 있습니다. 하나씩 세세하게 살펴볼까요?

⦿ 과장법

[2015B 수능] 31번 – 이동하는 모습을 <u>과장되게 묘사</u>하여 자신의 권위를 강조하고 있다.

[2014A 수능] 34번 – 인물의 <u>과장된 행동</u>을 통해 비극적 분위기에 반전을 꾀하고 있다.

과장법은 사물을 실상보다 지나치게 크거나 작게 표현해 문장의 효과를 높이는 수사법입니다.

> 별도
> 하늘도
> 밤도
> 치웁다
>
> 얼어붙은 심장 밑으로 흐르던
> 한 줄기 가는 어느 난류가 멈추고
>
> 지치도록 고요한 하늘에 별도 얼어붙어
> **하늘이 무너지고**
> **지구가 정지하고**
> **푸른 별이 모조리 떨어질지라도**

그래도 서러울 리 없다는 너는
오 너는 아직 고운 심장을 지녔거니

밤이 이대로 억만 년이야 갈리라구……

– 신석정, 「고운 심장」

시에서 등장하는 '하늘이 무너지고/지구가 정지하고/푸른 별이 모조리 떨어질지라도'라는 표현은 과장법을 통해 종말론적 상황을 생생하게 표현한 것입니다. '너'가 겪을 수 있는 부정적인 상황을 과장해서 이야기한 것이죠. 이러한 과장된 표현은 '그러한 상황에도 서러워하지 않는 너'의 강인한 태도를 더욱 부각하는 역할을 합니다.

📍 반복법

[2020 수능] 43번 – '<u>없다</u>'의 반복을 활용하여 자신의 삶과 내면을 응시하는 화자의 반성적 자세를 드러내고 있다.

[2018 수능] 20번 – <u>유사한 시구를 반복</u>함으로써 화자의 의지를 강조하고 있다.

[2016 수능] 38번 – <u>유사한 어구의 반복</u>과 대구를 통해 인물의 심경을 드러내고 있다.

[2016 수능] 40번 – (가)와 달리 (나)에서는 연쇄와 <u>반복</u>을 통해 리듬감이 나타나고 있다.

[2014A 수능] 31번 – 동일한 문장 형태를 <u>반복</u>하여 순환의 의미를 강조하고 있다.

[2013 수능] 32번 – <u>유사한 어구를 반복</u>하여 시적 상황을 부각한다.

반복법은 말 그대로 같은 시어나 문장 구조 등을 반복하여 의미를 강조하는 표현법입니다. 무언가를 반복하면 그 의미가 강조됨과 동시에 운율이 형성된다는 특징이 있습니다.

먼 훗날 당신이 찾으시면
그때에 내 말이 '<u>**잊었노라**</u>'

당신이 속으로 나무라면
'무척 그리다가 <u>**잊었노라**</u>'

그래도 당신이 나무라면
'믿기지 않아서 <u>**잊었노라**</u>'

오늘도 어제도 아니 잊고
먼 훗날 그때에 '<u>**잊었노라**</u>'

– 김소월, 「먼 후일」

이 시에서 반복되는 것은 무엇일까요? 바로 '잊었노라'라는 시어입니다. 화자는 '잊었노라'를 반복함으로써 사실은 임을 잊지 못했으며, 앞으로도 잊지 못할 것임을 반어적으로 강조하고 있습니다. 반복되는 '잊었노라'는 화자의 애절한 마음을 더욱 부각합니다. 그리고 시 전체에 통일감을 주며, 운율을 형성하기도 하죠.

📍 열거법

열거법이란 서로 비슷한 성격을 지닌 낱말들을 여러 개 늘어놓음으로써 내용을 강조하는 표현법입니다. 대체로 셋 이상을 늘어놓을 때만 열거법으로 간주합니다. 언뜻 보면 반복법과 비슷해 보이지만, 반복법은 같은 단어나 시구 등을 반복한다는 점에서 차이가 있습니다.

먼새끼오리도 헌신짝도 소똥도 갓신창도 개니빠디도 너울쪽도 짚검불도 가랑잎도 머리카락도 헝겊 조각도 막대꼬치도 기왓장도 닭의 짗도 개터럭도 타는 모닥불

재당도 초시도 문장(門長) 늙은이도 더부살이 아이도 새사위도 갓사둔도 나그네도 주인도 할아버지도 손자도 붓장사도 땜쟁이도 큰 개도 강아지도 모두 모닥불을 쪼인다

모닥불은 어려서 우리 할아버지가 어미아비 없는 서러운 아이로 불쌍하니도 뭉둥발이가 된 슬픈 역사가 있다

– 백석, 「모닥불」

백석의 「모닥불」은 평등과 화합, 민족의 아픈 역사를 의미하는 '모닥불'이라는 시어를 통해 그 주제를 드러냅니다. 1연에서는 '새끼오리', '헌신짝', '소똥' 등 쓸모없는 것들을 열거하여 모닥불을 '모든 것이 화합하고 부활하는 재생의 공간'으로 묘사하죠. 2연에서는 '재당', '초시', '문장 늙은이', '할아버지', '손자' 등 각 계각층의 사람들, 심지어는 동물까지도 열거합니다. 이들이 모두 같은 모닥불을 쪼인다는 점에서, 모닥불은 '평등'과 '평화'의 공간으로 묘사됩니다.

정리하자면, 위 시에서는 열거법을 통해 시에서 전하고자 하는 평등과 어울림의 정신을 강조하고 있는 것입니다.

📍 점층법

점층법이란, 시상이 전개됨에 따라 문장의 뜻을 점점 강하게 하거나, 크게 하거나, 높게 하여 끝에 가서 절정에 이르도록 하는 표현법입니다. 점점 세지거나 약해지는 방향으로 말의 흐름을 쌓아 올리는 것으로, 감정이나 의미를 단계적으로 높이거나 줄이면서 표현해 말의 힘을 키우는 것이죠. 예를 들어, '이 은혜를 열 배, 백 배, 천 배로 갚겠습니다'라는 표현에서는 '열 배→백 배→천 배'로 그 의미가 커지고 있으므로 점층법이 쓰인 것입니다. 점층법을 통해 화자는 말하고 싶은 내용을 강조하고, 독자가 자연스럽게 감정의 흐름을 따라가도록 유도할 수 있습니다.

눈은 살아 있다.
떨어진 눈은 살아 있다.
마당 위에 떨어진 눈은 살아 있다.

기침을 하자.
젊은 시인이여 기침을 하자.
눈 위에 대고 기침을 하자.
눈더러 보라고 마음 놓고 마음 놓고
기침을 하자.

눈은 살아 있다.
죽음을 잊어버린 영혼과 육체를 위하여
눈은 새벽이 지나도록 살아 있다.

기침을 하자.
젊은 시인이여 기침을 하자.
눈을 바라보며
밤새도록 고인 가슴의 가래라도
마음껏 뱉자.

– 김수영, 「눈」

김수영의 「눈」을 살펴보면 '눈은 살아 있다 → 떨어진 눈은 살아 있다 → 마당 위에 떨어진 눈은 살아 있다'라는 표현을 통해 '눈'의 의미가 점차 확장되는 것을 알 수 있습니다. 이처럼 화자는 점층법을 통해 '눈'의 순수한 생명력을 더욱 부각합니다.

📍 대조법

[2026 수능] 31번 – (가)는 대구와 대조 표현을 함께 사용하여 화자의 괴로운 처지를 드러내고 있다.
[2025 고3 6모] 22번 – (가)는 열거의 방식을, (나)는 대조의 방식을 활용하여 주제를 부각하고 있다.
[2014A 수능] 39번 – (나)의 '홍안을 어디 두고 백골만 묻혔느냐'는 시어의 대비를 통해 화자의 무상감을 드러내고 있다.
[2013 수능] 46번 – (가)와 (다)는 대상들의 속성을 대비하여 화자가 지향하는 삶을 드러내고 있다.
[2013 수능] 32번 – 색채의 선명한 대조를 통해 시적 분위기를 환기한다.

대조법이란 의미가 반대되는 사물이나 관념을 나란히 놓아 차이를 부각하는 방법입니다. 이를 통해 사물이나 현상의 본질을 인상적으로 드러내고, 전달하고자 하는 주제를 효과적으로 표현합니다.

나는 이제 너에게도 슬픔을 주겠다.
사랑보다 소중한 슬픔을 주겠다.
겨울밤 거리에서 귤 몇 개 놓고
살아온 추위와 떨고 있는 할머니에게
귤값을 깎으면서 기뻐하던 너를 위하여
나는 슬픔의 평등한 얼굴을 보여 주겠다.

내가 어둠 속에서 너를 부를 때
단 한 번도 평등하게 웃어 주질 않은
가마니에 덮인 동사자가 다시 얼어 죽을 때
가마니 한 장조차 덮어 주지 않은
무관심한 너의 사랑을 위해
흘릴 줄 모르는 너의 눈물을 위해
나는 이제 너에게도 기다림을 주겠다.
이 세상에 내리던 함박눈을 멈추겠다.
보리밭에 내리던 봄눈들을 데리고
추위 떠는 사람들의 슬픔에게 다녀와서
눈 그친 눈길을 너와 함께 걷겠다.
슬픔의 힘에 대한 이야기를 하며
기다림의 슬픔까지 걸어가겠다.

– 정호승, 「슬픔이 기쁨에게」

정호승의 「슬픔이 기쁨에게」에서 사용된 대조적 표현에는 무엇이 있을까요? 바로 '슬픔'과 '기쁨'입니다. 화자는 추위 떠는 사람들을 위로하고자 하는 '슬픔', 소외된 이웃을 외면하며 무관심한 태도를 보이는 '기쁨'의 모습을 대조합니다.

'함박눈'과 '봄눈'도 마찬가지로 대조적입니다. '함박눈'은 다른 이들을 추위에 떨게 하는 존재지만 '봄눈'은 추위 떠는 사람들에게 다가가 위로하는 존재이죠. 화자는 대조적 표현을 통해 독자로 하여금 자신의 이기적인 모습을 반성하게 하고 더불어 살아가는 삶의 가치를 강조합니다.

📍 영탄법

[2026 고3 6모] 31번 – <u>영탄적 어조</u>를 통해 대상에 대한 그리움을 부각하고 있다.
[2014A 수능] 31번 – <u>영탄과 독백의 어조</u>를 통해 화자의 심정을 드러내고 있다.
[2013 수능] 32번 – <u>영탄법</u>을 사용하여 화자의 고조된 감정을 나타낸다.

영탄법이란, '기쁨', '슬픔', '놀라움' 등의 격한 감정을 강하게 드러내는 표현 방법입니다. '아아', '오오', '어머나'와 같은 감탄사나, '아', '야', '이여', '이시여'와 같은 호격 조사, '-아라/-어라', '-구나', '-ㄴ가' 등의 감탄형 종결 어미가 주로 사용되죠. 벅차오르는 감정을 그대로 터뜨려 표현하는 수사법인만큼, 화자가 처한 상황이나 정서를 강조하는 효과가 있습니다.

산산이 부서진 이름이여!
허공 중에 헤어진 이름이여!
불러도 주인 없는 이름이여!
부르다가 내가 죽을 이름이여!

심중에 남아 있는 말 한마디는
끝끝내 마저 하지 못하였구나.

김소월의 「초혼」을 살펴보면 임의 죽음으로 인한 화자의 슬픔과 절규가 잘 표현되어 있습니다. '산산이 부서진 이름이여!', '허공 중에 헤어진 이름이여!', '사랑하던 그 사람이여!'와 같은 영탄적 표현은 사랑하는 임의 죽음으로 인한 좌절감을 효과적으로 드러내죠. 이처럼 격정적인 감정을 표현하고자 할 때, 영탄법은 효과적인 표현 방법 중 하나입니다.

Q 퀴즈로 점검하는 문학 개념

1. 과장법은 사물을 실상보다 지나치게 크거나 작게 표현해 문장의 효과를 높이는 수사법이다. (O, X)

2. 반복법은 의미를 강조하기보다는 운율을 형성한다는 효과가 있다. (O, X)

3. 서로 비슷한 성격을 지닌 낱말들을 여러 개 늘어놓음으로써 내용을 강조하는 표현법은 ___________ 다/이다.

4. 점층법을 통해 화자는 말하고 싶은 내용을 강조하고, 독자가 감정의 흐름을 따라가도록 유도할 수 있다. (O, X)

5. _______ 란/이란 의미적으로 반대되는 사물이나 관념을 나란히 놓아 차이를 부각하는 방법이다.

6. 영탄법은 벅차오르는 감정을 터뜨리지 않고 절제하는 표현 기법이다. (O, X)

정답과 해설: 1. ○ 2. × 3. 열거법 4. ○ 5. 대조법 6. ×

1. 과장법은 대상을 실제보다 크게 또는 작게 표현하여 의미를 효과적으로 전달하는 수사법입니다.
2. 반복법은 운율 형성뿐 아니라 의미를 강조하고 감정을 고조하는 데에도 중요한 역할을 합니다.
3. 열거법은 비슷한 성격의 낱말이나 구를 여러 개 나열하여 내용을 강조하는 표현법입니다.
4. 점층법은 표현의 강도를 점차 높여 독자가 화자의 의도와 감정의 흐름을 자연스럽게 따라가도록 돕습니다.
5. 대조법은 의미상 반대되는 대상이나 개념을 나란히 배치해 그 차이를 강조하고 주제를 전달하는 표현 기법입니다.
6. 영탄법은 감정을 절제하기보다, 감탄사나 감탄형 어미를 사용해 감정을 강하게 터뜨리는 표현 기법입니다.

15 변화법

변화법이란, 문장에 변화를 주어 표현을 다양화하고 의미를 강화하는 수사법입니다. 변화법에는 수능에 굉장히 자주 출제되는 대구법, 설의법, 인용법 등이 있지요. 변화법을 적절히 사용한다면, 독자의 주의를 환기하고 주제를 효과적으로 전달할 수 있습니다. 수능에서 시를 살펴볼 때는 '그냥 이런 표현법이 사용되었구나' 하고 넘어갈 것이 아니고, 왜 이런 표현법을 사용했는지 그 이유를 꼭 생각해 보아야 합니다.

📍 대구법

[2026 수능] 31번 – (가)는 <u>대구와 대조 표현을 함께 사용</u>하여 화자의 괴로운 처지를 드러내고 있다.
[2025 고3 6모] 22번 – (가)는 (나)와 달리, <u>대구적 표현을 활용</u>하여 인물에 대한 태도의 변화를 드러내고 있다.
[2019 수능] 34번 – <u>대구 형식을 활용</u>하여 화자의 출생을 앞둔 집안의 분위기를 드러내고 있다.
[2017 수능] 44번 – <u>대구적 표현을 사용</u>하여 새로운 계책을 마련한 기쁨을 드러내고 있다.
[2016 수능] 38번 – <u>유사한 어구의 반복과 대구</u>를 통해 인물의 심경을 드러내고 있다.
[2015A 수능] 34번 – [A]와 달리, [B]는 <u>대구적 표현</u>을 통해 인물에 대한 부정적 인식을 드러내고 있다.

대구법은 '비슷한 어조나 어세를 가진 어구를 짝지어 표현의 효과를 높이는 수사법'입니다. 비슷한 형태의 문장을 짝지어 사용해 리듬감과 균형감을 높이는 효과가 있죠. 대구법은 속담에 주로 많이 등장합니다. '콩 심은 데 콩 나고, 팥 심은 데 팥 난다'와 같은 표현이 대표적이죠. '~ 심은 데 ~ 난다'라는 동일한 구조의 어구를 짝지어 사용해 전하고자 하는 바를 더욱 인상적으로 전달합니다. 대구법은 기본적으로 비슷한 문장 구조의 '반복'인 만큼, 리듬감과 운율을 형성하고 내용을 강조한다는 효과가 있습니다. 그리고 '문장 구조의 대칭'을 만들어 구조의 안정감, 균형감을 주는 역할도 한답니다.

어린 매화나무는 꽃 피느라 한창이고
사백 년 고목은 꽃 지느라 한창인데
구경꾼들 고목에 더 몰려섰다
둥치도 가지도 꺾이고 구부러지고 휘어졌다
갈라지고 뒤틀리고 터지고 또 튀어나왔다
진물은 얼마나 오래 고여 흐르다가 말라붙었는지
주먹만큼 굵다란 혹이며 패인 구멍들이 험상궂다
거무죽죽한 혹도 구멍도 모양 굵기 깊이 빛깔이 다 다르다
새 진물이 번지는가 개미들 바삐 오르내려도
의연하고 의젓하다
사군자 중 으뜸답다
꽃구경이 아니라 상처 구경이다
상처 깊은 이들에게는 훈장(勳章)으로 보이는가
상처 도지는 이들에게는 부적(符籍)으로 보이는가
백 년 못 된 사람이 매화 사백 년의 상처를 헤아리랴마는
감탄하고 쓸어 보고 어루만지기도 한다
만졌던 손에서 향기까지 맡아 본다
진동하겠지 상처의 향기
상처야말로 더 꽃인 것을.

– 유안진, 「상처가 더 꽃이다」

유안진의 「상처가 더 꽃이다」는 어린 매화나무와 고목을 대조하고, 고목의 상처를 자세하게 묘사하여 상처가 더 아름답다는 역설적이고 참신한 발상을 드러냅니다. '어린 매화나무는 꽃 피느라 한창이고 사백 년 고목은 꽃 지느라 한창인데'라는 표현은, 대구를 통해 어린 매화나무와 사백 년 고목을 대조하지요. 이를 통해 두 시적 대상의 차이점을 효과적으로 부각합니다. 이러한 표현법을 통해 화자는 '상처란, 꽃처럼

아름답고 고귀한 것'이라는 주제를 더욱 인상적으로 전달합니다.

📍 설의법

설의법은 '이미 알고 있는 내용을 의문문처럼 표현해 강조하는 방법'입니다. 진짜 궁금해서 물어보는 것이 아니고, 자신이 전하고자 하는 바를 강조하려고 의문문의 형식을 빌리는 것이죠. 예를 들어, 선생님이 '우리 반 너무 착하지 않니?'라고 했다면, 이는 '예/아니오'와 같은 대답을 기대하는 것이 아니라, '우리 반이 착하다'라는 것을 강조하고자 하는 설의적 표현입니다. 설의법은 주장이나 감정을 더욱 힘 있게 드러낼 뿐 아니라, 자칫 단조로울 수 있는 문장을 변화시켜 시를 더욱 다채롭고 생동감 있게 만들어 줍니다. 그리고 질문의 형식이니만큼, 독자의 이목을 끌어 특정 주제나 메시지에 집중하도록 하기도 하죠.

가난하다고 해서 외로움을 모르겠는가
너와 헤어져 돌아오는
눈 쌓인 골목길에 새파랗게 달빛이 쏟아지는데.
가난하다고 해서 두려움이 없겠는가
두 점을 치는 소리
방범대원의 호각 소리 메밀묵 사려 소리에
눈을 뜨면 멀리 육중한 기계 굴러가는 소리.
가난하다고 해서 그리움을 버렸겠는가
어머님 보고 싶소 수없이 뇌어보지만
집 뒤 감나무에 까치밥으로 하나 남았을
새빨간 감 바람 소리도 그려보지만.
가난하다고 해서 사랑을 모르겠는가
내 볼에 와 닿던 네 입술의 뜨거움
사랑한다고 사랑한다고 속삭이던 네 숨결
돌아서는 내 등 뒤에 터지던 네 울음.
가난하다고 해서 왜 모르겠는가
가난하기 때문에 이것들을
이 모든 것들을 버려야 한다는 것을.

– 신경림, 「가난한 사랑 노래 – 이웃의 한 젊은이를 위하여」

이 시는 1960년대 후반 가난한 도시 노동자들의 현실을 설의법과 다양한 감각적 이미지로 표현한 신경림의 「가난한 사랑 노래 - 이웃의 한 젊은이를 위하여」입니다. 당시 우리나라에 급격히 산업화가 이루어지면서 공장에 많은 노동자가 필요했고, 이러한 배경에서 농촌의 많은 학생, 청년들이 도시로 이주해 일을 하게 되었습니다. 많은 노동자들이 환기 장치가 없고 햇빛도 잘 들지 않는 환경에서 하루에 14시간 이상을 노동해야 했습니다.

이 시는 당시 노동자들의 서글픔과 외로움을 절실하게 드러냅니다. '가난하다고 해서 외로움을 모르겠는가', '가난하다고 해서 두려움이 없겠는가'와 같은 설의적 표현은, 가난한 이들도 '외로움', '두려움'과 같은 인간적 감정이 있음을 울부짖는 노동자들의 음성을 떠올리게 합니다. 마지막 연의 '가난하다고 해서 왜 모르겠는가/가난하기 때문에 이것들을/이 모든 것들을 버려야 한다는 것을'이라는 표현은 산업화 시기 가난한 노동자들의 절망적 현실을 압축적으로 드러냅니다.

📍 인용법

[2026 고3 6모] 19번 – 대화 내용을 <u>간접 인용</u>으로 서술하며 인물을 비판하고 있다.
[2024 고3 6모] 22번 – [C]는 성현의 말을 <u>인용</u>함으로써 화자가 지닌 궁금증을 드러내고 있다.
[2020 수능] 24번 〈보기〉 – 「어촌기」의 작가는 벗의 말을 <u>인용</u>하여 자신의 생각을 드러내고 있다.

인용법이란 '남의 글이나 말을 옮겨 표현하는 법'으로, 직접 인용과 간접 인용으로 나눌 수 있습니다. 직접 인용은 남의 말이나 글을 그대로 따오는 것으로, 주로 큰따옴표와 함께 사용됩니다. 간접 인용은 남의 말이나 글을 자신의 언어로 요약, 정리해서 따오는 것으로, 큰따옴표와 함께 사용되지 않습니다.

직접 인용: 엄마가 나에게 "밥 먹어!"라고 했다.
간접 인용: 엄마가 나에게 밥을 먹으라고 했다.

인용법을 시에 활용하면 어떤 효과가 있을까요? 우선 실제 존재하는 말을 그대로 옮겨 온 것이기 때문에 시의 상황이 더 사실적으로, 생생하게 느껴집니다. 이러한 표현 효과는 직접 인용의 경우 더욱 극대화되죠. 그리고 인용된 말 자체가 의미를 지니고 있는 경우가 많기에, 화자가 길게 설명하지 않아도 메시지를 효과적으로 강조할 수 있다는 특징이 있습니다. 그뿐만 아니라 화자 외 다른 사람의 목소리가 시 속에 등장하면서, 여러 목소리가 등장해 시의 분위기가 다채로워지고 입체감이 형성된다는 특징 역시 있습니다.

아름다운 시어와 시구로 유명한 김영랑의 「오-매 단풍 들것네」를 한번 살펴봅시다.

"오-매 단풍 들것네"
장광에 골 붉은 감잎 날아와
누이는 놀란 듯이 치어다보며
"오-매 단풍 들것네"

추석이 내일모레 기둘리리
바람이 자지어서 걱정이리
누이의 마음아 나를 보아라
"오-매 단풍 들것네"

– 김영랑, 「오-매 단풍 들것네」

"오-매 단풍 들것네"라는 표현을 통해 가을에 느끼는 인물들의 정취와 삶의 태도를 잘 드러내는 아름다운 시입니다. 1연의 "오-매 단풍 들것네"는 화자의 목소리가 아닌, '누이'의 목소리를 직접 인용한 표현입니다. 큰따옴표를 활용해 직접 인용함으로써, 누이의 목소리가 실제로 들리는 듯 아주 생생합니다. 누이는 단풍을 보고 가을이 벌써 와버렸다는 데 놀라움을 표현합니다. 놀라움도 잠시, 가까운 추석과 겨울 준비에 대한 걱정이 금세 누이의 얼굴에 드리우죠. 이를 본 화자는 누이에게 "오-매 단풍 들것네"라고 이야기하며 다가올 일은 걱정하지 말고 아름다운 가을을 누리라고 권유합니다.

"오-매 단풍 들것네"라는 표현은 '누이'와 '나'가 지니는 삶의 태도를 드러내고, 누이를 향한 화자의 따뜻한 마음을 드러내는 핵심적인 시구입니다. 그리고 사투리를 사용함으로써 향토적 정서를 부각하기도 합니다. 화자는 누이와 자신의 말을 인용함으로써 시적 상황을 생생하게 그려냅니다.

📍 문답법

문답법이란, '묻고 대답하는 형식으로 주의를 환기시키는 표현 방법'입니다. 둘 이상의 인물이 등장해 서로 묻고 대답할 수도 있고, 스스로 묻고 대답하는 자문자답의 형식일 수도 있습니다. 설의법과 문답법은 둘 다 의문의 형식을 사용한다는 점에서 유사합니다. 하지만 '설의법'의 경우 질문이 목적이 아니기 때문에 대답이 나타나지 않습니다. 단, '문답법'의 경우 진짜 질문이기 때문에 뒤에 대답이 이어져도 어색하지 않다는 특징이 있지요.

어제도 하로밤
나그네 집에
가마귀 가왁가왁 울며 새었소.

오늘은
또 몇 십 리
어디로 갈까.

산으로 올라갈까
들로 갈까
오라는 곳이 없어 나는 못 가오.

말 마소, 내 집도
정주 곽산
차 가고 배 가는 곳이라오.

여보소, 공중에
저 기러기
공중엔 길 있어서 잘 가는가?

문답법이 나타난 김소월의 「길」을 함께 살펴봅시다. 화자는 '오라는 곳 없는 처지', '고향은 있지만 고향에 돌아갈 수 없는 처지'에 놓인 사람입니다. 공중에서 자기 갈 길 잘 가고 있는 기러기와 달리, 화자는 앞에 길이 있어도 갈 곳이 없는 절망적 상황에 처해 있죠. '산으로 올라갈까/들로 갈까/오라는 곳이 없어 나는 못 가오'라는 표현은 앞에서 나타난 '어디로 갈까'에 대한 대답으로, 화자는 자문자답의 형식의 문답법을 통해 갈 곳 없는 자신의 처지와 그로 인한 비애의 정서를 드러냅니다.

이처럼 김소월의 「길」은 정처 없이 떠돌아야 하는 화자의 비애와 답답함을 문답법과 일상적 언어를 통해 드러냅니다. 짧은 문장을 통해 방황하는 자신의 처지에 대한 절망적 정서를 효율적으로 드러내지요.

📍 도치법

[2013 수능] 32번 – 도치의 방식으로 시상을 마무리하여 주제 의식을 드러낸다.

도치법이란, '문장에서 일반적인 어순을 바꾸어 표현 효과를 높이는 수사법'입니다. 도치법을 사용하면 단어의 배열을 의도적으로 바꾸어 특정 부분을 강조하거나 문장에 긴장감, 운율감 등을 형성할 수 있죠. 그렇기에 독자의 시선을 특정 단어, 또는 구절에 집중시키는 효과가 있습니다.

예를 들어, '나는 너를 사랑해'라는 문장을 '나는 사랑해, 너를'이라고 바꾸면 어떻게 느껴지나요? '너를'이라는 단어가 뒤에 배치되어 강조됨으로써, 다른 누구도 아닌 '너를' 사랑하는 화자의 마음이 더 확실히 느껴지지 않나요? 이처럼 도치법은 문장에서 전하고자 하는 상황과 정서를 부각하면서도 인상적으로 전달하는 표현법입니다.

유치환의 「깃발」은 이상향에 도달할 수 없는 인간의 한계와 좌절을 '깃발'이라는 소재로 탁월하게 형상화한 시입니다. 그렇다면, 이 시에서 도치법은 어디에 쓰였을까요?

맞습니다. 바로 '아! 누구인가?/이렇게 슬프고도 애달픈 마음을/맨 처음 공중에 달 줄을 안 그는'이라는 표현이죠. 사실 일반적인 문장 배열이었다면, '아, 이렇게 슬프고도 애달픈 마음을 맨 처음 공중에 달 줄을 안 그는 누구인가?'가 되었을 것입니다. 하지만 도치법을 활용함으로써 영탄적 표현을 맨 앞으로 끌고 와 깃발의 '슬프고 애달픈 마음'을 더욱 부각한 것이죠.

그렇다면 여기서 한 가지 궁금증이 생깁니다. 깃발은 왜 슬픈 것일까요? 깃발은 '해원'이라는 이상향에 도달하고 싶은 존재입니다. 넓은 바다를 향해 나아가기 위해 끊임없이 펄럭이며 아우성치죠. 하지만, 깃대에 묶여 있다는 근원적인 한계 때문에 깃발은 영영 '해원'으로 나아갈 수 없습니다. 그렇기에 화자는 깃발을 '슬프고도 애달픈 마음'이라고 표현한 것입니다.

◉ 돈호법

돈호법이란, '사람이나 사물의 이름을 불러 주의를 불러일으키는 표현법'입니다. 예를 들어, '아이야', '아름다운 이여!'와 같은 표현이 돈호법의 예라고 할 수 있죠. 돈호법은 영탄적 표현과 함께 쓰일 경우 감정을 강하게 드러내고 호소력을 높이기도 합니다. 계속되던 글의 흐름을 끊고 갑자기 누군가의 이름을 부르면 독자의 주의가 그 인물에게 딱 꽂히니, 독자의 시선을 사로잡는 효과적인 방법 중 하나입니다.

내 고장 칠월은
청포도가 익어 가는 시절

이 마을 전설이 주저리주저리 열리고
먼 데 하늘이 꿈꾸며 알알이 들어와 박혀

하늘 밑 푸른 바다가 가슴을 열고
흰 돛단배가 곱게 밀려서 오면

내가 바라는 손님은 고달픈 몸으로
청포(靑袍)를 입고 찾아온다고 했으니

내 그를 맞아 이 포도를 따 먹으면
두 손은 함뿍 적셔도 좋으련

아이야 우리 식탁엔 은쟁반에
하이얀 모시 수건을 마련해 두렴

– 이육사, 「청포도」

일제 강점기를 대표하는 저항 시인, 이육사의 「청포도」를 같이 살펴봅시다. 화자는 「청포도」라는 시어를 통해 희망이 넘치는 평화로운 삶에 대한 소망을 드러냅니다. 그리고 화자는 그 소망을 이루어 줄 존재 '손님'을 애타게 기다리고 있죠. 손님은 고달픈 몸으로, 청포를 입고 오는 신비하면서도 상서로운 존재입니다. 화자는 그 손님과 함께 청포도를 따 먹으며 평화로운 삶을 누리고자 합니다.

그러다가 갑자기 화자는 마지막 연에서 '아이야' 하며 어떠한 아이를 부릅니다. 이러한 목소리에 독자의 이목은 '아이'라는 존재에게 집중됩니다. 화자는 '아이'에게 손님을 맞이할 준비를 하라고 함으로써 손님을 기다리는 마음과 그 정성을 표현합니다. 돈호법을 통해 독자의 이목이 집중되고, 손님을 간절히 기다리는 화자의 마음이 더욱 부각되는 것입니다.

Q 퀴즈로 점검하는 문학 개념

1. '콩 심은 데 콩 나고, 팥 심은 데 팥 난다'라는 표현에는 대구법이 사용되었다. (O, ×)

2. __________은/는 이미 알고 있는 내용을 의문문처럼 표현해 강조하는 방법이다.

3. 인용법이 시에 사용될 경우 시적 상황이 더욱 사실적이고 생생하게 느껴진다. (O, ×)

4. 설의법과 문답법은 둘 다 질문이 목적이라는 점에서 유사하다. (O, ×)

5. __________은/는 문장에서 일반적인 어순을 바꾸어 표현 효과를 높이는 수사법이다.

6. 돈호법은 영탄적 표현과 따로 쓰일 경우 감정을 더욱 강하게 드러내고 호소력을 높일 수 있다. (O, ×)

정답과 해설: 1. ○ 2. 설의법 3. ○ 4. × 5. 도치법 6. ×

1. '콩 심은 데 콩 나고, 팥 심은 데 팥 난다'는 유사한 문장 구조를 짝지어 배치해 의미를 강조하므로 대구법에 해당합니다.
2. 설의법은 이미 답이 분명한 내용을 질문 형식으로 제시하여 의미와 주장을 강조하는 표현 방법입니다.
3. 인용법을 사용하면 인물의 목소리가 직접 드러나, 시적 상황이 더 사실적이고 생생하게 느껴집니다.
4. 설의법의 질문은 답을 요구하지 않는 반면, 문답법은 질문과 답변이 오가는 구조이므로 다릅니다.
5. 도치법은 문장의 일반적인 어순을 바꾸어 배치함으로써 의미를 강조하고 표현 효과를 높이는 수사법입니다.
6. 돈호법은 영탄적 표현과 함께 사용될 때 감정과 호소력이 더욱 강화되는 경우가 많습니다.

기출로 때려잡는 문학 개념

현대 산문 필수 문학 개념

V

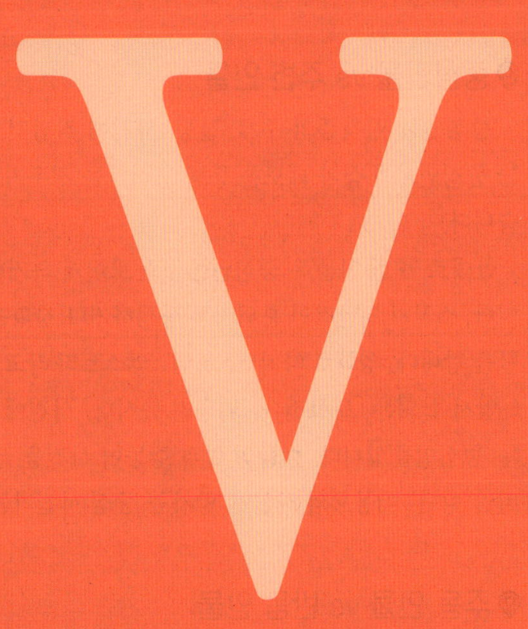

01 인물의 종류

[2024 고3 6모] 27번 – 중심인물의 반복적인 동작을 강조하여 내적 갈등을 표면화한다.
[2024 고3 6모] 27번 – 서술자가 풍자적 어조를 활용하여 중심인물에 대한 비판적 입장을 드러낸다.
[2024 고3 6모] 27번 – 서술자가 중심인물의 시선에 의존하여 사건의 양상을 제한적으로 나타낸다.
[2014B 수능] 31번 – 대립적인 두 인물을 배치하여 인물 간 갈등을 구체화하고 있다.

소설에서 인물은 이야기의 사건을 경험하며, 작품의 주제와 메시지를 드러내는 가장 핵심적인 존재입니다. 서사 속에서 갈등을 만들고, 해결하며 독자로 하여금 감정이입을 하게 만드는 역할을 하기도 하죠. 소설에서 인물은, '중요도', '역할', '성격', '성격의 변화' 등에 따라 다양하게 나눌 수 있습니다. 한번 구체적으로 살펴볼까요?

📍 중심인물 vs 주변 인물

'중심인물'은 작품의 주제, 갈등, 사건에 직접적으로 관련되는 인물입니다. 작품이 전달하려는 메시지는 중심인물의 삶과 태도를 통해 드러나는 경우가 많죠. 영화로 따지면 '주연', '주인공'들이라고 할 수 있습니다.

반대로 '주변 인물'은 중심인물을 돋보이게 하거나 사건을 보조하는 인물입니다. 비중은 상대적으로 적지만, 소설의 전반적인 분위기를 형성하거나 상황을 설명하고, 중심인물의 성격을 드러내는 데 중요한 역할을 합니다. 영화로 따지면, '조연', '엑스트라'라고 할 수 있습니다.

앞서 살펴본 「춘향전」을 떠올려 봅시다. 사건에 직접적으로 관계되는 '성춘향', '이몽룡', '변 사또'는 모두 '중심인물'입니다. 이들의 말과 행동이 사건을 끌어가는 데 핵심적인 역할을 하지요. 반면 성춘향의 시비인 '향단', 이몽룡의 하인인 '방자'는 중심 사건과는 크게 관련이 없으므로 '주변 인물'에 해당합니다.

📍 주동 인물 vs 반동 인물

소설에서 '주동 인물'이란, 작가가 의도하는 주제 의식에 부합하는 인물로 사건을 주도적으로 이끌어가는 존재입니다. 쉽게 이야기하자면 이야기의 '주인공'이라고 할 수 있습니다. 반면 '반동 인물'은 주인공에게 대항해 갈등을 일으키는 존재로 이야기의 '악역'에 해당합니다.

「춘향전」을 다시 한번 살펴볼까요? '신분을 초월한 사랑'이라는 주제 의식에 부합하며 사건을 이끌어 가는 인물은 '성춘향', '이몽룡'입니다. 하지만 이들의 사랑을 방해하는 존재가 있죠. 바로 '변 사또'입니다. '변 사또'와 같은 인물이 대표적인 반동 인물입니다.

현대 소설과 달리 고전 소설에서는 선악의 대립이 뚜렷해 주동 인물과 반동 인물이 명확히 드러나는 경우가 많습니다.

⊙ 전형적 인물 vs 개성적 인물

'전형적 인물'과 '개성적 인물'은 말 그대로 인물의 성격이나 특징이 얼마나 '뻔한 모습'인지, 혹은 '독특하고 구체적인 모습'인지를 기준으로 나뉩니다.

'전형적 인물'은 특정 집단이나 계층을 대표하는 인물입니다. 그렇기에 시대나 사회의 특징을 그대로 반영하지요. 고전 소설에 등장하는 대부분의 중심인물은 전형적 인물에 해당합니다. '충신의 전형', '열녀의 전형', '영웅의 전형', '간신의 전형' 등이 있지요. 「춘향전」의 '성춘향'은 남편에 대한 의리를 지킨 전형적인 열녀에 해당합니다.

반면 개성적 인물은 다른 인물들과는 구별되는, 자신만의 독특하고 분명한 성격을 가진 인물입니다. 현대 소설의 다양한 인물들이 바로 개성적 인물에 해당합니다. 같은 집단에 속한 인물이더라도 특정한 말버릇, 독특한 과거, 기묘한 취미 등으로 '딱 하나뿐인 캐릭터'와 같이 느껴진다면 그 인물은 개성적 인물이라고 볼 수 있습니다.

사실 '전형적 인물'과 '개성적 인물'을 완벽하게 구분할 수는 없습니다. 한 인물 안에 전형성과 개성이 모두 나타날 수 있기 때문입니다. 「박씨전」의 박씨를 떠올려 봅시다. 수동적, 전통적 여성의 전형이었던 박씨는 허물을 벗은 이후 뛰어난 능력의 적극적인 여성 영웅으로 거듭납니다. 박씨라는 인물 안에는 '전통적인 여성'이라는 전형성과 '여성 영웅'이라는 개성이 함께 공존하는 것이죠.

⊙ 평면적 인물 vs 입체적 인물

'평면적 인물'이란, 한두 가지 성격 특성이 두드러지게 고정된 인물입니다. 인물의 성격이나 가치관이 이야기가 전개되는 동안 크게 변하지 않아, 특정 역할이나 의미를 강조하는 데 쓰이는 경우가 많습니다. 예를 들어, 「춘향전」의 '성춘향'은 '남편에 대한 의리를 지키는 여성'이라는 특징이 가장 두드러지고, 이 성격 특성이 이야기의 끝까지 쭉 유지됩니다. 즉, '성춘향'은 평면적 인물이라고 할 수 있습니다. 고전 소설의 경우 인물에 대한 깊이 있는 탐구보다는 유교적 가치의 전달, 교훈 등에 목적이 더 있었기 때문에 평면적 인물이 많이 등장했습니다.

반면 '입체적 인물'은 여러 면모를 지닌, 실제 사람처럼 복잡하게 느껴지는 인물입니다. 성격에 모순이 있기도 하고, 상황에 따라 생각이나 행동이 변하기도 하죠. 미성숙했던 주인공이 여러 사건을 겪으면서 성장하거나 변화하는 경우도 많습니다. 예를 들어, 한 소설에서 이기적이고 자기밖에 모르던 인물이 여러 사건을 겪으며 타인을 이해하고 성숙해진다면, 이 인물은 입체적 인물이라고 할 수 있습니다.

1. 중심인물은 작품의 주제, 갈등, 사건에 직접적으로 관련되는 인물이다.　　　　　(○, ×)

2. 작가가 의도하는 주제 의식에 부합하는 인물은 ___________, 주인공에 대항해 갈등을
　 일으키는 존재는 __________ 에 해당한다.

3. 현대 소설에 등장하는 대부분의 주인공들은 전형적 인물에 해당한다.　　　　　(○, ×)

4. 자기밖에 모르던 인물이 여러 사건을 겪으며 보다 성숙해진다면, 이 인물은 입체적 인
　 물에 해당한다.　　　　　(○, ×)

정답과 해설: 1. ○　2. 주동 인물, 반동 인물　3. ×　4. ○

1. 중심인물은 작품의 주제 형성과 갈등 전개, 주요 사건에 직접적으로 관여하며 이야기를 이끄는 핵심 인물입니다.
2. 작가의 주제 의식을 실현하며 사건을 주도하는 인물은 주동 인물, 이에 맞서 갈등을 유발하는 인물은 반동 인물에 해당합니다.
3. 현대 소설의 주인공은 고유의 성격, 가치관, 경험, 복잡한 내면을 지닌 개성적인 인물이 많습니다.
4. 사건을 겪으며 성격이나 가치관이 변화, 성장하는 인물은 입체적 인물에 해당합니다.

02 　외적 갈등과 내적 갈등

[2023 수능] 20번 – ⊙은 인물의 심리적 갈등이 발생하는, ⓒ은 ⊙에서 발생한 갈등이 심화되는 시간의 표지이다.

[2023 수능] 18번 – 시를 삽입하여 인물 간의 갈등 양상이 구체화되는 상황을 드러내고 있다.

[2022 수능] 24번 – 상대를 달리하여 벌이는 인물의 행동을 서술하여 점진적으로 심화되는 갈등을 묘사하고 있다.

[2021 수능] 22번 – [A]는 인물 간의 대화를 삽입하여, [B]는 인물들의 반복되는 행동을 제시하여 갈등 해소 과정을 보
　　　　　여 주고 있다.

[2019 수능] 21번 – 인물 간의 갈등을 다각적으로 조명하여 사건 전개의 양상을 다면화하고 있다.

[2016 수능] 32번 – ⊙과 ⓒ은 '나'와 인물들 간의 외적 갈등을 제시하고 있다.

[2015B 수능] 38번 – 인물의 의식이 내적 갈등에 초점을 둔 서술 방식을 통해 드러나고 있다.

　　갈등이란 '개인이나 집단 사이에 목표나 이해관계가 달라 서로 적대시하거나 충돌하는 것, 혹은 그런 상태'를 의미합니다. 갈등은 크게 두 가지로 나눌 수 있는데요. 바로 '외적 갈등'과 '내적 갈등'입니다.

　　외적 갈등은 인물이 타인, 환경, 집단 등과 대립할 때 발생하는 갈등입니다. 다른 사람과 의견 차이로 인해 말다툼하거나 물리적으로 싸움을 하는 것이 대표적인 외적 갈등입니다. '외적 갈등'이라고 한다면 보통 사람과 사람 사이 갈등을 떠올리는데, 사람과 사회, 사람과 자연, 사람과 운명 사이의 갈등 역시 모두 외적 갈등입니다. 즉, 자기 내면 외의 다른 존재와 갈등을 빚는 것은 모두 외적 갈등에 속하는 것이죠.

인물과 인물의 갈등	원하는 아이스크림을 차지하고 싶은 나와 형 사이의 갈등.
인물과 사회의 갈등	외국인 노동자에 대한 각종 불신과 차별을 당연시하는 사회 분위기로 인해 외국인 노동자가 겪는 갈등.
인물과 자연의 갈등	밀려오는 쓰나미로부터 도망쳐 생존하기 위해 노력하는 인물의 모습.
인물과 운명의 갈등	계속해서 떠돌아야 하는 운명을 지니고 태어나 이에서 벗어나기 위해 발버둥 치지만 결국에는 정착하지 못하고 방랑하는 인물의 갈등.

반면 내적 갈등은 한 인물의 내면에서 일어나는 심리적 충돌입니다. 자신 내면에 있는 욕망과 가치관, 도덕적 기준 등과 갈등하는 것을 의미하죠. 주인공이 어떠한 선택 앞에서 고민하거나 선과 악의 기로에서 고민하는 것이 내적 갈등의 대표적인 예입니다.

그렇다면 주인공의 외적 갈등과 내적 갈등이 모두 드러난 박완서의 「자전거 도둑」을 함께 살펴봅시다. 「자전거 도둑」은 성장 소설로, 수남이라는 열여섯 살의 소년이 서울의 전기용품점에서 일하면서 겪는 도덕적 갈등과 성장의 과정을 그린 작품입니다.

수남이는 누구보다 성실하게 일하는 소년으로 착하고 순수한 성격의 소유자입니다. 이런 수남이의 성격을 간파한 가게 주인은 그를 어르고 달래 싼값으로 과하게 부려 먹죠. 하지만 어린 수남이는 이런 가게 주인의 속내를 간파하지 못하고 열심히 일하는 데 온 힘을 쏟습니다. 어느 날 열심히 일하던 중 수남이가 세워둔 자전거가 넘어져 길에 있던 고급 승용차에 흠집을 냅니다.

– 박완서, 「자전거 도둑」

우는 수남이의 모습에도 차 주인은 수리비 5천 원을 요구하고, 급기야 자전거에 자물쇠를 채워 버립니다. 그렇게 큰돈을 마련할 수 없었던 수남이는 결국 자전거를 몰래 훔쳐서 달아납니다.

돌아온 수남이는 혼란과 죄책감에 시달립니다. 잦은 도둑질로 체포된 형과, 절대 도둑질만큼은 하지 말라던 아버지가 떠올랐기 때문이죠. 그리고 도둑질할 때 떨리고 무서우면서도 느껴졌던 쾌감이 수남이를 더욱 괴롭힙니다. 결국 도덕적으로 자신을 견제해 줄 어른이 필요하다고 느낀 수남이는 아버지가 있는 고향으로 돌아가기 위해 짐을 꾸리게 됩니다.

먼저 소설에서 외적 갈등을 찾아봅시다. 가장 두드러지게 보이는 것은 '수남'과 '신사'와의 갈등입니다. 수남은 돈이 없는 상황인데, 신사는 수남이 자신의 자동차를 망가뜨렸다며 오천 원이라는 큰돈을 요구하죠. 이에 수남은 아주 곤란한 상황에 처합니다. 이렇게 인물과 인물 사이에 일어나는 갈등이 바로 외적 갈등입니다.

그렇다면 이 소설에 드러난 내적 갈등은 과연 무엇일까요? 바로 수남이 내면에서 일어나는 죄책감이 내적 갈등입니다. 아버지로부터 받은 올바른 가치관 즉 '도둑질하면 안 된다'와 '도둑질을 어쩔 수 없이 한 자신'이 충돌하는 것이죠. 이로 인해 괴로워하던 수남은 결국 자신을 도덕적으로 견제해 줄 어른을 찾아 고향으로 떠나게 됩니다.

아무런 갈등 없는 소설은 존재하지 않습니다. 인물이 겪는 외적, 내적 갈등은 소설의 사건을 전개하고 주제를 전달하는 아주 중요한 장치입니다. 그렇기에 소설을 읽을 때 갈등의 양상과 해결 과정에 주목하여 읽는 것은 필수적이라고 할 수 있습니다.

그렇다면 갈등은 언제 해소되는 것일까요? 문학 작품에서 '갈등이 해소된다'라는 것은 인물들 사이의 다툼이나 내적 고민이 어떤 방식으로든 마무리된다는 의미입니다. 꼭 모두가 행복하게 끝나야 하는 건 아니고, 상황이 변화하거나 정리되는 것이 중요하죠. '갈등의 해소'에는 다양한 양상이 있습니다.

첫 번째는 대립하던 두 인물이 이해하고 용서하면서 관계가 회복되는 경우입니다. 이효석의 「메밀꽃 필 무렵」을 떠올려 봅시다. 장돌뱅이 허 생원은 봉평에서 대화로 가는 길에서 젊은 장돌뱅이인 동이를 만나 동행하게 됩니다. 허 생원은 동이가 자신이 마음에 들어 하던 충주집과 시시덕거리는 것을 보고 화를 내죠. 이에 둘 사이에 외적 갈등이 잠시 드러납니다. 하지만 허 생원이 물에 빠지자 동이가 구해 주고, 서로 이야기와 정을 나누며 관계가 회복됩니다. 마지막에는 동이가 아들이라는 사실이 극적으로 드러나기도 합니다. 이처럼 처음에는 대립했던 두 사람 사이의 갈등이, 서로에 대한 이해와 육친의 정을 통해 해소되는 것을 확인할 수 있습니다.

두 번째는 반동 인물, 즉 악역의 패배로 갈등이 해소되는 경우입니다. 불의하거나 욕심 많은 인물이 패배하고, 정의로운 인물이 승리하면서 갈등이 해결되는 구조입니다. 이러한 구조를 통해 독자는 '선한 인물이 결국 이긴다'라는 정의감이나 후련함을 느낄 수 있습니다. 이러한 갈등 해결 구조는 주로 고전 소설에서 나타납니다. 가장 대표적인 고전 소설 「춘향전」을 떠올려 봅시다. 변학도는 춘향에게 수청을 들 것을 요구하지만, 춘향은 자신의 정인 이몽룡에 대한 의리를 지키기 위해 이를 거절합니다. 둘 사이에 외적 갈등이 첨예하게 드러난 것입니다. 그 결과 춘향이 옥에 갇히면서 갈등이 점차 고조되지만, 이몽룡이 암행어사가 되어 등장해 변학도에게 벌을 내리면서 갈등이 해소됩니다. 착한 인물이 보상받고 나쁜 인물이 벌을 받으면서 도덕적 질서가 회복되는 것입니다.

세 번째는 주인공이 깨달음을 얻어 갈등이 해소되는 경우입니다. 누군가와 싸우거나 대립한 것은 아니지만, 끊임없는 내적 갈등을 통해 자신 안의 고뇌와 갈등을 스스로 극복하는 경우이지요. 앞서 살펴본 수남이의 갈등 해결 방식이 이와 같습니다. 자신을 도덕적으로 견제해 줄 어른이 필요하다는 깨달음을 얻고 고향으로 떠나며 갈등이 해소되죠. 또 다른 예를 들어보자면, 분단 문학을 대표하는 고전, 최인훈의 「광장」이 대표적입니다, 분단된 상황 속에서, 남과 북 어느 곳도 선택하지 못한 이명준은 끊임없이 갈등합니다. 그는 남한에서 아버지가 월북했다는 이유로 고문과 취조를 당합니다. 환멸을 느낀 이명준은 북한으로 넘어가지만, 이명준은 북한에서 어떠한 자유도 없고 혁명과 집단이라는 이름 아래 개인이 억압당하는 체제를 발견합니다. 이후 전쟁 포로로 잡힌 이명준은 치열한 내적 갈등 아래 남도, 북도 아닌 중립국을 선택하게 됩니다. 하지만 이마저도 한계가 있다는 것을 깨달은 이명준은 결국 중립국으로 향하는 배에서 뛰어내리며, 생을 마감하게 됩니다. '자신이 갈 곳은 어디에도 없다'라는 것을 깨달은 주인공의 극단적 선택으로 갈등이 해소된 것입니다.

네 번째는 상황의 변화로 자연스럽게 갈등이 사라지는 경우입니다. 화해나 승패 없이 시간의 흐름이나 운명으로 결말이 정리되는 것이죠. 대표적인 소설로 주요섭의 「사랑손님과 어머니」가 있습니다. 남편과 사별한 어머니와 손님은 서로에게 마음이 있지만, 과부라는 어머니의 상황과 이웃들의 사회적 시선 때문에 서로의 마음을 적극적으로 표현하지 못합니다. 이러한 상황 때문에 어머니는 큰 내적 갈등을 겪습니다. 하지만 이후 손님이 집을 떠나며 갈등이 자연스럽게 해소됩니다,

소설에서 '갈등'은 이야기를 이끌어가는 '엔진'이라고 할 수 있습니다. 아무런 갈등 없는 이야기는 독자에게 아무런 감동도, 흥미도, 주제 의식도 전달하지 못합니다. 우리는 갈등을 통해 인물의 성격과 생각을 알게 되고, 인물의 고통, 고민, 충돌을 보며 함께 공감하고 작품에 몰입하게 됩니다. 이처럼 소설에서 '갈등'의 양상과 그 해소 과정을 살피는 것은 소설의 내용을 이해하는 데 아주 중요합니다.

「자전거 도둑」 줄거리

1) 일자리를 찾아 서울로 올라온 16살 수남이는 청계천 세운상가의 전기용품점에서 일하게 된다.
2) 가게 주인은 착하고 순진한 수남이가 더 많은 일을 혼자 하도록 어르고 달랜다.
3) 바람이 심하게 부는 어느 날, 일하던 수남이의 자전거가 넘어져 고급 승용차에 흠집을 낸다.
4) 차 주인은 수리비 오천 원을 요구하며 수남이의 자전거에 자물쇠를 채우고, 돈이 없던 수남이는 결국 자전거를 훔쳐서 달아난다.
5) 돌아온 수남이는 죄책감으로 인해 내적 갈등에 시달린다. 잦은 도둑질로 체포된 형과 도둑질만큼은 하지 말라던 아버지가 계속해서 떠오른다.
6) 도덕적으로 자신을 견제해 줄 어른이 필요하다고 느낀 수남이는 고향으로 돌아가기로 결심한다.

1. 인물과 인물의 갈등은 외적 갈등, 인물과 사회, 인물과 자연의 갈등은 내적 갈등에 해당
   한다. (O, X)
2. 「자전거 도둑」에서 주인공 수남이 느끼는 죄책감은 내적 갈등에 해당한다. (O, X)
3. 갈등이 해소될 때는 반동 인물의 패배가 필수적이다. (O, X)
4. 독자는 갈등을 통해 인물의 성격과 생각을 알고 공감할 수 있다. (O, X)

정답과 해설: 1. × 2. ○ 3. × 4. ○

1. 인물과 인물, 인물과 사회, 인물과 자연의 갈등은 외적 갈등에 해당하며, 내적 갈등은 인물의 마음속에서 일어나는 갈등을 말합니다.
2. 「자전거 도둑」에서 수남이 느끼는 죄책감과 양심의 갈등은 인물의 내면에서 일어나는 갈등으로, 내적 갈등에 해당합니다.
3. 갈등의 해소는 반동 인물의 패배가 아닌 인물의 인식 변화, 타협, 상황의 전환 등 다양한 방식으로 이루어질 수 있습니다.
4. 소설에서 갈등은 인물들의 다양한 선택과 반응을 이끌어냄으로써, 독자가 인물의 성격과 가치관을 이해하고 공감하도록 돕는 장치입니다.

03 서술자의 시점

[2025 고3 6모] 27번 – '나'의 지각 내용을 '나'가 서술하는 상황으로 인물과 서술자가 겹쳐 있다.
[2025 고3 6모] 27번 – 서술의 주체를 알 수 있는 표지가 분명하게 제시되어 서술자와 지각의 주체가 뚜렷이 구분된다.
[2024 고3 6모] 27번 – 서술자가 중심인물의 시선에 의존하여 사건의 양상을 제한적으로 나타낸다.
[2020 수능] 32번 〈보기〉 – 서술자의 서술 방식
[2018 수능] 43번 – 공간의 이동에 따라 서술자를 달리하여 사건에 대한 다양한 관점을 제시하고 있다.
[2014A 수능] 34번 – 서술자의 시각을 통해 상황에 대한 비관적 인식이 드러나고 있다.
[2013 수능] 13번 – 서술자가 주인공으로 등장하여 자신의 체험을 사실적으로 서술하고 있다.

소설에서 서술자란 소설에서 특정 대상이나 사건을 관찰하고 독자에게 전달하는 존재를 의미합니다. 서술자는 작품 안에 존재할 수도 있고, 작품 밖에 존재할 수도 있습니다. 동일한 내용과 사건을 다루더라도 서술자가 누구이며 어떠한 입장을 취하는지에 따라 작품의 세계는 완전히 달라집니다. 그렇기에 우리는 서술자의 관점이 두드러지게 드러난 표현을 중심으로 작품의 분위기와 주제를 파악해야 합니다.

우리가 헷갈리지 말아야 할 점이 있습니다. 소설 속 서술자는 결코 작가와 동일한 존재가 아니라는 점입니다. 서술자는 작가 그 자체가 아니라, 소설 속에서 이야기를 전달하고 서술하는 존재입니다. 작품에 등장하는 여러 인물들과 마찬가지로 서술자 역시 작가가 창조해 낸 존재이지요. 그렇다면 서술자의 유형에는 어떤 것들이 있는지 한번 살펴볼까요?

일단 가장 먼저 서술자가 소설 속 등장인물인지, 등장인물이 아닌 소설 속 가상의 작가인지에 따라 크게 두 분류로 나뉩니다. 우선 서술자가 소설에 나오는 등장인물인 경우를 살펴봅시다.

'1인칭 주인공 시점'의 경우 서술자가 이야기의 주인공입니다. 주인공인 '나'가 자신의 경험을 독자에게

전달하는 것이죠. 주인공 '나'는 자신의 입장에서 겪은 일, 보고 들은 일을 서술합니다. 반면 '1인칭 관찰자 시점'의 경우 서술자는 작품 속에서 주인공을 관찰하는 하나의 등장인물입니다. 서술자 '나'는 주인공 옆에서 그의 행적을 관찰하고 서술하며, 이에 대한 생각을 드러내기도 합니다.

'1인칭 주인공 시점'과 '1인칭 관찰자 시점'의 서술자는 모두 작품 속의 등장인물이며, 자신의 속마음만을 알고 다른 인물의 속마음까지는 명확히 알지 못합니다. 단지 다른 인물들의 말과 행동을 통해 그 속내를 추측할 뿐입니다. 그리고 1인칭 서술자가 독자에게 사건을 전달할 때는 그의 주관이 섞이는 경우가 많아 이를 고려하면서 소설을 읽어야 합니다.

종종 소설에서 1인칭 서술자를 '어린아이' 혹은 '청소년'으로 설정하는 경우가 있습니다. 이는 주로 작가가 비판하고자 하는 대상이나 사회 현실을 판단이 미숙한 어린아이의 시선에서 간접적으로 비판하기 위함인 경우가 많습니다. '아이의 순수한 시선'으로 바라보면 사회의 부조리나 위선은 더욱 선명해 보입니다. 어린아이가 제대로 이해하지 못하는 어른들의 세계를 독자가 스스로 추측하게끔 해 읽는 재미를 더하기도 합니다.

반면 서술자가 소설 속 등장인물이 아닌, 등장인물들의 사건을 바라보고 서술하는 가상의 작가인 경우가 있습니다. '전지적 작가 시점'과 '3인칭 관찰자 시점'이 바로 그러한 경우에 속합니다. '전지적 작가 시점'의 경우 소설 속 가상의 작가가 마치 신과 같은 위치에서 소설 속 사건과 등장인물들의 심리를 전부 서술합니다. 이 경우 서술자는 모든 것을 알고 있기 때문에, 모든 인물들의 속마음과 내면을 서술할 수 있죠.

반면 '3인칭 관찰자 시점'의 경우, 서술자는 전지전능한 신이 아닌 관찰자일 뿐입니다. 소설 속 가상의 서술자가 등장인물들의 말과 행동 등 겉모습을 관찰하기는 하지만 인물의 속마음까지 알지는 못합니다. 그저 등장인물들의 겉모습과 행동, 말 등을 관찰한 그대로 서술할 뿐입니다.

그런데, 이 네 가지 시점에 명확하게 속하지 않는 경우도 있습니다. 수능에서 종종 언급되는 '제한적 전지적 작가 시점'입니다. 이는 '전지적 작가 시점이지만 서술자가 특정 인물(초점 인물)의 시각에서 사건을 서술하는 경우'입니다. 전지적 작가 시점이기는 한데, 서술자의 시각이 제한되어 특정 인물의 속마음만 파악할 수 있는 것이죠. 그렇기에 다른 인물의 심리나 행동 같은 경우 '제한적 전지적 작가'는 초점 인물의 시각에서 추론할 뿐입니다. 하지만 표면에 '나'라는 서술자가 드러나지 않는다는 점에서 1인칭 주인공 시점과는 차이가 있습니다.

구보는 고독을 느끼고, 사람들 있는 곳으로, 약동하는 무리들이 있는 곳으로, 가고 싶다 생각한다. 그는 눈앞의 경성역을 본다. 그곳에는 마땅히 인생이 있을 게다. 이 낡은 서울의 호흡과 또 감정이 있을 게다. 도회의 소설가는 모름지기 이 도회의 항구(港口)와 친하여야 한다. 그러나 물론 그러한 직업의식은 어떻든 좋았다. 다만 구보는 고독을 삼등 대합실 군중 속에 피할 수 있으면 그만이다.

그러나 오히려 고독은 그곳에 있었다. 구보가 한옆에 끼어 앉을 수도 없게시리 사람들은 그곳에 빽빽하게 모여 있어도, 그들의 누구에게서도 인간 본래의 온정을 찾을 수는 없었다. 그네들은 거의 옆의 사람에게 한마디 말을 건네는 일도 없이, 오직 자기네들 사무에 바빴고, 그리고 간혹 말을 건네도, 그것은 자기네가 타고 갈 열차의 시각이나 그러한 것에 지나지 않았다. 그네들의 동료가 아닌 사람에게 그네들은 변소에 다녀올 동안의 그네들 짐을 부탁하는 일조차 없었다. 남을 결코 믿지 않는 그네들의 눈은 보기에 딱하고 또 가엾었다.

　　구보는 한구석에 가 서서, 그의 앞에 앉아 있는 노파를 본다. 그는 뉘 집에 드난을 살다가 이제 늙고 또 쇠잔한 몸을 이끌어, 결코 넉넉하지 못한 어느 시골, 딸네 집이라도 찾아가는지 모른다. 이미 굳어 버린 그의 안면 근육은 어떠한 다행한 일에도 펴질 턱 없고, 그리고 그의 몽롱한 두 눈은 비록 그의 딸의 그지없는 효양(孝養)을 가지고도 감동시킬 수 없을지 모른다. 노파 옆에 앉은 중년의 시골 신사는 그의 시골서 조그만 백화점을 경영하고 있을 게다. 그의 점포에는 마땅히 주단포목도 있고, 일용 잡화도 있고, 또 흔히 쓰이는 약품도 갖추어 있을 게다. 그는 이제 그의 옆에 놓인 물품을 들고 자랑스러이 차에 오를 게다. 구보는 그 시골 신사가 노파와 사이에 되도록 간격을 가지려고 노력하는 것을 발견하고, 그리고 그를 업신여겼다. 만약 그에게 얕은 지혜와 또 약간의 용기를 주면 그는 삼등 승차권을 주머니 속에 간수하고 일, 이등 대합실에 오만하게 자리 잡고 앉을 게다.

– 박태원, 「소설가 구보 씨의 일일」

　　「소설가 구보 씨의 일일」은 일제 강점기 근대 지식인의 내면과 불안을 담은 모더니즘 소설입니다. 이는 제한적 전지적 작가 시점의 대표적인 예라고 할 수 있습니다. 이 소설은 소설가 '구보'가 하루 동안 경성 시내를 걸으며 보고, 듣고, 느끼고 생각한 내용을 그린 작품입니다. 특별한 사건이 이어진다기보다는 구보의 내면과 의식의 흐름을 따라고 있습니다.

　　윗글을 먼저 살펴볼까요? '나는' 혹은 '우리는'과 같은 주어가 보이지 않는 것으로 보아 1인칭 시점은 아닙니다. 그리고 서술자가 구보의 내면을 상세히 아는 것으로 보아 3인칭 관찰자 시점보다는 전지적 작가 시점에 가까워 보입니다. 하지만 일반적인 전지적 작가 시점은, 주인공뿐만 아니라 다른 인물들의 내면과 상황을 모두 전달할 수 있어야 합니다. 윗글의 경우, 서술자는 구보의 내면과 상황만을 서술하고 있죠. 서술자는 노파, 중년의 시골 신사의 상황, 내면에 대해 정확히 알지 못하고, 구보의 입장에서 추측하고 있습니다. 전지적 작가 시점이라면 노파와 중년 시골 신사의 모든 상황을 명확히 알고 서술해야 하는데, '~지 모른다'라며 추측할 뿐입니다. 즉 서술자는 초점 인물인 구보가 보고 느끼는 것만 전달하는 제한적 전지적 작가 시점에 해당합니다.

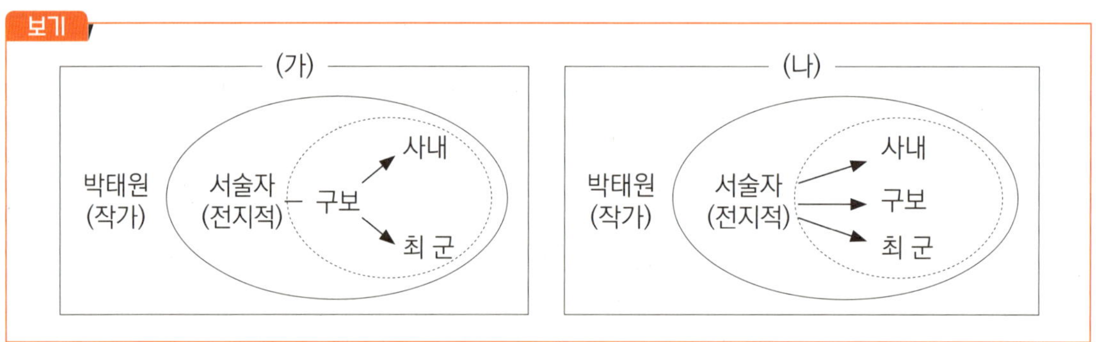

　　2008학년도 고3 6월 모의고사 기출에 등장한 그림을 함께 살펴봅시다. (가)의 경우 제한적 전지적 작가 시점을, (나)의 경우 전지적 작가 시점을 의미합니다. 복습해 봅시다. 작가인 박태원과 서술자는 동일한 존재가 아님을 다시 한번 확인할 수 있죠?

　　위 소설이 전지적 작가 시점이었다면, (나)의 그림과 같이 서술자가 모든 인물의 내면을 다 알아야 합니다. 하지만 위 소설은 제한적 전지적 작가 시점이므로 서술자는 (가)와 같이 구보의 속마음과 상황만을 서술할 수 있습니다.

서술자는 자신의 시각에서 이야기를 직접 서술하거나, 인물의 시각에서 인물의 경험과 인식을 반영하여 서술할 수 있습니다. 즉 '서술'은 서술자가 담당하지만, '시각'은 서술자의 것일 수도, 인물의 것일 수도 있는 것입니다.

시점	개념	특징
1인칭 주인공 시점	화자가 곧 작품 속 주인공으로, '나'의 시각에서 사건을 서술	• 주인공 '나'의 내면과 감정을 직접적으로 전달, 독자들에게 직접 말하는 느낌이 듦. • '나'의 입장에서 바라본 주관적이고 제한적인 상황 서술. (다른 인물의 생각이나 속마음은 알 수 없음)
1인칭 관찰자 시점	화자가 '나'이지만, 주인공이 아닌 주변 인물이나 관찰자로서 사건을 서술	• 주인공에 대해서 '나'가 바라본 바를 묘사. • 화자의 인식과 한계에 따라 정보가 제한됨. • 독자는 서술자가 전하는 내용을 바탕으로 주인공의 심리나 성격을 추측해야 함.
3인칭 관찰자 시점 (=작가 관찰자 시점)	작품 밖의 서술자가 인물의 내면은 알지 못하고 겉으로 드러난 행동이나 말만 묘사	• 카메라로 비추듯 인물과 사건을 묘사. • 서술자는 객관적인 태도로 눈에 보이는 것만을 서술하므로 극적인 효과를 줌. • 독자가 스스로 판단해야 하기에 내용 이해에 어려움 있을 수 있음. 독자는 소설의 주제나 인물들의 심리에 대해 적극적으로 상상해 의미를 찾아내야 함.
전지적 작가 시점	작가가 모든 것을 아는 전지적인 존재로서, 모든 인물의 생각과 행동, 사건의 전말까지 모두 서술	• 서술자는 신과 같이 인물의 내면을 모두 파악. • 독자는 사건 전개를 쉽게 이해할 수 있음.
제한적 전지적 작가 시점	서술자가 특정 인물(초점 인물)의 내면만 파악 가능	• 초점 인물의 내면은 깊이 있게 서술하지만, 다른 인물의 내면이나 상황은 초점 인물의 시각에서 추측.

「소설가 구보 씨의 일일」 줄거리

1) '구보'는 스물여섯 살 청년으로, 직업이 없는 미혼 남성이다.

2) 어느 날 정오 무렵, 집을 나선 구보는 서울(경성)의 거리와 전차, 다방, 대합실 등을 떠돌며 하루를 보낸다.

3) 그는 거리를 돌아다니며 자신의 신체적 불안에 대해 생각하기도 하고, 이전에 선을 보았던 여인을 우연히 발견하기도 한다.

4) 거리를 걷다가 도착한 경성역 대합실에서 구보는 도시의 냉담함과 고독을 발견한다.

5) 구보는 중학교 동창과 만나고, 친구와 술잔을 기울이며 문학과 돈, 현실과 이상 사이의 간극을 떠올린다.

6) 새벽이 되어 구보는 집으로 돌아가며 하루를 마감한다.

1. 1인칭 주인공 시점의 경우 서술자가 이야기의 주인공으로, '나'가 자신의 입장에서 경험을 전달한다. (O, X)

2. 1인칭 주인공 시점과 1인칭 관찰자 시점의 서술자는 모두 작품 속 등장인물이다. (O, X)

3. 1인칭 서술자를 '어린아이'로 설정할 경우 부조리한 사회 현실을 직접적으로 비판하는 효과가 있다. (O, X)

4. 제한적 전지적 작가 시점에서 서술자는 모든 인물의 내면을 서술한다. (O, X)

5. 작품 밖 서술자가 인물의 내면은 알지 못하고 행동이나 말만 묘사하는 경우는 _______ 에 해당한다.

정답과 해설: 1. ○ 2. ○ 3. × 4. × 5. 3인칭 관찰자 시점(작가 관찰자 시점)

1. 1인칭 주인공 시점은 서술자가 작품 속 주인공 '나'로 등장해, 자신의 경험과 인식을 직접 전달하는 방식입니다.
2. 1인칭 주인공 시점과 1인칭 관찰자 시점의 서술자는 모두 작품 속에 등장하는 인물입니다.
3. 어린아이 서술자는 사회 현실을 직접적으로 비판하기보다, 순수한 시선을 통해 부조리를 간접적, 우회적으로 드러내는 효과를 가집니다.
4. 제한적 전지적 작가 시점의 서술자는 특정 인물의 내면만 알 수 있을 뿐, 모든 인물의 내면을 서술하지는 않습니다.
5. 3인칭 관찰자 시점은 작품 밖 서술자가 인물의 행동과 말만 객관적으로 묘사하는 시점입니다.

04 서술자, 인물, 독자 사이의 거리

[2020 수능] 32번 〈보기〉 - 서술자, 인물, 독자와의 관계

앞에서 우리가 살펴보았듯, 소설에서 '서술자'는 이야기를 전하는 사람이고 '인물'은 이야기 속에서 사건을 겪는 존재입니다. 그리고 '독자'는 작품 밖에서 그 이야기를 읽으며 느끼고 상상하는 사람이지요. 이 세 존재 사이에는 '심리적 거리'가 있습니다. 이는 각 대상을 얼마나 가깝게 느끼는가, 멀게 느끼는가에 대한 것입니다. 이러한 거리는 주로 서술자의 시점에 따라 달라집니다.

◉ 독자와 서술자 사이 거리

먼저 독자와 서술자 사이의 거리를 살펴보겠습니다. 독자는 1인칭 주인공 시점과 전지적 작가 시점의 서술자를 가깝게 여깁니다. 1인칭 주인공 시점의 경우 서술자가 직접 자신의 이야기를 들려주죠. 자신이 생각하는 바를 친절하게 설명해 주니 독자는 서술자의 입장에 몰입하기도 쉽고, 거리감도 매우 가깝습니다.

전지적 작가 시점의 경우도 독자에게 아주 친절합니다. 전지적 작가는 모든 인물의 마음을 알고 모든 사건을 꿰뚫어 보는 존재이죠. 서술자가 과거, 미래의 사건은 물론 모든 인물들의 속마음을 독자에게 친절하게 설명해 주기 때문에 독자는 서술자를 친절하고 가까운 존재로 여길 수밖에 없습니다.

반면, 독자는 1인칭 관찰자 시점과 작가 관찰자 시점의 서술자를 멀게 느낍니다. 왜 그럴까요? 앞에서 살펴본 것과 반대로 생각해 보면 쉽습니다. 서술자가 '나는 그냥 내가 생각한 것, 본 것만을 서술하련다, 해석하고 이해하는 건 네가 알아서 해'라는 식으로 불친절하게 대하면 독자는 서술자에게 거리감을 느낄 수밖에 없겠죠?

1인칭 관찰자 시점은 주인공이 아닌 '나'가 다른 사람의 이야기를 관찰하고 전합니다. 그렇기에 서술자 자신도 주인공의 내면은 직접 알 수 없고, 추론할 뿐입니다. 이 경우 독자는 하나하나 세세하게 다 이야기하지 않는 서술자에게 거리감을 느낍니다. 작가 관찰자의 경우 더욱 불친절합니다. 겉으로 드러난 행동과 대화만 객관적으로 보여줄 뿐이죠. 독자는 마치 카메라로 장면을 지켜보는 듯한 느낌을 받습니다. 서술자가 있는지, 없는지도 까먹을 것 같습니다. 이 경우 독자는 당연히 서술자와의 거리를 멀게 느낄 수밖에 없습니다.

독자와 인물 사이 거리

이번에는 독자와 인물 사이의 거리를 볼까요? 독자와 인물 사이의 관계는 독자와 서술자의 관계와 반대입니다. 서술자가 인물들의 내면을 상세하게 알려주면 독자는 굳이 인물들을 면밀히 살필 필요가 없습니다. 서술자가 인물의 생각과 감정을 자세하게 설명할수록 독자는 인물에게서 심리적으로 멀어지게 되죠.

반대로 서술자가 인물의 내면을 직접 설명하지 않을수록, 독자는 인물의 표정, 행동, 말투 속에서 그 속마음을 추측해야 하므로 인물에게 가까워진 느낌을 받습니다. 정리하자면, 1인칭 주인공 시점과 전지적 작가 시점에서 인물과 독자의 거리는 멀고, 1인칭 관찰자 시점과 작가 관찰자 시점에서 인물과 독자의 거리는 가깝습니다.

서술자와 인물 사이 거리

마지막으로 서술자와 인물 사이의 거리를 살펴볼까요? 서술자가 인물들의 성격, 심리에 관심을 가지고 서술하는 것은 1인칭 주인공 시점과 전지적 작가 시점입니다. 1인칭 주인공 시점에서는 '나'가 곧 이야기의 주인공이자 서술자입니다. 즉, 서술자와 인물이 일치하므로, 그 사이에 거리는 '없다'라고 할 정도로 가깝습니다. 주인공의 내면이 곧 서술자의 내면이기 때문에 그 생각과 감정이 직접적으로 드러나죠. 두 존재 사이에는 아무런 거리감이 없어 가장 밀착된 형태입니다.

전지적 작가 시점에서도 서술자는 인물의 내면과 사건의 흐름을 모두 알고 있습니다. 작가는 인물의 생각, 숨겨진 감정, 사건의 배경까지도 꿰뚫어 보기 때문에 1인칭 주인공만큼은 아니지만 인물과의 거리가 아주 가깝다고 할 수 있습니다. '민수는 웃었지만, 그 웃음 뒤에는 깊은 불안이 숨어 있었다'와 같이 인물의 마음을 정확히 설명하는 전지적 작가의 말은, 인물과 서술자 사이의 친밀함을 잘 보여줍니다.

반면 1인칭 관찰자 시점과 3인칭 관찰자 시점에서는 서술자와 인물 사이의 거리가 멉니다. 1인칭 관찰자 시점에서는 '나'가 주변 인물로 주인공의 이야기를 관찰하는 입장이죠. 3인칭 관찰자 시점도 마찬가지입니다. 서술자가 외부에서 인물의 행동과 말만을 관찰하여 서술합니다. 이 경우 인물과 서술자의 거리는 멀다고 할 수 있습니다.

서술자, 독자, 인물 사이의 이러한 관계는 2020학년도 수능 〈보기〉에서도 잘 드러납니다. 아래 〈보기〉를 읽어보며 위에서 배운 내용을 복습해 봅시다.

　　이 소설의 서술자인 성인 '나'는 주로 세 가지 서술 방식을 활용한다. 첫째는 서술자가 등장인물의 내면 심리나 사건을 설명하는 것이다. 이 경우 독자는 서술자의 해석을 통해 사건을 이해하게 된다. 둘째는 서술자가 인물의 외양이나 행위만을 묘사하는 것이다. 이 경우 독자는 그 묘사가 갖는 의미를 스스로 해석해야 한다. 셋째는 서술자가 유년 '나'로 시선을 제한하여 유년 '나'의 눈에 보이는 다른 인물의 외양이나 행위를 묘사하는 것이다. 이 경우 독자는 사건의 현장을 직접 보는 듯한 느낌을 가질 수 있으며, 둘째 방식에서처럼 그 묘사에 대해 해석해야 한다. 셋째 방식에 유년 '나'의 심리가 함께 서술되면 독자는 인물의 심리에 쉽게 공감하게 된다.

– 20학년도 수능 32번

시점	독자 – 서술자	독자 – 인물	서술자 – 인물
1인칭 주인공 시점	가깝다	멀다	매우 가깝다 ('나'와는 거리감 없음)
전지적 작가 시점	가깝다	멀다	가깝다
1인칭 관찰자 시점	멀다	가깝다	멀다
3인칭 관찰자 시점	멀다	가깝다	멀다

Q 퀴즈로 점검하는 문학 개념

1. 1인칭 관찰자 시점의 경우 독자는 서술자를 멀게 느낀다. 　　　　　　(O, ✕)

2. 1인칭 주인공 시점과 전지적 작가 시점에서 인물과 독자의 거리는 가깝다. 　　(O, ✕)

3. 1인칭 주인공 시점보다 3인칭 관찰자 시점에서 서술자와 인물 사이의 거리가 더 가깝다. 　(O, ✕)

4. 1인칭 관찰자 시점에서 서술자와 인물 사이의 거리는 멀다. 　　　　　(O, ✕)

정답과 해설: 1. ○ 2. ✕ 3. ✕ 4. ○

1. 1인칭 관찰자 시점에서는 서술자가 사건을 곁에서 지켜보는 인물입니다. 서술자가 인물의 내면이나 사건의 전개에 대해 상세하게 서술해 주지 못하므로 독자는 서술자에게 거리감을 느낍니다.

2. 1인칭 주인공 시점과 전지적 작가 시점 모두 서술자가 독자에게 인물의 내면을 상세히 설명해 주기 때문에, 독자는 인물을 면밀히 살필 필요가 없어 인물과 독자 사이에는 거리감이 있습니다.

3. 1인칭 주인공 시점은 서술자와 인물 사이의 거리가 매우 가까운 반면, 3인칭 관찰자 시점에서 서술자는 인물의 행동과 말만 제시하므로 서술자와 인물 사이 거리감이 있습니다.

4. 1인칭 관찰자 시점에서는 서술자가 중심인물의 내면을 직접적으로 알 수 없으므로 서술자와 인물 사이의 거리가 멀게 형성됩니다.

05 의식의 흐름 기법

[2018 고3 4모] 34번 – <u>의식의 흐름 기법</u>을 활용하여 인물의 내적 욕망을 드러내고 있다.

[2016 고2 11모] 31번 – <u>의식의 흐름 기법</u>을 활용하여 인물의 내적 욕망을 보여주고 있다.

[2012 고3 9모] 35번 – <u>의식의 흐름 기법</u>을 사용하여 인물의 무의식을 드러내고 있다.

의식의 흐름 기법이란, 인물이 자신의 마음에 떠오르는 생각을 의식이 흐르는 대로, 논리적 순서 없이 자유롭게 서술하는 기법입니다. 생각이 꼬리에 꼬리를 물며 자유롭게 이어지는 방식이죠. 우리가 가만히 앉아서 멍때릴 때를 생각해 봅시다. 그때 내 머릿속에 지나가는 생각들은 전혀 논리정연하지 않습니다. 이 생각 했다가, 저 생각 했다가, 생각이 전혀 뜬금없는 방향으로 흘러가기도 하죠. 의식의 흐름 기법은 바로 이러한 인물의 내면을 그대로 적어냅니다.

「소설가 구보 씨의 일일」과 함께 모더니즘 문학의 대표적인 작품이자, 의식의 흐름 기법이 쓰인 이상의 「날개」를 한번 살펴봅시다. 이상의 「날개」는 일제 강점기 근대화 시기에 무력한 지식인의 내면을 형상화한 작품입니다.

나의 유희심은 육체적인 데서 정신적인 데로 비약한다. 나는 거울을 내던지고 아내의 화장대 앞으로 가까이 가서 나란히 늘어 놓인 그 가지각색의 화장품 병들을 들여다본다. 고것들은 세상의 무엇보다도 매력적이다.

나는 그 중의 하나만을 골라서 가만히 마개를 빼고 병 구멍을 내 코에 가져다 대고 숨 죽이듯이 가벼운 호흡을 하여 본다. 이국적인 센슈얼한 향기가 폐로 스며들면 나는 저절로 스르르 감기는 내 눈을 느낀다. 확실히 아내의 체취의 파편이다.

나는 도로 병마개를 막고 생각해 본다. 아내의 어느 부분에서 요 냄새가 났던가를…… 그러나 그 것은 분명하지 않다. 왜? 아내의 체취는 여기 늘어섰는 가지각색 향기의 합계일 것이니까. 아내의 방은 늘 화려하였다. 내 방이 벽에 못 한 개 꽂히지 않은 소박한 것인 반대로, 아내 방에는 천장 밑으로 쫙 돌려 못이 박히고, 못마다 화려한 아내의 치마와 저고리가 걸렸다. 여러가지 무늬가 보기 좋다.

나는 그 여러 조각의 치마에서 늘 아내의 동체와, 그 동체가 될 수 있는 여러가지 포우즈를 연상하고 연상하면서 내 마음은 늘 점잖지 못하다.

그렇건만 나에게는 옷이 없었다. 아내는 내게 옷을 주지 않았다. 입고 있는 골덴양복 한 벌이 내 자리옷이었고 통상복과 나들이옷을 겸한 것이었다. 그리고 하이넥의 스웨터가 한 조각 사철을 통한 내 내의다.

– 이상, 「날개」

화자인 '나'는 아내가 외출하면 주로 하는 놀이에 대해서 서술합니다. 처음에는 화장대에서 화장품 병들을 바라보는 것에 관해 서술하다가, 아내의 옷을 살펴보며 이에 대해 생각하기도 하고, 자신의 옷에 관해 생각하기도 합니다. 이런 식으로 한 생각이 다른 생각으로 자연스럽게 옮겨 가는 것을 있는 그대로 서술하는 것을 '의식의 흐름 기법'이라고 합니다.

1930년대 초 나타난 모더니즘 소설은 근대 도시의 혼란스러운 풍경과 개인의 내적 고뇌를 섬세하게 묘사합니다. 이 당시는 일제 강점기라는 가혹한 시절과 더불어, 기계 문명, 도시화, 전쟁 등으로 인간 내면이 혼란스럽고 불안해진 시대였죠. 작가들은 이전처럼 이야기를 논리정연하게 서술하는 대신, 인간의 내면세계, 의식 속 혼란, 감정의 미세한 흐름을 세심하게 표현하고자 했습니다.

우리들의 마음은 논리정연하지 않습니다. 현실을 살아가면서 동시에 과거를 떠올리고, 여러 불안과 욕망이 뒤섞여 온갖 생각이 끊임없이 흘러가죠. 작가들은 이러한 인간의 복잡한 마음을 드러내기 위해 의식의 흐름 기법을 사용한 것입니다.

「날개」 줄거리

1) 아내와 함께 사는 '나'는 햇빛이 들지 않고 음침한 방에서 주로 생활한다.

2) 아내가 외출하면 '나'는 아내의 방에 내려가 돋보기로 화장품 병에 비치는 햇살을 관찰하거나, 향기를 맡으며 시간을 보낸다.

3) 아내는 자주 외출하며 방에 손님이 오기도 한다. 그럴 때마다 '나'는 아내의 방에 들어가지 못하고 방에 이불을 뒤집어쓰고 누워 있는다. 아내는 손님을 집에 데려와 돈을 벌고 '나'에게 은화를 준다.

4) 어느 날 '나'는 아내에게 온 손님을 피해 길거리를 배회한다. 그러던 어느 날 밤 외출에서 일찍 돌아온 '나'는 손님이 와 있는 아내의 방에 들어가게 된다.

5) 감기 기운이 있던 나는 아내가 사다 주는 약을 먹게 되는데 그것이 아스피린이 아니라 수면제임을 알게 된다.

6) 충격을 받은 '나'는 뛰쳐나와 수면제를 한입에 다 털어 넣는다.

7) 기절했다가 다시 정신을 차린 '나'는 정오 사이렌이 울리는 시간에, 지금은 박제가 되어 버린 자신의 지난날을 회상하며 다시 날아오르고자 하는 소망을 드러낸다.

Q 퀴즈로 점검하는 문학 개념

1. 의식의 흐름 기법이란, 인물이 자신의 마음에 떠오르는 생각을 의식이 흐르는 대로 논리적 순서 없이 자유롭게 서술하는 기법이다. (○, ×)

2. 의식의 흐름 기법은 사건의 인과 관계를 논리적으로 서술한다는 것이 특징이다. (○, ×)

3. 의식의 흐름 기법은 고전 소설보다 현대 소설에서 많이 등장한다. (○, ×)

정답과 해설: 1. ○ 2. × 3. ○

1. 의식의 흐름 기법은 인물의 생각, 감정, 기억을 떠오르는 순서대로 서술하는 방식입니다.
2. 의식의 흐름 기법은 뚜렷한 인과 관계가 없어 보이는 인물 내면과 심리의 흐름을 그대로 드러내는 데 초점을 둡니다.
3. 의식의 흐름 기법은 인물의 내면과 심리 표현을 중시하는 현대 소설에서 본격적으로 활용된 서술 기법입니다.

06 직접 제시와 간접 제시

[2024 고3 6모] 18번 – 인물의 내력을 요약적으로 제시하여 성격의 변화를 보여준다.

[2015A 수능] 34번 – [A]는 묘사를 통해 인물의 외양을, [B]는 발화를 통해 인물의 감회를 드러내고 있다.

직접 제시(=말하기, 분석적 제시, 요약적 제시)란 '서술자가 인물의 성격이나 감정, 상황, 사건 등을 직접 설명하는 방식'입니다. 서술자가 인물이나 사건을 스스로 요약하고 분석해 독자에게 그대로 알려주는 것이죠. 예를 들어, '민수는 마음이 따뜻한 아이였다'와 같은 문장을 살펴보면, 민수는 착한 아이라는 것을 서술자가 직접적으로 제시합니다. 그러면 독자는 '아, 그렇구나' 하고 수용할 수밖에 없습니다. 이 경우 독자에게 인물의 성격이나 사건의 내용을 빠르고 명확하게 전달할 수 있지만, 독자가 스스로 인물의 모습이나 성격 등을 상상할 수 있는 여지는 적어집니다. '직접 제시'는 수능에서 '서술자가 내용을 직접적으로 제시한다', '서술자가 내용을 요약적으로 제시한다' 등의 문구로 자주 출제됩니다.

> 이윽고 끄는 이의 다리는 무거워졌다. 자기 집 가까이 다다른 까닭이다. 새삼스러운 염려가 그의 가슴을 눌렀다.
>
> "오늘은 나가지 말아요. 내가 이렇게 아픈데."
>
> 이런 말이 잉잉 그의 귀에 울렸다. 그리고 **병자의 움쑥 들어간 눈이 원망하는 듯이 자기를 노리는 듯하였다.** 그러자 엉엉 하고 우는 개똥이의 곡성을 들은 듯싶다. 딸국딸국 하고 숨 모으는 소리도 나는 듯싶다.
>
> "왜 이러우, 기차 놓치겠구먼."
>
> 하고 탄 이의 초조한 부르짖음이 간신히 그의 귀에 들어왔다. 언뜻 깨달으니 김첨지는 인력거를 쥔 채 길 한복판에 엉거주춤 멈춰 있지 않은가.
>
> "예, 예."
>
> 하고, 김첨지는 또다시 달음질하였다. 집이 차차 멀어 갈수록 김첨지의 걸음에는 다시금 신이 나기 시작하였다. 다리를 재게 놀려야만 쉴새없이 자기의 머리에 떠오르는 모든 근심과 걱정을 잊을 듯이.
>
> **정거장까지 끌어다 주고 그 깜짝 놀란 일 원 오십 전을 정말 제 손에 쥠에 제 말마따나 십 리나 되는 길을 비를 맞아 가며 질퍽거리고 온 생각은 아니하고 거저나 얻은 듯이 고마웠다. 졸부나 된 듯이 기뻤다.** 제 자식뻘밖에 안 되는 어린 손님에게 몇 번 허리를 굽히며,
>
> "안녕히 다녀옵시요."
>
> 라고 깍듯이 재우쳤다.
>
> – 현진건, 「운수 좋은 날」

대표적인 사실주의 작품으로 여겨지며, 일제 강점기 하층민의 현실을 섬세하게 그려낸 현진건의 「운수 좋은 날」을 살펴봅시다. 가난 속에서 아픈 아내와 함께 살고 있는 인력거꾼 김 첨지는 날마다 생활고에 시달립니다. 하지만 어느 날 이상하게 손님이 끊이지 않는, '운수 좋은 날'을 보내게 되죠. 위 지문을 살펴보면, '병자의 움쑥 들어간 눈이 원망하는 듯이 자기를 노리듯 하였다', '거저나 얻은 듯이 고마웠다', '졸부나

된 듯이 기뻤다'와 같은 표현이 있습니다. 이는 김 첨지의 심리를 직접적으로 제시한 것입니다. 독자는 이러한 장면에서 김 첨지의 심리를 추측할 필요가 없습니다. 서술자가 다 제시해 주기 때문이죠.

문학에서 인물의 '간접 제시(=극적 제시)'란, 서술자가 인물의 성격이나 심리, 사건에 대해서 직접 말로 설명하지 않고, 인물의 행동, 대사, 표정, 주변 인물 등의 반응을 통해 독자 스스로 짐작하도록 하는 방법입니다. 영화나 연극처럼 '보여주는 방식'이라고 하여 '극적 제시'라고도 하죠. 직접 제시가 서술자가 요약적으로 설명해 주는 'Telling'이라면, 간접 제시란 'Showing'입니다. 판단이나 해석은 독자의 몫입니다.

간접 제시의 경우 독자의 능동적 해석을 유도하고, 긴장감과 몰입감을 높여 장면의 현장감을 살려준다는 특징이 있습니다. 독자는 마치 영화나 연극을 보는 것처럼 상황에 빠져들 수 있지요. 하지만 독자의 해석이 중요한 만큼, 독자들이 작가의 의도와는 다르게 작품을 해석할 수도 있다는 특징도 있습니다.

서술자가 어린아이일 때도 간접 제시가 많이 나타납니다. 어린아이는 상황이나 어른들의 심리를 제대로 파악할 수 없기 때문입니다. 독자들은 어린아이 서술자가 전해 주는 이야기를 통해 직접 인물들의 성격을 유추해 내야 합니다.

기출을 살펴보면, 인물의 행동과 외양을 묘사하는 '간접 제시'를 통해 인물의 어떤 모습을 드러내는지, 이는 소설의 주제 의식과 어떻게 연결되는지 묻는 경우가 많습니다. 그래서 문제를 풀 때는, 서술자가 묘사한 인물의 말, 행동, 외양 등이 인물의 어떤 면모를 드러내는지 유심히 살펴야 합니다.

2016학년도 수능 A형에 출제된 박완서의 「나목」을 함께 살펴봅시다. 실제로 2016학년도 수능에는 'ⓙ에는 '남편'의 행동 묘사를 통해 '남편'의 성격이 드러나 있고, ⓜ에는 '남편'의 외양 묘사를 통해 '나'의 심리가 드러나 있다'와 같은 선지로 '간접 제시'가 출제된 적이 있습니다.

남편은 이런 장사꾼들과 몇 푼의 돈 때문에 큰소리로 삿대질까지 해 가며 영악하게 흥정을 했다. 남편 하나는 참 잘 만났느니라고 사돈댁 — 지금의 동서 — 은 연신 뻐드러진 이를 드러내고 내 등을 쳤다.
이렇게 해서 나의 고가는 완전히 해체되어 몇 푼의 돈으로 바뀌었나 보다.

(중략)

그러고 보니 아직도 해체되지 않은 한 모퉁이가 내 은밀한 곳에 남아 있는지도 몰랐다.
"옥희도 씨 유작전이 있군."
남편도 지금 그 기사를 읽고 있는 모양이다.
"죽은 후에 유작전이나 열어 주면 뭘 해. 살아서는 개인전 한 번 못 가져 본 분을."
"…"
"흥, 그분 그림이 외국 사람들 사이에 꽤 인기가 있는 모양인데 모를 일이야."
'흥, 잡종의 상판을 헐값으로 그려 준 대가를 제법 받는 셈인가.'
"죽은 후에 치켜세우는 것처럼 싱거운 건 없더라. 아마 어떤 비평가의 농간이겠지…."
'흥, 당신이 생각해 낼 만한 천박한 추측이군요.'
"에이 모르겠다. 예술이니 나발이니. 살아서 잘 먹고 편히 사는 게 제일이지."
'암, 몰라야죠. 당신 따위가 알 게 뭐예요. 그분은 그렇게밖에 살 수 없었다는 걸 당신 따위가 알 게 뭐예요.'
남편은 신문을 떨구고 기지개를 늘어지게 폈다.
나는, 젖힌 그의 얼굴에서 동굴처럼 뚫린 콧구멍과 그 속을 무성하게 채운 코털을 보며 잠깐 모멸과 혐오를 느꼈다.

— 박완서, 「나목」

박완서의 「나목」에서 남편은 현실적인 인물로, 예술이나 감성적 가치에는 무관심합니다. 위 지문에 등장하는 인물의 말이나 행동에서 이러한 특성을 알 수 있습니다. '남편은 장사꾼들과 몇 푼의 돈 때문에 삿대질까지 하며 흥정하는 존재'입니다. 게다가 '나'가 동경하던 예술가 '옥희도'에 대해 함부로 이야기하며 '예술이니 나발이니 살아서 잘 먹고 편히 사는 게 제일'이라고 이야기합니다. 욕심이 많고, 현실적이며 물질을 추구하는 '남편'의 모습은 '동굴처럼 뚫린 콧구멍과 그 속을 무성하게 채운 콧털'이라는 표현을 통해 더욱 부정적으로 부각되며, '나'는 이러한 인물에 대해 모멸과 혐오감을 느낍니다. 이를 통해 독자는 남편이 '옥희도'와 상반되는 인물이며, '나'가 부정적으로 바라보는 인물이라는 것을 파악할 수 있습니다.

「운수 좋은 날」 줄거리

1) 김 첨지는 일제 강점기 경성에서 아픈 아내와 세 살배기 아들과 살아가고 있는 빈민이다.
2) 인력거꾼으로 일하고 있는 김 첨지는 여느 날과 다름없이 일을 하려고 집을 나서는데, 유난히 아내가 오늘은 나가지 말라고 애원한다.
3) 김 첨지는 이를 거부하고 집을 나선다. 유독 많이 내리는 비에 평소보다 훨씬 일이 많이 들어오게 된다.
4) 하루 동안 석 달 치 월세를 번 김 첨지는 '운수 좋은 날'이라고 생각한다.
5) 왠지 불길한 마음에 집에 가기 싫었던 김 첨지는 친구 치삼과 선술집에서 술을 마신다.
6) 술을 마시고 김 첨지는 아내가 간절히 먹고 싶어 했던 '설렁탕'을 사 들고 집에 간다.
7) 하지만 아내는 이미 죽어 있었고, 김 첨지는 '설렁탕을 사 왔는데 왜 먹지를 못하냐'라며 울부짖는다.

「나목」 줄거리

1) 6.25 전쟁 중 두 오빠가 자신 때문에 죽었다는 죄책감에 시달리는 이경은, 명동의 미군 PX 초상화부에서 일하게 된다.
2) 이곳에서 이경은 고독한 눈빛의 중년 화가 옥희도를 만나고, 다른 화가들과는 다른 옥희도에게 끌림을 느낀다.
3) 이경은 옥희도의 제의로 함께 저녁 식사를 하고 명동 거리를 거닐며 서로의 고독을 이해한다.
4) 세월이 흐른 후 옥희도와 이경은 예전에 함께 갔던 완구점 가게에서 다시 만난다.
5) 이경은 옥희도가 가게에 나오지 않자, 집에 찾아가고, 옥희도의 캔버스에 고목(古木)이 그려져 있음을 목격한다.
6) 옥희도는 이경에게 아버지와 오빠의 환상으로부터 자유로워지라고 말하며 떠난다.
7) 세월이 흐르고 PX 전공 태수와 결혼한 이경은 신문에서 옥희도의 유작전이 열리는 것을 보고 이를 찾아간다.
8) 유작전에서 이경은 옥희도의 방에서 보았던 그림이 고목(古木)이 아니라 나목(裸木)이었음을 깨닫게 된다.

Q 퀴즈로 점검하는 문학 개념

1. 직접 제시란 서술자가 인물의 성격이나 감정, 상황, 사건 등을 직접 설명하는 방식이다.　(O, X)

2. 간접 제시는 수능에서 '서술자가 내용을 요약적으로 제시한다'와 같은 문구로 자주 출제된다.　(O, X)

3. 서술자가 어린아이인 경우 __________이/가 많이 나타난다.

07 소설의 배경

[2023 수능] 18번 – 감각적인 <u>배경 묘사</u>를 통해 인물의 행동이 전개되는 상황의 낭만적 분위기를 부각하고 있다.
[2016 수능] 43번 – (가)에서는 '어둠'이 사라져 가는 시간을, (나)에서는 '어둠'이 지속되는 시간을 <u>배경</u>으로 삼고 있다.
[2015A 수능] 34번 – [B]와 달리, [A]는 요약적 서술을 통해 <u>시대적 배경</u>을 제시하고 있다.
[2015B 수능] 36번 – ㉠에서는 인물이 처한 힘든 상황을 나타내는 <u>시공간적 배경</u>을 제시하고 있다.
[2013 수능] 13번 – <u>배경 묘사</u>를 통해 인물의 내면 심리를 표출하고 있다
[2013 수능] 46번 – (나)와 (다)는 <u>시간적 배경</u>에 의미를 부여하여 삶의 무상함을 드러내고 있다.

소설에서 배경을 파악하는 것은, 작품을 깊이 있게 이해하는 데 필수적인 과정입니다. 소설의 배경은 단순히 이야기가 벌어지는 시간이나 장소를 알려주는 데 그치는 것이 아니라, 작품의 전체 흐름과 주제를 뒷받침하는 중요한 역할을 하죠.

소설에서 배경은 다양한 기능을 합니다. 먼저 소설의 배경은 그 이야기의 전반적인 분위기를 조성합니다. 예를 들어, 어두운 밤길이나 비가 내리는 장면은 왠지 모르게 긴장감과 불안한 분위기를 조성하고, 따뜻한 봄날의 풍경은 밝고 설레는 분위기를 형성하죠.

배경은 인물의 심리나 앞으로 벌어질 사건을 암시하기도 합니다. 배경 자체가 복선이 될 수 있는 것입니다. 예를 들어, 좋았던 날씨가 갑자기 흐려지거나, 불길함을 암시하는 까마귀들이 주인공 주변에 모인다면 이는 좋지 않은 일이 생길 것 같다는 신호가 될 수 있습니다.

배경은 작품의 주제를 암시하기도 합니다. 가난한 마을, 전쟁터, 개발이 진행되는 도시와 같은 배경은 작품이 다루는 사회 문제나 전하고자 하는 주제를 은근하게 드러내죠. 그리고 배경은 소설에서 발생하는 사건들에 개연성을 부여하기도 합니다. '재난이 발생한 공간'이라는 배경이 설정되어 있다면, 사람들이 생계를 위해 이기적으로 변하고 인심이 각박해지는 것은 당연하고 설득력 있게 느껴집니다.

마지막으로 배경은 작품의 사실성과 현실감을 높이는 역할을 합니다. 종종 실제 존재하는 도시나 시대적 사건을 배경으로 하는 경우가 있는데, 이 경우 독자는 이야기 속 세계를 현실처럼 느끼고, 인물의 행동과 감정에도 더욱 몰입하게 됩니다.

이처럼 소설의 배경과 그 기능을 파악하는 것은, 이야기의 흐름과 주제를 파악하는 데 필수적입니다. 소설의 배경을 잘 이해하면 그 인물의 감정 변화, 사건의 전개 방식, 작품이 전달하고자 하는 메시지까지

자연스럽게 읽혀 소설을 훨씬 더 입체적으로 감상할 수 있죠. 이번에는 소설의 배경에 구체적으로 어떤 종류가 있는지 살펴봅시다.

📍 자연적 배경

자연적 배경이란 '인물과 사건이 놓인 자연적 환경'을 의미합니다. 쉽게 이야기하면, 사건이 일어나는 구체적인 시간과 공간을 의미하죠. 자연적 배경은 '시간적 배경'과 '공간적 배경'으로 나뉩니다. 소년과 소녀의 순수한 사랑을 다룬 황순원의 「소나기」를 살펴볼까요?

위 지문에서 소년과 소녀는 어떤 배경 속에 놓여 있나요? 바로 '어둑어둑해져 비가 쏟아지기 시작한 저녁 시간', 그리고 '원두막'이라는 공간 속에 있습니다. 먹장구름이 몰려오고 주위가 보랏빛으로 변하는 모습은 무언가 불길한 일이 일어날 것임을 암시하죠.

갑작스러운 소나기가 내리면서 소년과 소녀는 비를 피하려고 원두막으로 함께 들어갑니다. 차갑고 거센 빗속에서 소녀가 떨고, 소년이 저고리를 벗어 덮어 주는 장면은 두 아이의 순수한 사랑을 더욱 부각합니다.

비 때문에 추위에 떨었던 소녀는 집에 돌아간 이후 결국 죽음을 맞이하고, 둘 사이의 순수한 사랑은 비극적으로 끝나게 됩니다. '비 내리는 날', '원두막'이라는 시간적, 공간적 배경은 사건을 전개하는 데 중요한 역할을 함과 동시에 비극적 결말을 암시하는 장치로서 기능합니다.

「소나기」 줄거리

1) 소년은 서울에서 온 윤 초시네 증손녀를 우연히 개울가에서 처음 만난다.
2) 어느 날 소녀가 소년에게 말을 걸고, 두 사람은 함께 들판을 지나 산으로 가며 즐거운 시간을 보낸다.
3) 그러다 갑자기 소나기를 만나고, 소녀는 입술이 파랗게 질리며 추위에 떨게 된다.
4) 소년은 자신의 옷을 벗어주고, 함께 비를 피한다.

5) 비가 그친 후 물이 불어나자 소년은 소녀를 업고 개울을 건너고, 그녀의 스웨터 앞자락에는 소년의 등에 묻은 진흙물이 묻게 된다.

6) 며칠 만에 나타난 소녀는 소년에게 그동안 아팠으며 곧 이사 가게 된다고 이야기한다.

7) 하지만 소녀가 이사 가기 전날, 소년은 소녀가 죽었다는 것과, 그녀가 자신이 입은 스웨터를 함께 묻어 달라는 말을 남겼음을 전해 듣게 된다.

📍 사회적 배경

사회적 배경은 '소설에 나타나는 사회 현실과 역사적 상황'을 의미합니다. 즉, 작품 속 인물과 사건에 영향을 주는 사회 구조, 역사적 상황, 제도, 문화, 계층, 이념 등이 사회적 배경에 해당합니다. 1970년대 서울 변두리, 산업화와 재개발로 삶의 터전을 빼앗긴 도시 빈민들의 고통과 좌절을 다룬 조세희의 「난장이가 쏘아 올린 작은 공」을 한번 살펴봅시다.

> 사람들은 아버지를 난장이라고 불렀다. 사람들은 옳게 보였다. 아버지는 난장이였다. 불행하게도 사람들은 아버지를 보는 것 하나만 옳았다. 그 밖의 것들은 하나도 옳지 않았다. 나는 아버지, 어머니, 영호, 영희, 그리고 나를 포함한 다섯 식구의 모든 것을 걸고 그들이 옳지 않다는 것을 언제나 말할 수 있다. 나의 '모든 것'이라는 표현에는 '다섯 식구의 목숨'이 포함되어 있다. 천국에 사는 사람들은 지옥을 생각할 필요가 없다. 그러나 우리 다섯 식구는 지옥에 살면서 천국을 생각했다. 단 하루라도 천국을 생각해 보지 않은 날이 없다. 하루하루의 생활이 지겨웠기 때문이다. 우리의 생활은 전쟁과 같았다. 우리는 그 전쟁에서 날마다 지기만 했다.
>
> (중략)
>
> "통장이 이걸 가져왔어요."
> 내가 말했다. 어머니는 조각 마루 끝에 앉아 아침 식사를 하고 있었다.
> "그게 뭐냐?"
> **"철거 계고장예요."**
> "기어코 왔구나!"
> 어머니가 말했다.
> "그러니까 집을 헐라는 거지? 우리가 꼭 받아야 할 것 중의 하나가 이제 나온 셈이구나."
> 어머니는 식사를 중단했다. 나는 어머니의 밥상을 내려다보았다. 보리밥에 까만 된장, 그리고 시든 고추 두어 개와 조린 감자. 나는 어머니를 위해 철거 계고장을 천천히 읽었다.
>
> – 조세희, 「난장이가 쏘아 올린 작은 공」

낙원구 빈민촌에서 살아가던 난장이 가족은 재개발 사업으로 인한 철거 계고장을 받은 후 삶의 터전을 빼앗길 위기에 처합니다. 이에 좌절한 아버지는 스스로 목숨을 끊고, 딸 영희는 입주권을 얻기 위해 젊은 투기업자를 따라갔다가 순결을 빼앗기고 말죠. 이후 입주권을 손에 넣은 영희는 아버지의 이름으로 입주 절차를 마치지만, 아버지가 죽었다는 사실을 듣고 절규하며 쓰러집니다.

「난장이가 쏘아 올린 작은 공」은 재개발로 삶의 터전을 빼앗긴 도시 빈민들의 고통과 좌절을 상세하게 그려냅니다. 이 소설의 사회적 배경은 '급격한 산업화와 도시화가 이루어진 1970년대 서울'이라고 할 수 있습니다. 이러한 사회적 배경은 당시 가난한 이들에게 가해지는 사회와 법의 냉정함, 그로 인해 무력감과 좌절감을 느끼는 도시 빈민들의 비참한 생활상을 효과적으로 드러냅니다.

1) 낙원구 한 빈민촌, 가난하지만 꿈을 잃지 않으며 살아가는 난장이 가족은 재개발 사업에 따른 철거 계고장을 받는다. 주민들은 입주권을 팔아 이주하거나, 그곳에서 버티는 것을 고민한다.
2) 집을 빼앗길 위기에서, 큰아들 영수는 공장 노동자가 되어 부당한 현실에 맞서 싸우려 하고 막내딸 영희는 부잣집 딸의 가정교사로 일을 한다.
3) 투기 세력에 의해 입주권 가격이 치솟자, 난장이 가족 역시 투기업자에게 입주권을 판다. 결국 난장이네의 집은 철거된다.
4) 딸 영희는 입주권을 사간 투기업자를 따라가고, 투기업자의 사무실에서 순결을 잃고 만다. 그의 금고에서 입주권과 돈을 훔쳐 달아난 영희는 동사무소에서 입주 신청을 마친다.
5) 하지만 영희는 아버지가 벽돌 공장 굴뚝에서 자살했음을 듣게 되고, '아버지를 난장이라고 부르는 악당은 죽여 버려'라며 절규한다.

심리적 배경

소설에서 심리적 배경이란, '소설의 배경이 인물 내면의 독특한 심리 상황인 경우'를 의미합니다. 심리적 배경은 등장인물의 내면 심리와 그 변화에 초점을 맞추는 심리소설에 나타나죠. 외부 환경보다 인물의 내면세계가 작품 분위기와 사건 진행에 결정적인 영향을 미치는 경우라고 할 수 있습니다.

무진에 명산물이 없는 게 아니다. 나는 그것이 무엇인지 알고 있다. 그것은 안개다. 아침에 잠자리에서 일어나서 밖으로 나오면, 밤사이에 진주해 온 적군들처럼 안개가 무진을 뼁 둘러싸고 있는 것이었다. 무진을 둘러싸고 있던 산들도 안개에 의하여 보이지 않는 먼 곳으로 유배당해 버리고 없었다. 안개는 마치 이승에 한(恨)이 있어서 매일 밤 찾아오는 여귀가 뿜어 내놓은 입김과 같았다. 해가 떠오르고, 바람이 바다 쪽에서 방향을 바꾸어 불어오기 전에는 사람들의 힘으로써는 그것을 헤쳐버릴 수가 없었다.

－ 김승옥, 「무진기행」

심리적 배경이 아주 잘 드러나는 소설이 있습니다. 바로 김승옥의 「무진기행(霧津紀行)」인데요. 제목에서 알 수 있듯, 주인공이 '무진'이라는 공간에 다녀오면서 겪은 일을 다룬 소설입니다. 제약회사 간부인 윤희중은 아내의 도움으로 처가 소유 제약회사의 전무로 승진할 예정입니다. 승진이 이뤄지기 전 그는 잠시 휴식을 취하기 위해 고향 무진으로 향하게 되죠. 무진에서 그는 음악 교사 하인숙을 만나게 되고, 그녀에게 과거 자신의 모습을 발견하며 깊은 연민과 사랑을 느낍니다. 하인숙은 자신을 서울로 데려가 줄 것을 애원하지만, 고민과 갈등 끝에 윤희중은 그녀와 결별하고 다시 서울로 돌아가죠.

「무진기행」에서 '무진'은 안개(霧)와 '나루터(津)'라는 이름처럼, 늘 짙은 안개가 내려앉은 공간으로 그려집니다. 이 무진이라는 공간은 단순한 자연적 배경이 아닌, 주인공의 과거 자아와 순수한 감정이 잠재된 그의 무의식을 의미합니다. 표면적으로는 승진을 앞두고 휴식을 취하러 간 공간이지만, 사실은 부유한 아내의 도움으로 얻은 세속적 성공에 대한 공허감 때문에 찾은 자아 탐색의 공간이죠. 안개가 짙게 낀 무진에서, 그는 다양한 사람들을 만나고 그들에게서 자신의 다양한 면모를 발견합니다. 그리고 과거 자신과 똑 닮아 있는 하인숙을 만나기도 합니다. 이들과의 만남은 주인공이 자신의 다양한 모습을 탐색하는 '자아 발견'의 과정이라고 할 수 있습니다.

하지만 아내에게 편지가 오면서, 그는 과거의 자아와 순수한 열정을 뒤로 하고 다시 세속적 안정이 보장된 현실 세계로 떠나게 됩니다. 이처럼 '무진'이라는 공간은 윤희중이라는 인물의 내적 갈등과 자아 탐색을 효과적으로 보여주는 심리적 배경이라고 할 수 있습니다. 앞이 보이지 않을 정도로 짙게 깔린 안개는 주인공의 우울한 심리 상태, 현실과 이상 사이에서 번뇌하는 내면을 나타내죠.

> **「무진기행」 줄거리**
>
> 1) 제약회사 간부인 윤희중은 아내의 도움으로 승진하게 되고, 이를 앞두고 머리를 식히기 위해 고향 도시인 무진으로 내려간다.
> 2) 무진에서 윤희중은 동기인 세무서장 조, 모교에서 교편을 잡고 있는 후배 박 선생, 같은 학교 음악 선생인 하인숙과 술자리를 함께하고, 하인숙에게 연민의 정을 느끼게 된다.
> 3) 무진을 떠나고 싶어 하는 그녀의 모습에서 그는 과거 자신의 모습을 떠올리고, 둘은 사랑에 빠진다.
> 4) 아내로부터 갑자기 상경하라는 전보가 오고, '나'는 하인숙에게 편지를 쓰다가 이를 찢어버리고 심한 부끄러움을 느끼면서 무진을 떠난다.

📍 실존적 배경

실존적 배경이란, 인간이 '자신의 존재, 한계, 본성 등을 직면하게 되는 배경'을 의미합니다. 주로 전쟁, 질병, 재난과 같은 극한 상황이 이에 해당합니다. 극한 상황에 놓였을 때 인물들은 자신의 한계를 자각하고, 자신의 진짜 모습을 발견하게 됩니다. 실존적 배경 속에서 인물들이 보이는 행동과 선택을 바라보며 독자는 '만약 나라면 저 상황에서 어떻게 행동할까?'라는 성찰적 질문을 던지게 됩니다.

대표적인 실존주의적 소설인 황순원의 「너와 나만의 시간」을 살펴봅시다. 이는 전쟁 상황이라는 실존적 배경을 통해 인간 존재의 의미와 생에 대한 집념을 잘 드러낸 작품이라는 평가를 받습니다.

주 대위는 지금 자기는 각각으로 죽어 가고 있다고 느꼈다. 이상스레 맑은 정신으로 그게 느껴졌다. 그러다가 그는 드디어 지금까지 피해 오던 어떤 상념과 정면으로 부딪혔다. 그것은 권총을 사용해야 한다는 생각이었다. 아무래도 죽을 자기가 진작 자결을 했던들 모든 문제는 해결됐을 게 아닌가. 첫째, 현 중위가 밤길을 서두르다가 벼랑에 떨어져 죽지 않았을는지 모른다. 아무튼 이제라도 자결을 해 버려야 한다. 그러면 아무리 지친 김 일등병이라 하더라도 혼잣몸이니 어떻게든 아군 진지까지 도달할 가망이 전혀 없는 것도 아니다.

그는 김 일등병을 향해,

"폿소리 나는 방향은 동남쪽이다. 바로 우리가 누워 있는 발 쪽 벼랑을 왼쪽으루 돌아 내려가면 된다!"

있는 힘을 다해 명령조로 말했다. 그리고 무거운 손을 움직여 허리에서 권총을 슬그머니 빼었다.

그때, 바로 그때 주 대위의 귀에 은은한 폿소리 사이로 또 다른 하나의 소리가 들려온 것이었다.

처음에는 그도 의심스러운 듯이 귀를 기울이고 있다가,

"저 소리가 무슨 소리지?"

(중략)

“개 짖는 소리 같애.”

개 짖는 소리라는 말에 김 일등병은 지친 몸을 벌떡 일으켜 머리 쪽으로 무릎걸음을 쳐 나갔다. 개 짖는 소리가 들린다면 그리 멀지 않은 곳에 인가가 있음에 틀림없었다.

“그 등성이를 넘어가면 된다!”

그러나 김 일등병의 귀에는 여전히 아무것도 들리지 않았다. 그는 누웠던 자리로 도로 뒷걸음질을 쳤다. 주 대위는 김 일등병에게 무엇인가 주고 싶었다. 그리고 그것을 자기 자신도 받고 싶었다.

– 황순원, 「너와 나만의 시간」

「너와 나만의 시간」은 6.25 전쟁 중 깊은 산속에서 부상을 입고 낙오된 세 명의 군인, 주 대위, 현 중위, 김 일등병, 세 사람의 이야기를 다룹니다. 주 대위는 허벅지에 관통상을 입어 움직이기 힘든 상태이고, 현 중위와 김 일등병이 그를 교대로 업으며 남쪽을 향해 걷고 있습니다. 현 중위는 주 대위가 스스로 자결하기를 기다리나, 그럴 기미가 보이지 않자 결국 생존을 위해 두 사람을 버리고 떠납니다. 이후 두 사람은 낭떠러지에서 떨어져 죽음을 맞이한 현 중위를 발견하고, 깊은 좌절에 빠집니다. 자신의 부상으로 김 일등병마저 죽게 될 것으로 생각한 주 대위는 자결하기 위해 권총을 꺼내 들지만, 그 순간 ‘개 짖는 소리’를 듣게 됩니다. 인가가 있을 것이라는 희망이 생긴 주 대위는 권총을 김 일등병에게 겨눠, ‘개 짖는 소리’가 나는 곳으로 자신을 업고 갈 것을 요구합니다. 이는 자기 자신과 김 일등병 모두를 살리기 위한 선택이었습니다.

「너와 나만의 시간」에서는 전쟁이라는 극한 상황에서, 인물들의 선택을 통해 ‘인간이란 어떤 존재인지’를 잘 보여줍니다. 전쟁이라는 생존 위기 속에서 세상의 질서는 무의미해지고 인물들은 오직 ‘너’와 ‘나’로서 존재하게 되죠. 생사의 갈림길에서 인물들은 다양한 반응을 보이고, 이것은 모두 ‘삶에의 욕구’로 귀결됩니다. 주 대위는 김 일등병에게 살 수 있다는 희망을 주고 싶어 했고, 자신 역시 그러한 희망을 갖고자 했습니다.

이처럼 이 소설의 ‘전쟁’, ‘인적이 없는 깊은 산속’이라는 ‘극한 상황’은 그 상황에 놓인 인물들의 심리와 삶의 방식을 통해 ‘인간이란 어떤 존재인가’ 성찰하게 한다는 점에서 ‘실존적 배경’이라고 할 수 있습니다.

「너와 나만의 시간」 줄거리

1) 주 대위, 현 중위, 김 일등병은 전쟁 중 낙오하여 인적이 없는 깊은 산속을 헤매고 있다.

2) 현 중위와 김 일등병은 다리에 총상을 입은 주 대위를 교대로 업어가며 이동한다.

3) 현 중위는 주 대위가 자결하도록 압력을 주지만, 주 대위는 이를 외면한다.

4) 현 중위는 살아남기 위해 이들을 버리고 떠나고, 김 일등병이 혼자 주 대위를 업고 길을 떠난다.

5) 얼마 뒤 두 사람은 현 중위의 시선이 능선 낭떠러지 아래에 있는 것을 발견하고, 크게 좌절한다.

6) 두 사람은 멀리 들리는 아군의 대포 소리 덕에 희망을 잠시 갖지만, 너무 멀다는 사실에 절망한다.

7) 주 대위는 김 일등병을 살리기 위해 자결하려 하고, 그 순간 근처에서 ‘개 짖는 소리’가 들린다.

8) 주 대위는 삶의 의지를 잃어버린 듯한 김 일등병을 권총으로 위협하여 자신을 업고 인가가 있는 곳까지 걷게 한다.

9) 인가에 도착하기 직전, 주 대위는 의식을 잃는다.

1. 배경 자체로는 주제를 암시할 수 없다.　　　　　　　　　　　　　　　　(O, X)

2. 자연적 배경이란 인물과 사건이 놓인 자연적 환경으로 시간적 배경과 공간적 배경이
   있다.　　　　　　　　　　　　　　　　　　　　　　　　　　　　　　　　(O, X)

3. _________은/는 소설에 나타나는 사회 현실과 역사적 상황을 의미한다.

4. 「무진기행」에서 무진은 주인공의 내면을 의미하는 심리적 배경이다.　　　　　(O, X)

5. _________은/는 인간이 자신의 존재, 한계, 본성 등을 직면하게 되는 배경을 의미한다.

정답과 해설: 1. × 2. ○ 3. 사회적 배경 4. ○ 5. 실존적 배경

1. 배경은 인물과 사건을 둘러싼 환경으로, 분위기 조성뿐 아니라 주제를 암시하는 역할도 할 수 있습니다.
2. 자연적 배경은 인물과 사건이 놓인 자연적 환경으로, 시간적 배경과 공간적 배경을 포함합니다.
3. 사회적 배경은 작품 속에 드러난 당대의 사회 현실과 역사적 상황을 의미합니다.
4. 「무진기행」에서 무진은 주인공의 불안과 혼란을 드러내는 심리적 배경으로 기능합니다.
5. 실존적 배경은 인물이 자신의 존재 의미, 한계, 삶의 본질을 직면하게 되는 상황이나 조건을 가리킵니다.

08 암시와 복선

[2026 수능] 23번 – (가)에서 '오던 길'을 '소금들'이 '환히 비춰 주'는 것은, '두고 온 것들'이 되살아날 미래를 기대하게 한다는 점에서 빛의 회복에 대한 소망이 실현될 수 있음을 <u>암시</u>하겠군.

[2023 수능] 31번 – 주어진 현실에 순응하는 모습을 통해 중심 제재를 바라보는 비관적 태도를 <u>암시</u>하고 있다.

[2024 고3 6모] 18번 – 앞날의 일을 가정하여 인물 간 갈등의 심화를 <u>암시</u>한다.

[2021 수능] 31번 – 꿈과 현실의 교차를 통해 앞으로 일어날 사건을 <u>암시</u>하고 있다

[2014A 수능] 35번 – '어머니'의 고조된 음성이 상황의 절박함을 <u>암시</u>하고 있다.

소설을 이해할 때, '암시'와 '복선'이라는 개념이 종종 등장합니다. 수능에는 특정 물건이나 날씨 등이 어떤 것을 암시하는지 묻는 문제가 출제되기도 하지요. 이번에는 소설에 많이 등장하는 '암시'와 '복선'에 대해 살펴보도록 합시다.

'암시'란 뒤에 나올 사건이나 행동 등을 넌지시 알리는 것을 의미합니다. 이는 문학 작품뿐 아니라 일상에도 자주 쓰이는 용어이지요. '복선'이란 소설이나 희곡, 시나리오 등의 문학 작품에서 앞으로 일어날 일을 미리 독자에게 암시하는 것을 의미합니다. 복선은 물건이나 날씨, 등장인물의 말, 시공간적 배경 등으로 굉장히 다양하게 나타납니다.

'암시'와 '복선'은 매우 비슷한 개념이기 때문에 따로 구분할 필요는 없습니다. 단 소설의 내용을 살필 때 어떤 대상이 비극적이거나 긍정적인 결말을 암시하고 있는 것 같다면, 이를 유심히 살펴보아야 합니다. 아래 예시를 한번 살펴봅시다.

윤흥길의 「기억 속의 들꽃」은, 주인공 '나'가 만난 '명선이'라는 인물을 통해 전쟁의 참혹함을 드러낸 소설입니다. '나'는 전쟁통에 피란을 온 명선이를 만나게 됩니다. 명선이는 폭격으로 부모를 잃고 친척에게도 버림받은 처지였죠. 하지만 어디서 났는지 금반지를 가지고 있던 명선이는 이를 '나'의 어머니에게 주고 '나'와 함께 지내게 됩니다. 하지만 '나'의 어머니와 아버지, 동네 이웃들은 명선이가 금반지를 더 가지고 있을 것이라는 생각에 호시탐탐 기회를 노리곤 하죠.

'나'와 명선이는 굉장히 친했습니다. 위 지문과 같이 '나'와 명선이는 폭격으로 망가진 다리에 함께 놀러 가곤 했습니다. '폭격으로 망가진 다리'는 '전쟁으로 황폐화된 삶의 터전'을 의미합니다. 그러한 다리 위에 두 소년, 소녀가 앉아 있는 모습은 '전쟁의 참혹함, 비극성'이라는 주제를 더욱 강화합니다.

위 지문에서, 명선이가 '지옥의 저쪽 가장자리에 날름 올라앉아 귀신인 양' 깔깔거렸다는 부분을 살펴봅시다. 명선이가 앉은 곳을 '지옥의 가장자리', 명선이를 '귀신'에 비유한 것이 심상치 않습니다. 일반적으로 하는 비유는 아니죠. 이는 무엇을 암시하는 복선일까요? 바로 '명선이의 죽음'입니다. 며칠 뒤 똑같이 다리에 앉아 있던 명선이는 비행기 소리에 놀라 다리 밑으로 떨어지고 맙니다. '나'가 명선이를 바라보면서 느꼈던 무언가 섬뜩하면서도 불길한 기분이 정확했던 것입니다.

「기억 속의 들꽃」 줄거리

1) '나'의 가족은 6.25 전쟁 중 피란길을 떠났다가 '인민군'을 만나 두려운 마음에 다시 집으로 돌아온다.

2) '나'는 우연히 만난 명선이를 집으로 데려오고, 명선이는 금반지를 어머니에게 주며 '나'와 함께 지내게 된다.

3) 어머니와 아버지는 명선이를 어르기도 하고 혼내기도 하면서 금반지를 더 얻어내려 했지만 실패한다.

4) 어느 날 명선이가 금반지를 노린 이웃 사람들에게 변을 당하고, '나'의 부모님은 금반지를 독차지하고 싶은 마음에 명선이를 지키려 한다.

5) 명선이는 '나'에게 부모님이 죽던 당시 어머니의 몸뚱이가 자신을 누르고 있던 사실을 고백한다.

6) '나'와 명선이 함께 무너진 다리에 가서 놀던 중, 비행기의 폭음에 놀란 명선이 다리 밑으로 떨어진다.

7) 이후 다시 다리로 가 보았던 '나'는 명선이 숨겨둔 금반지를 발견하고, 놀란 마음에 이를 강물에 떨어뜨린다.

09 소설의 구조

[2026 고3 6모] 21번 〈보기〉 – 「표구된 휴지」의 '외화'와 '내화', 액자식 구조
[2021 수능] 31번 – 시간의 역전을 통해 사건의 진상을 밝히고 있다.
[2018 수능] 43번 – 시간의 역전을 통해 인과 관계를 재구성한 서사를 함께 제시하며 사건의 내막을 감추고 있다.

　소설의 구성이란 '소설에서 이야기 및 사건이 전개되는 방식'을 의미합니다. 소설 속에서 사건이나 갈등은 주제를 드러내기 가장 좋은 방식으로 조직되어 있지요. 같은 내용이더라도, 이야기가 어떻게 구성되어 있는지에 따라 전혀 다른 분위기와 주제를 전달하기도 합니다. 이번 시간에는 '소설의 구조'에 대해서 살펴봅시다.

　가장 먼저 '평면적 구성', 즉 '순행적 구성'입니다. 이는 시간의 흐름대로 사건이 진행되는 구성을 의미합니다. '과거-현재-미래' 순으로 이야기가 전개되는 것이죠. 고전 소설에는 인물의 일대기를 시간 순서대로 다루는 경우가 많이 등장합니다. 예를 들어, 「홍길동전」에서는 홍길동의 출생과 성장, 성인이 되어 율도국의 왕이 되기까지 이야기를 시간 순서에 따라 순차적으로 다루고 있습니다. 이러한 평면적 구성은 사건들이 시간 순서로 나열되어 있으므로 독자가 그 줄거리를 이해하기 쉽습니다. 반면 상대적으로 단조로운 느낌을 줄 수도 있죠.

　그에 반해 '역순행적 구성'은 '시간 순서와 관련 없이 이야기를 전개하는 구성 방식'을 의미합니다. 현재 시점의 이야기를 하다가 갑자기 과거로 돌아간다든지, 과거 이야기를 하다가 갑자기 미래 시점의 이야기를 하는 식으로 말이죠. 작품의 시작에서 결과나 결말을 먼저 보여주고, 과거로 거슬러 올라가 사건을 전개하기도 합니다.

　예를 들어, 공선옥의 소설 「일가」에서 주인공 한희창은 현재 시점의 이야기를 서술하다가, 자신이 미옥이에게 편지를 주었던 당시를 회상하며 과거의 이야기를 합니다. 시간의 순서를 따르지 않고 사건이 서술

되는 것입니다, 역순행적 구조의 경우 과거와 현재를 오가며 내용을 전개하기 때문에 독자가 적극적으로 이야기를 해석할 수 있도록 참여를 유도합니다. 그리고 현재와 과거를 극적으로 대비시키면서 인물의 변화, 시간의 흐름에 따른 사회의 변화를 부각할 수도 있습니다. 하지만 이러한 구조로 인해 독자가 내용을 따라가기 어렵고, 긴장감이나 이해도가 떨어질 수 있다는 단점 역시 있습니다.

마지막으로 '액자식 구성'은 '이야기 속에 또 다른 이야기를 끼워 넣는 방식'으로, '외부 이야기(외화)'와 '내부 이야기(내화)'가 결합된 구조입니다. 주로 외부 이야기(외화)의 인물이 내부 이야기(내화)를 전하는 방식으로 이루어지며, 내부 이야기가 소설의 주제를 드러내는 경우가 많습니다. '현재-과거-현재'의 구조이거나 '현실-꿈-현실'의 구조로 이루어진 경우가 대표적입니다.

장인 정신의 추구와 현대인의 가치 상실을 그려낸 이청준의 「줄」을 살펴봅시다. '나'의 직업은 기자로, '승천한 줄광대'에 관한 기사를 쓰기 위해 C읍으로 가게 됩니다. 그곳에서 '나'는 서커스단에서 트럼펫을 불던 사나이에게 줄광대 부자에 관한 이야기를 듣게 됩니다. 트럼펫 불던 사나이는 장인 정신을 치열하게 추구했던 허 노인, 그리고 그런 아버지로부터 줄타기를 배워온 허운의 이야기를 전달하지요.

이러한 액자식 구성에서 '외화'는 '현재 시점의 C읍', '내화'는 '과거 시점의 C읍'을 배경으로 합니다. 액자 소설의 기법을 사용해 작가는 이들의 이야기를 취재하는 '남 기자'와 '줄광대 부자'의 삶을 대조적으로 드러냅니다. 무기력한 남 기자에게, 줄타기에 대한 장인 정신으로 인생의 전부를 걸었던 줄광대 부자의 이야기는 큰 울림을 줍니다.

결말에서 이야기의 시점은 다시 현재로 돌아오게 되고, C읍을 떠나기 전 '나'는 트럼펫 부는 사나이가 세상을 떠났음을 전해 듣습니다, 이러한 액자식 구성은 두 개 이상의 이야기가 중첩되어 독자에게 다양한 관점과 해석의 재미를 제공하고, 외화가 내화의 의미를 해석하거나 강조해 줌으로써 주제를 더욱 선명히 하기도 합니다.

구조	특징	장점	단점
평면적 구성	사건을 시간 순서대로 단선적으로 전개	• 줄거리를 쉽게 이해할 수 있음 • 주제 전달이 상대적으로 명료함	• 사건이 단순하게 전개되어 입체감이 부족 • 전개가 쉽게 예측 가능
역순행적 구성	시간 순서와 관련 없이 사건을 전개하는 방식(현재와 과거를 교차하거나, 결말을 먼저 제시한 뒤 원인을 밝혀가는 방식)	• 사건의 원인, 인물의 심리에 더욱 집중 가능 • 현재와 과거 대비 • 독자 흥미, 긴장 유지 • 주제를 입체적으로 드러냄	• 시간 전환이 잦아 독자 이해가 어려움 • 사건의 전개나 이야기의 흐름이 단절될 가능성
액자식 구성	이야기 속에 또 다른 이야기를 넣는 구조 - 바깥 이야기(외화)와 안쪽 이야기(내화)	• 주제 강조 효과 • 다층적 흥미 제공	• 구조가 인위적으로 보일 가능성 있음 • 해석의 자율성 제약할 수 있음

1) '나'가 짝사랑하던 '미옥'에게서 답장을 받은 날, 일가인 '아저씨'가 집에 찾아온다.

2) 오랜만에 친척들을 만난 아저씨가 자신의 이야기를 늘어놓자, 나는 미옥이 보낸 편지를 읽어보지 못한다.

3) 아저씨는 우리 집에 눌러살 기색을 보이고, 엄마는 이에 큰 불만을 품는다.

4) 미옥이 보낸 편지를 엄마가 압수하고, 이를 두고 엄마와 아버지가 다툰다.

5) 부부 싸움 끝에 엄마가 집을 나가고, 아저씨는 엄마의 가출이 미옥의 편지 때문이 아닌, 자신 때문인 것 같다며 미안해한다.

6) 아저씨는 말없이 집을 떠나고, 엄마는 집에 돌아온다.

7) 열일곱 살이 된 나는 과거의 아저씨를 떠올리며 눈물을 흘린다.

1) 어떠한 직업정신이나 소명 없이 일상을 살아가던 남 기자는 상관의 권유로 승천한 줄 광대에 관한 기사를 쓰기 위해 C읍으로 떠난다.

2) 그곳에서 만난 트럼펫 부는 사나이에게 남 기자는 줄광대 부자의 이야기를 듣게 된다.

3) 허 노인은 아내로 인해 줄타기에 집중하지 못하자 아내의 목을 졸라 죽일 정도로 엄격한 장인 정신의 사나이였다.

4) 허 노인의 아들인 허운은, 아버지에게 줄 타는 법을 배웠다. 허 노인은 아주 엄하게 줄타기를 가르쳤다.

5) 아들이 줄타기에 완전히 몰입해 자신을 뛰어넘는 것을 목격한 허 노인은 줄에서 떨어져 죽는다.

6) 어느 날 허운에게, '줄을 타는 다리가 좋다'며 찾아온 여인이 있었다. 그녀는 다리를 저는 여인이었다.

7) 허운은 여인으로 인해 줄타기에 집중하지 못하자, 여인을 죽이려고 한다. 그러나 차마 그러지 못한다.

8) 이후 줄을 한 번 더 타겠다며 줄에 올라선 허운은 줄에서 떨어져 죽는다.

9) 트럼펫 사나이의 이야기를 모두 들은 남 기자는, 다음날 그가 죽었다는 소식을 듣게 된다.

Q 퀴즈로 점검하는 문학 개념

1. ______________은/는 시간의 흐름대로 사건이 진행되는 구성을 의미한다.

2. 역순행적 구성은 현재와 과거를 대비시키면서 시간의 흐름에 따른 인물의 변화를 극적으로 보여줄 수 있다.　　　　　　　　　　　　　　　　　　　　　　　(O, ×)

3. 액자식 구성은 외부 이야기인 외화와 내부 이야기인 내화로 구성된다.　　　(O, ×)

4. 액자식 구성의 경우 사건이 단순하게 전개되어 입체감이 부족하다는 단점이 있다.　(O, ×)

정답과 해설: 1. 평면적 구성 2. ○ 3. ○ 4. ×

1. 평면적 구성은 사건이 시간의 흐름에 따라 순서대로 전개되는 방식으로, 이해가 쉽고 서사가 명확합니다.

2. 역순행적 구성은 현재에서 과거로 이동하며 사건이 대비를 이루어, 시간 변화에 따른 인물의 내적, 외적 변화를 극적으로 부각할 수 있습니다.

3. 액자식 구성은 외부 이야기(외화) 속에 내부 이야기(내화)가 삽입된 구조를 의미합니다.

4. 액자식 구성은 이야기 속에 또 다른 이야기를 넣는 구성으로, 입체감과 다층적 흥미를 더해준다는 장점이 있습니다.

[2026 고3 6모] 19번 – 동시에 진행되는 사건을 <u>병렬</u>하여 인물의 상반된 태도를 드러내고 있다.

[2022 수능] 24번– 동시적 사건들의 <u>병치</u>로 사건에 대한 서로 다른 관점을 드러내고 있다.

[2024 고3 6모] 27번 – 회상 장면을 <u>병치</u>하여 사건의 흐름을 반전시킨다.

[2014A 수능] 34번 – <u>동시에 벌어진 사건들을 나란히 배치</u>하여 이야기의 흐름을 지연시키고 있다.

[2014B 수능] 31번 – 순간적으로 <u>장면을 전환</u>하여 사건의 환상적 면모를 부각하고 있다.

[2013 수능] 17번 – <u>빈번한 장면 전환</u>을 통해 긴박한 분위기를 드러내고 있다

소설의 서술상 특징에서 '장면의 전환, 병렬, 병치'와 같은 개념은 굉장히 자주 등장합니다. '장면의 전환'은 하나의 장면에서 다른 장면으로 빠르게 이동하는 서술 방식으로, 독자에게 속도감과 긴장감을 부여한다는 특징이 있습니다. 쉽게 설명하자면, 영화의 컷 전환과 매우 비슷합니다. 예를 들어, 전쟁 장면을 보여주다가 곧바로 과거 회상으로 넘어가는 구성이라면 이는 '장면의 전환'이 나타난 것이라고 할 수 있습니다. 이를 통해 서술자는 사건의 긴장을 유지하고, 다양한 시점과 상황을 동시에 제시할 수 있죠. 그리고 독자가 여러 장면들의 인과 관계를 적극적으로 유추하도록 합니다.

'병렬' 혹은 '병치'란 '사건이나 사건의 배경이 되는 공간이나 시간적 배경 등을 나란히 배열하는 것'을 이야기합니다. 이 경우 서술자가 지금까지 하던 이야기를 끊고 다른 이야기를 하는 것이기 때문에, 사건의 전개 속도가 느려질 수밖에 없습니다. 나란히 배열된 두 이야기는 서로 비슷한 메시지를 전달할 수도 있고, 대조되는 모습을 보일 수도 있습니다. 하지만 중요한 것은, 나란히 진행되는 두 이야기 모두 작가가 전달하고자 하는 주제 의식을 담고 있다는 점입니다. 그렇기에 각각 이야기 사이의 관계, 의미 등을 면밀히 살필 필요가 있습니다.

'빈번한 장면의 전환', '병렬', '병치'는 선지로는 자주 등장하지만, 짧은 수능 지문 안에 '장면이 전환되는 것'이 적절하게 구현되기 어려워 올바른 선지로는 잘 등장하지 않습니다.

Q 퀴즈로 점검하는 문학 개념

1. 장면의 전환을 통해 서술자는 사건의 긴장을 유지하고 다양한 시점과 상황을 동시에 제시할 수 있다. (O, ×)

2. 여러 가지 이야기를 병렬적으로 배치하면 사건의 전개 속도가 더욱 빨라진다. (O, ×)

3. '빈번한 장면의 전환', '병렬', '병치'의 경우 수능에서 맞는 선지로는 잘 등장하지 않는다. (O, ×)

정답과 해설: 1. ○　2. ×　3. ○

1. 장면의 전환은 하나의 장면에서 다른 장면으로 빠르게 이동함으로써, 사건의 긴장감을 유지하고, 여러 시점과 상황을 교차적으로 보여주는 효과를 가집니다.

2. 여러 이야기를 병렬적으로 배치하면 사건이 분산되어 전개 속도가 느려지는 경우가 많습니다.

3. '빈번한 장면 전환', '병렬', '병치'는 짧은 수능 지문 안에 적절히 구현되기 어려워 맞는 선지로는 잘 등장하지 않습니다.

[2017 수능] 27~32번 「느낌, 극락 같은」 출제 – 내용 이해, 서술상 특징, 무대 상연을 전제로 하는 희곡의 특성, 공간의
        의미
[2016A 수능] 34~36번 「소」 출제 – 인물에 대한 설명, 내용 이해, 사실주의 극
[2016B 수능] 34~36번 「제향날」 출제 – 대사 이해, 지시문 이해, 작가의 의도

희곡이란 '공연을 목적으로 하는 연극의 대본'으로, 등장인물의 행동과 대화를 중심으로 이야기가 전개되는 문학 갈래입니다. 희곡은 등장인물의 말인 '대사'와 무대에서의 움직임이나 표정을 안내하는 '지문(지시문)'으로 구성됩니다. 지시문은 등장인물의 행동, 동작, 표정, 심리 상태를 제시하는 '동작 지시문'과 무대 상황의 변화에 관해 지시하거나 설명하는 '무대 지시문'으로 나뉩니다.

희곡에서 대사는 소설에서 제시되는 인물들의 말과 비슷합니다, 하지만 희곡의 경우 서술자가 따로 없으므로 관객이 직접 '대사'를 듣고 인물의 심리나 상황 등을 유추해야 합니다. 희곡에서 대사는 인물의 성격과 감정을 드러낼 뿐만 아니라 사건을 진행하고 갈등을 형성하는 핵심 수단 중 하나입니다.

희곡에서 대사는 세 가지로 나뉠 수 있습니다. 첫 번째, '대화'는 두 명 이상의 인물이 서로 말을 주고받는 형태입니다. 관객은 등장인물들의 대화를 통해 그들의 관계와 사건의 흐름을 파악할 수 있습니다. 두 번째, '독백'은 무대에 혼자 있는 인물이 생각과 감정을 스스로 말하는 것입니다. 이는 주로 등장인물의 속마음을 관객에게 직접적으로 드러내는 데 사용됩니다. 예를 들어, 인물이 홀로 무대 한가운데에서 '나는 왜 이렇게 두려운 것일까……' 하고 자신의 심리를 드러낸다면 이는 독백에 해당합니다. 마지막으로 '방백'은 인물이 극 중 다른 인물들 앞에 있으면서 관객에게만 들리도록 말하는 대사입니다. 무대 위 다른 인물들에게는 들리지 않는 것으로 약속된 것으로, 관객에게 비밀 정보나, 자신의 진짜 의도 등을 전달하는 데 사용됩니다.

희곡은 다른 문학 갈래와 달리 무대 상연을 전제로 한다는 특징이 있습니다. 2017학년도 수능에서는 이러한 희곡의 특성이 지문에 어떻게 반영되었는지를 묻는 문제가 출제되었죠. 무대에 실제로 상연되는 것이니 다양한 무대 장치나 의상, 조명, 음향, 소품 등이 함께 고려되어야 한다는 특징이 있습니다. 그렇기에 지문을 살필 때, 이러한 요소들이 작품에서 어떻게 기능하고 있는지 살피는 것이 중요합니다.

함이정: 처녀 때 난 생각했었지. 영리하고 듬직한 아들 하나 있으면 얼마나 좋을까…… 기쁜 일 슬픈 일 뭐
        든지 의논할 수 있는 내 아들…… 그러다가 너를 느꼈고…… 네 느낌과 이야기하길 즐겼다. 사람들
        은 나 혼자 중얼중얼거린다고 괴상하게 보더라. 사실은 너와 나, 둘이서 함께 말하고 있었는데……
조숭인: 처음부터 다시 이야기해 주세요, 어머니.
함이정: 처음부터……?
조숭인: 네. 제가 태어나기 전, 어머니의 처녀 시절부터요. 그때 두 분 아버지의 관계는 어땠죠?
함이정: 그땐 좋았다. 두 분 다 우리 집에서 가족처럼 살면서, 우리 아버님한테 불상 제작을 배우는 제자
        였지. 그런데 어느 날, 스승인 아버님이 불상 제작장에 가 보니까 두 제자들이 자릴 비우고 없었
        어. 몹시 화가 난 아버님은 집 안으로 들어와 제자들의 이름을 부르셨지. "동연아! 서연아!" 아
        버님 목소리가 어찌나 쩌렁쩌렁 울렸는지, 천 리 밖까지 들릴 것 같더라.

(조명, 밝게 변화한다. 한가운데 펼쳐 있던 천막이 접혀지면서 무대 천장 위로 올라간다. 함묘진의 집. 함묘
진이 성난 모습으로 등장한다. 함이정과 조숭인은 서연의 관, 촛대, 향로 등을 무대 밖으로 갖고 나간다.)

함묘진: 동연아! 서연아! 어디 있느냐?
함이정: (무대 밖에서) 여긴 없어요, 아버지.
함묘진: 여기 집 안에도 없다……?
함이정: (무대 밖에서) 내가 나가서 찾아올까요?
함묘진: 넌 가만 있거라. (다시 외쳐 부른다.) 동연아! 서연아!

(상복을 벗고 밝은색 옷을 입은 함이정과 조숭인, 무대 안으로 나온다.)

조숭인: 할아버지 목청은 왜 저렇게 커요?
함이정: 귀머거리도 들을 정도야. 그치?
함묘진: 동연아! 서연아!

(동연과 서연, 등장한다. 그들은 당황한 모습으로 함묘진 앞에 선다.)

– 이강백, 「느낌, 극락 같은」

위 지문을 한번 살펴봅시다. 함이정과 조숭인, 함묘진 등 등장인물들의 대사에 의해 이야기가 전개되고
있습니다. 그리고 '(조명, 밝게 변화한다)'와 같은 무대 지시문, '(동연과 서연, 등장한다.)'와 같은 동작 지시
문이 모두 나타나고 있죠. 이처럼 희곡은 대사와 지시문으로 구성된 갈래라는 것을 다시 한번 확인할 수
있습니다.

희곡은 상연하는 데 있어 시공간적 제약이 있기에, 한가운데 펼쳐져 있던 천막이 접히면서 천장 위로
올라가는 것을 확인할 수 있습니다. 빠르게 천막을 무대에서 치워야 했기 때문에 고안된 방법이죠. 그리
고 위에 나오는 것처럼 조명의 변화, 인물들의 의상 변화는 장면의 전환을 의미합니다.

희곡의 내용을 이해하는 것은 기본적으로 소설과 매우 비슷합니다. 하지만 '무대 상연을 전제로 한다는' 희
곡만의 특성을 기억하면서 '왜 이런 장치를 썼을까' 고민한다면 수능에서도 쉽게 그 답을 찾을 수 있답니다.

Q 퀴즈로 점검하는 문학 개념

1. 희곡은 대사와 지문으로 구성되며, 지시문은 동작 지시문과 무대 지시문으로 나뉜다. (O, X)
2. 희곡의 경우 서술자가 없으므로 관객이 직접 인물의 심리나 상황 등을 유추해야 한다. (O, X)
3. ______은/는 인물이 극 중 다른 인물들 앞에 있으면서 관객에게만 들리도록 말하는 대
   사이다.
4. 희곡은 상연하는 데 있어 시공간적 제약이 없기에, 관객의 흥미를 끄는 내용을 자유롭
   게 제시할 수 있다. (O, X)

정답과 해설: 1. ○ 2. ○ 3. 방백 4. ✕

1. 희곡은 인물의 대사와 지문(지시문)으로 이루어지며, 지문은 인물의 행동을 나타내는 동작 지시문과 무대 상황을 설명하는 무대 지시문으
   로 나뉩니다.
2. 희곡에는 서술자가 없으므로 관객은 인물의 말과 행동, 무대 상황을 통해 인물의 심리나 상황을 스스로 추론해야 합니다.
3. 방백은 인물이 무대 위 다른 인물들 앞에 있으면서도 관객에게만 들리도록 말하는 대사로, 인물의 속마음을 드러내는 역할을 합니다.
4. 희곡은 실제 무대에서 상연되는 것을 전제로 합니다. 그렇기에 무대 장치, 배우 수, 시간 및 공간의 제약을 고려해야 하며, 표현에 일정한
   제한이 따릅니다.

기출로 때려잡는 문학 개념

초판 1쇄 인쇄 | 2026년 4월 20일
초판 1쇄 발행 | 2026년 4월 25일

지 은 이 | 박주희
펴 낸 이 | 박수길
펴 낸 곳 | (주)도서출판 미래지식
책임편집 | 조윤숙
디 자 인 | 이승미

주　　소 | 경기도 고양시 덕양구 통일로 140 삼송테크노밸리 A동 3층 333호
전　　화 | 02-389-0152
팩　　스 | 02-389-0156
홈페이지 | www.miraejisig.co.kr
전자우편 | miraejisig@naver.com
등록번호 | 제 2018-000205호

ISBN | 979-11-93852-58-3 (53800)

※ 이 책의 판권은 미래지식에 있습니다.
※ 값은 표지 뒷면에 표기되어 있습니다.
※ 잘못된 책은 구입하신 서점에서 바꾸어 드립니다.

미래지식은 좋은 원고와 책에 관한 빛나는 아이디어를 기다립니다.
이메일(miraejisig@naver.com)로 간단한 개요와 연락처 등을 보내주시면
정성으로 고견을 참고하겠습니다. 많은 응모바랍니다.